Pudding-Paulis gepfefferte Fälle

Christine Nöstlinger
studierte Gebrauchsgrafik in Wien, bevor sie sich dem Schreiben zuwandte. Seit 1970 erschienen mehr als hundert Kinder- und Jugendbücher, von denen viele in andere Sprachen übersetzt und zu Klassikern wurden. Neben zahlreichen anderen Preisen erhielt Christine Nöstlinger als erste Autorin den Astrid-Lindgren-Gedächtnis-Preis.

Christine Nöstlinger

Pudding Paulis gepfefferte Fälle

Mit Rezepten von Elfriede Jirsa

ueberreuter

1. Auflage 2016

ISBN 978-3-7641-5101-0

Kompilation aus folgenden im Ueberreuter Verlag erschienenen Einzeltiteln:

Pudding-Pauli rührt um. 1. Fall
© Verlag Carl Ueberreuter, Wien 2012
ISBN 978-3-8000-5471-8

Pudding-Pauli deckt auf. 2. Fall
© Verlag Carl Ueberreuter, Wien 2011
ISBN 978-3-8000-5540-1

Umschlagillustration: Maria Karipidou
Vignetten im Innenteil: fafarumba/Fotolia; Vasileva/Fotolia; Natalya Levish/Fotolia
Druck und Bindung: Finidr, s.r.o., Český Těšín
Gedruckt auf Papier aus geprüfter nachhaltiger Forstwirtschaft.
www.ueberreuter.de

Pudding-Pauli rührt um

Der 1. Fall

Inhalt,

in welchem der geneigte Leser
einen kleinen Überblick bekommt.

1. Kapitel,
in welchem eine gütige Lehrerin an das Gute im Menschen glaubt und leider nur Liptauer-Käse auf den Schulbroten ist. **Seite 9**

2. Kapitel,
in welchem sich ein Verdacht breitmacht und Pizza-Schnecken gebacken werden. **Seite 18**

3. Kapitel,
in welchem zwei Steaks zu durchgebraten sind und einer mit Segelohren leider schneller läuft als der Pauli. **Seite 28**

4. Kapitel,
in welchem die große Schwester der Rosi ein Bild malt und dafür mit einer Schüssel Tiramisu entlohnt wird. **Seite 37**

5. Kapitel,
in welchem sich die Rosi und der Pauli von einem zaundürren Volksschulknirps austricksen lassen, weswegen der Pauli Paprikasuppe kocht. **Seite 46**

6. Kapitel,
in welchem die Rosi zur Belohnung Topfenknödeln bekommt und eine Chantal alles nur noch mehr verwirrt. **Seite 56**

7. Kapitel,
in welchem die Sommergrippe unter den Lehrern grassiert, die Rosi Bohnensalat macht und von einer Love-Story hingerissen ist. **Seite 66**

8. Kapitel,
in welchem der Pauli Muffins bäckt und trotz einer schlaflosen Nacht plötzlich wieder frohen Mutes ist. **Seite 77**

9. Kapitel,
in welchem der Pauli dermaßen frustriert ist, dass er sich unbedingt mit Erdäpfelpüree trösten muss. **Seite 85**

10. Kapitel,
in welchem bloß Toasts gemacht werden und sich die Rosi über den Pauli ärgern muss und zudem ihre Füße verwechselt. **Seite 93**

11. Kapitel,
in welchem die Rosi einen Altpapier-Container erklimmen muss und ihr und dem Pauli ein Licht aufgeht und überhaupt nichts gekocht wird. **Seite 101**

12. Kapitel,
in welchem Schularbeiten zurückgegeben werden und Vanille-Eis schmilzt und der Pauli notgedrungen edel selbstlos sein muss. **Seite 109**

Mit Rezeptteil ab Seite 239
und Wort-Erklärungen ab Seite 289

Rezepte Seite 240 und 242

1. Kapitel,

in welchem eine gütige Lehrerin an das Gute im Menschen glaubt und leider nur Liptauer-Käse auf den Schulbroten ist.

Pauli Pistulka, elf Jahre und drei Monate alt, von seinen Freunden Pudding-Pauli oder einfach bloß Pudding genannt, hockte schläfrig hinter seinem Pult in der 2a und versuchte erfolglos, nicht laut zu gähnen.

»Haben der werte Herr Pistulka wohl wieder einmal bis nach Mitternacht ferngesehen?«, fragte die Dr. Krautsack, die für Rügen merkwürdigerweise stets die dritte Person Mehrzahl wählt.

»Haben nicht«, antwortete der Pauli und wischte sich ein paar Gähn-Tränen aus den Augen. »Leiden bloß unter Sauerstoffentzug mangels Frischluftzufuhr!«

Der Pauli liegt nämlich mit der Dr. Krautsack im Fenster-Dauerzwist. Er reißt in der Pause alle Fenster auf, sie marschiert in die Klasse ein und ordnet sofortiges Schließen aller Fenster an. Wegen des Straßenlärms und der Genickstarre erzeugenden Zugluft und der Gefahr eines Fenstersturzes eines unachtsamen Schülers.

Die Dr. Krautsack setzte zu ihrem üblichen Vortrag über eingebildeten Sauerstoffmangel an, da schrillte die Pausenglocke. Und eine lobenswerte Angewohnheit hat die Dr. Krautsack jedenfalls: Sie beendet den Unterricht beim ersten Pausenglockenton.

Der Pauli wollte aufstehen, um die Fenster zu öffnen, doch die Rosi, sein Pult-Co, hielt ihn zurück und raunzte: »Pudding, jetzt lass die blöden Fenster, mein Magen knurrt wie ein Kampfhund!«

Der Pauli seufzte, holte seinen Rucksack aus dem Pultfach und aus dem eine telefonbuchgroße Plastikdose, und aus der zwei adrette Leinensets, zwei Servietten und zwei Alufolien-Pakete.

Die Rosi schälte eine Schnitte Bauernbrot, bestrichen mit Liptauer-Käse, verziert mit Paradeiserscheiben, Mini-Maiskolben und Gurkenfächern aus der Alufolie und betrachtete sie etwas enttäuscht.

»Immer Wurst macht Gicht und Gicht ist eine schreckliche Geißel der Menschheit.« Der Pauli schob der Rosi ein Leinenset und eine Serviette hin. »Über diesen Super-Spezial-Liptauer kannst echt nicht motzen, den habe ich heute in der Früh selber händisch gerührt, mit Butter und allem Drum und Dran und dazu noch ein winziges Häuchlein Tabasco!«

Die Rosi biss von ihrem Liptauerbrot ab und murmelte lustlos kauend: »Macht sicher einen schönen Teint!«

Der Pauli und die Rosi haben seit einem Jahr ein Abkommen: Der Pauli versorgt die Rosi von Montag bis Freitag mit Pausenbroten oder anderen Jausen-Schmankerln und mit einem warmen Mittagessen, dafür schreibt ihm die Rosi alle Mathe-Hausübungen. In perfekt nachgemachten Pauli-Ziffern und Pauli-Buchstaben. Ein Abkommen nach dem Motto: Jeder tut, was er am besten kann. Und an Rosis getürkten Hausübungen ist genauso wenig auszusetzen wie an Paulis Futter.

Früher hat der Pauli nur hin und wieder gekocht, wenn es ihm Spaß gemacht hat, und meistens ist es Vanille-Pudding gewesen, den er sich – klumpenfrei! – gekocht hat. Darum hat er ja seinen Spitznamen weg. Aber zu seinem zehnten Geburtstag hat er einen einzigen Wunsch an seine Mutter gehabt, und zwar: Ich wünsche mir, so wie meine Freundin Rosi ein Schlüsselkind zu werden, ich bin alt genug dafür, ich kann sehr gut selber auf mich aufpassen, ich will nicht mehr in den Hort gehen!

Paulis Mutter ist zuerst total dagegen gewesen. Sie würde im Büro keine ruhige Minute haben, hat sie gesagt, wenn ihr Pauli so ganz »unbetreut« die Nachmittage zubringt. Dafür ist er zu jung! Erst wenn er vierzehn Jahre alt ist, wird sie das erlauben!

Aber der Pauli hat sie erpresst. Also, nicht wirklich erpresst, weil er es ernst gemeint und den Hort echt gehasst hat.

»Wenn du mir nicht erlaubst, nach der Schule heimzugehen«, hat er gesagt, »dann übersiedle ich zum Papa und seiner Neuen und besuche dich nur am Wochenende!«

Da hat seine Mutter endlich nachgegeben. Damit ihr Pauli ein ordentliches Mittagessen bekommt, hat sie die Tiefkühltruhe mit Fertig-Menüs vollgepackt. Weil selber kochen ist ihre Sache nicht. Sie ist eine grausame Köchin, der alles schiefgeht, was sie rührt oder brät oder siedet. Darum versucht sie auch gar nicht mehr zu kochen. Sie ist ein Erfolgsmensch, sagt sie. Etwas zu machen, was ihr keine Lorbeeren einträgt, frustriert sie.

Aber Paulis zartem Gaumen war das Gefrier-Zeug genauso zuwider wie der mittägliche Hort-Mampf, und so hat er beschlossen, selber zu kochen. Dass man ihn Hobby-Koch nennt, mag er aber wirklich nicht. Das ist kein Hobby, das ist reiner Selbsterhaltungstrieb, sagt er.

»Und was gibt es heute zu Mittag?« Die Rosi stopfte den letzten Bissen Liptauerbrot in den Mund und wischte sich die klebrigen Finger an der Serviette ab.

»Wir könnten uns auf dem Heimweg Fisch und Salat besorgen. Magst?«, fragte der Pauli kauend.

Bevor die Rosi dazu kam, ihr Einverständnis kundzutun, kreischte die Lea, die ihren Platz am Pult vor dem Pauli und der Rosi hat, urlaut: »Mein Herz ist weg! Mein Herz ist weg! Jemand hat mir mein goldenes Herz gestohlen.«

Die Rosi verdrehte die Augen und murmelte: »Muss sie denn jeden Tag Theater machen?«

Um die Lea herum versammelten sich ein paar Kinder. Die Lea zeigte mit zitternder Dickpfote auf ihr Pult und schluchzte: »Hier … hier ist es gerade noch gelegen … und jetzt ist es weg … einfach weg! So eine Gemeinheit! «

»Da wird ja die Milch in der Kuh sauer«, murmelte der Pauli kopfschüttelnd. »Wovon kreischt denn die alte Nervensäge diesmal?«

Er war erst beim Acht-Uhr-Läuten in die Klasse rein gesprintet und hatte nicht mitbekommen, dass die Lea stolz ein goldenes Herz herumgezeigt hatte. Ein daumennagelgroßes Herz, in das Lea graviert war. Eine Tante hatte es ihr zum elften Geburtstag geschenkt. Und die goldene Kette, von der das Herz baumeln kann, wird ihr ein Onkel zum Geburtstag schenken, hatte sie erzählt, aber der Onkel kommt erst am Wochenende zu Besuch.

Die Rosi klärte den Pauli auf. Der Pauli legte die Leinensets in die Plastikdose, zerknüllte die Alufolienstücke und die Servietten zu Knödeln und sagte: »So eine hysterische Schnepfe, bei uns stiehlt doch keiner!«

Die Rosi nickte zustimmend, und die Lea heulte weiter und schwor Stein und Bein, dass ihr schönes, goldenes, teures Herz noch vor einer Minute auf ihrem Pult, neben der Füllfeder gelegen ist. Und ihre Pultnachbarin, die Maria, sagte, ja, dafür ist sie Zeugin, das kann sie beschwören!

Die Kinder, die sich um das Pult der Lea herum versammelt hatten, gaben gute Ratschläge. »Schau doch in der Schultasche nach!« Und: »Vielleicht liegt es im Pultfach drin!«

Ein paar hockten sich hin und suchten den Fußboden ab. Aber die Lea schüttelte stur den Kopf und schluchzte, dass sie ja nicht blöde ist und weder in der Schultasche noch im Pultfach nachschauen muss, weil sie doch genau weiß, dass das teure, schöne, goldene Herz mitten auf ihrem Pult neben der Füllfeder gelegen ist! Und dann ist sie – ganz kurz – zum Papierkorb gegangen und hat ihren roten Buntstift gespitzt, und dann ist sie – auch nur ganz kurz – zur Evi gegangen und hat der die zwei Euro zurück gegeben, die sie ihr schuldig gewesen ist, und wie sie zu ihrem Pult zurückgekommen ist, ist das Herz nicht mehr da gewesen!

Der Pauli schoss die Alu- und die Serviettenknödel in Richtung

Papierkorb. Die Aluknödel landeten im Papierkorb, die Serviettenknödel im Abseits. Zufrieden mit der Treffer-Rate lehnte er sich zurück, verschränkte die Arme über der Brust und betrachtete milde kopfschüttelnd die aufgeregte Kinderversammlung rund um das Pult der schluchzenden Lea.

Als die Glocke die Zehn-Uhr-Pause ausgeläutet hatte und der Mag. Specht, wegen seiner farbenfreudigen Klamotten von der 2a »Buntspecht« genannt, mit zwei großen, hölzernen Tafeldreiecken unter dem Arm in die Klasse kam, löste sich die Kinderversammlung langsam auf. Und die Lea holte tief Luft und schluchzte dem Buntspecht ihren Herz-Kummer samt allen Details vor.

Zuerst einmal sagte der Buntspecht, dass man wertvollen Schmuck eben nicht in die Schule mitnehmen soll und dass man das den Schülern schon hundertmal gepredigt hat, und dann sagte er: »Und jetzt durchsuche deinen ganzen Kram in aller Ruhe genau! Man glaubt oft, etwas hundertprozentig zu wissen, und muss hinterher feststellen, dass man irrte!«

Die Lea schüttelte stur den Kopf und wollte erklären, dass sie genau weiß, wo ihr Herz gewesen ist, aber der Buntspecht ließ sie nicht zu Wort kommen, sondern forderte barsch: »Nun mach schon! Wir wollen nicht die ganze Stunde verzetteln, wir wollen arbeiten! Nächsten Montag ist Schularbeit und die ist für einige von euch die letzte Chance, einer Nachprüfung zu entgehen!«

Die Lea zog widerwillig ihre Schultasche aus dem Pultfach, hob sie hoch, kippte sie und beutelte sie über dem Pult aus. Bleistifte und Bücher fielen raus, Radiergummis und Lineale, Hefte und eine Geldbörse, ein kleiner Plüsch-Elefant und ein paar Cent-Münzen, ein Notizblock und eine vergammelte Semmelhälfte. Aber kein goldenes Herz!

»Und jetzt sieh im Pultfach auch noch nach!«, verlangte der Buntspecht.

Die Lea bückte sich, streckte die Arme ins Fach rein, tastete herum und schüttelte den Kopf.

Der Buntspecht schaute bekümmert. »Ja dann –«, seufzte er, »ja dann – dann gehst du am besten jetzt in die Direktion hinunter und meldest den unerfreulichen Vorfall!«

»Jetzt gleich?« Die Lea setzte sich auf ihren Sessel und räumte ihren ganzen Kram in die Schultasche zurück. Auch die vergammelte Semmelhälfte. Dann schob sie die Schultasche ins Pultfach, schnäuzte sich allerhand Tränenrotz weg und ging schniefend, Taschentuch vor der rot geheulten Nase, aus der Klasse.

»Führt sich auf, als ob gerade ihre gesamte Familie ermordet worden wäre«, ätzte die Rosi leise hinter ihr her. »War eh ein hässliches Herz.«

Der Pauli holte sein Geometrie-Heft aus dem Rucksack, schlug es auf und malte mit dem Kugelschreiber jede Menge Fragezeichen auf das Löschblatt. Kleine und große, magere und dickbäuchige. Und während der Buntspecht an der Tafel vorführte, wie man mit Hilfe zweier Dreiecke eine Linie parallel verschieben kann, grapschte sich die Rosi das Löschblatt vom Pauli und schrieb in Schönschrift unter die Fragezeichen: *Pudding, jetzt zeig, was du kannst!*

Das ist nämlich so: Pauli Pistulkas Hobby sind ungelöste Kriminalfälle. Er hat daheim eine dicke Mappe mit Zeitungsartikeln drüber, die er immer wieder liest und hin und her überlegt, wer der Täter sein könnte. Und dass er später mal Kriminalkommissar werden wird, steht für ihn felsenfest.

Der Pauli holte sich sein Löschblatt von der Rosi zurück und schrieb, weil er nicht gerade zu den besonders Vornehmen gehört, mit seiner krakeligen Handschrift über die Fragezeichen: *Worauf du einen lassen kannst!*

Eine Viertelstunde konnte der Buntspecht der 2a mit nervtötend kreischender Kreide seine Parallel-Verschiebungen vorführen, dann kam die Lea in die Klasse zurück. Und hinter ihr das kleine Gemüse. Das kleine Gemüse heißt eigentlich Dr. Kohl und ist die Stellvertreterin der Frau Hofrat Meier, der Direktorin der Schule. Sie ist, samt Super-Plateausohlen und irre hochtoupiertem Haarschopf kein bisschen größer als die großen Kinder der 2a und sie ist ein äußerst gütiger Mensch.

Die Lea ging auf ihren Platz. Sie schluchzte nicht mehr, aber getröstet wirkte sie nicht.

Das kleine Gemüse nickte dem Kollegen Buntspecht zu, stöckelte hierauf vor der ersten Pultreihe auf und ab und hielt eine Ansprache. Dass es sehr, sehr unschön, wenn nicht gar gemein ist, eine Schulkameradin zu beklauen, sagte sie. Aber sicher tut dem Dieb oder der Diebin der Diebstahl jetzt schon leid, und es würde von großem Mut zeugen, wenn er oder sie dieses Schmuckstück jetzt der Lea zurückgeben würde. Niemand sollte sich dafür schämen, ein reuiger Sünder zu sein!

Die butterweiche, einfühlsame Ansprache vom kleinen Gemüse hatte leider keinen Erfolg außer dem, dass sich der Nenad zu Wort meldete und dem kleinen Gemüse und dem Buntspecht »eine Schultaschen-Kontrolle und Leibesvisitation« vorschlug und die meisten 2a-Kinder ganz begeistert »Genau, das machen wir!« riefen.

Doch das kleine Gemüse lehnte entschieden ab. Das, meinte sie, übersteigt die Kompetenzen von Lehrpersonen bei weitem, und zudem sind Gymnasiallehrer wahrlich keine Warenhaus-Detektive, und das ist gut so!

Der Buntspecht gab ihr recht und dem hoffentlich reuigen, aber sichtlich mutlosen Dieb den guten Ratschlag, das Herz in ein Kuvert zu tun und per Post an die Schule oder an die Adresse der Lea zu schicken. Und er garantiere, dass das Kuvert nicht auf Fingerabdrücke untersucht werden wird!

Und das kleine Gemüse fügte dran: »Wir wollen doch bis auf Weiteres an das Gute im Menschen glauben!«

»Amen und Psalmenende«, murmelte der Pauli ins Ratschen der Schulglocke rein, die für heute das vorzeitige Ende des Unterrichts kundtat, weil die letzten zwei Schulstunden wegen Erkrankung der Zeichenlehrerin ausfielen.

Das kleine Gemüse und der Buntspecht eilten aus der Klasse, und als sie zur Tür draußen waren, rief der Nenad: »Dann machen wir es eben in Eigenregie, dazu brauchen wir die Lehrer doch nicht!«

Der Pauli verstaute sein Geo-Heft und sein Schreibzeug im Rucksack, stand auf und sagte zum Nenad: »Ohne mich, weil das eine Schnapsidee ist.«

»Wieso ist das eine Schnapsidee?« Der Nenad, fast einen Kopf größer als der Pauli und doppelt so breit, baute sich vor dem Pauli auf. Und schaute ihn argwöhnisch an. Ganz so, als habe er gerade den Herz-Dieb gefasst.

»Taschenkontrolle wäre ja noch hinzukriegen«, erklärte ihm der Pauli, »aber die Leibesvisitation kannst nie im Leben hinkriegen. Sollen wir uns alle vielleicht splitternackt ausziehen? Weil so ein kleines Herz passt nämlich in die kleinste Unterhose!«

In der 2a hob heftiges Diskutieren an. Die einen waren gegen das Ablegen aller Klamotten, die anderen fanden nichts dabei, sich komplett auszuziehen.

»Mädchen untereinander, Buben untereinander, klarerweise getrennt«, schlug die Evi vor. »Das können wir in der Turnsaal-Garderobe machen.«

»Bringt aber auch nichts!«, sagte der Pauli. »Denn sogar ein komplett Nackerter kann so ein kleines Ding mühelos verstecken. Oder habt ihr noch nie gelesen, dass Drogendealer jede Menge Rauschgift in ihrem Körper verstecken? Viel, viel größere Mengen als so ein kleines Herz!«

»Du meinst, der Dieb könnte der Lea ihr goldenes Herz runtergeschluckt haben?«, fragte die Verena. »Damit man es bei der

Leibesvisitation bei ihm nicht findet? Und dann … dann … dann … dann …«

Die Verena verstummte. Wie der Dieb dann das gestohlene Herz wieder zurückerhalten würde, wollte ihr einfach nicht über die vornehmen Lippen kommen.

»Genau!«, rief der Moritz. »Der Hund von meiner Großmutter hat einmal eine halbe Perlenkette aufgefressen, weil er zu blöd ist, um zu kapieren, was man fressen kann und was nicht, und dann hat meine Großmutter mit einem Steckerl eine Woche lang seine Haufen durchsuchen müssen. Und bis auf zwei Perlen alle völlig unbeschädigt wieder gefunden!«

»Oder man nimmt gleich den Ausgang als Depot!«, sagte der Pauli.

»Das ist einfacher. Darum haben die Polizisten bei Leibesvisitationen ja immer Gummihandschuhe an!«

»Jetzt versteh ich aber echt nur mehr Bahnhof«, raunzte die Maria, die im Überzuckern wahrlich kein großes Licht ist. »Von welchem Depot redest du denn?«

»Hast du denn noch nie ein Fieber-Zapferl bekommen?«, fragte der Sepp grinsend.

Da kapierte die Maria endlich, wovon die Rede war, wurde knallrot im Gesicht und rief: »Ihr seid vielleicht ungustige Schweindln! Schämt euch!«

»Man ist kein Schweindl und muss sich auch nicht schämen, wenn man weiß, wie es im Leben zugeht«, sagte der Pauli zur Maria, schnappte sich seinen Rucksack, schulterte ihn, nickte dem Nenad und den anderen zu und marschierte zur Klassentür raus. Die Rosi jappelte hinter ihm her.

Rezept Seite 244

2. Kapitel,

in welchem sich ein Verdacht breitmacht und Pizza-Schnecken gebacken werden.

Auf dem Heimweg von der Schule hätten sich der Pauli und die Rosi beinahe zerstritten. Weil die Rosi die Idee, dass jemand das Herz verschluckt haben könnte, für ziemlich bekloppt hielt und die zweite Versteck-Idee für noch bekloppter.

»Das kannst du doch echt nicht glauben!«, hielt sie dem Pauli vor.

Aber der Pauli beharrte drauf, dass es sehr wohl möglich sein könnte, und nur darauf kommt es an! Was einer glaubt oder nicht glaubt, ist unwichtig.

»Wir haben ja auch geglaubt, dass in unserer Klasse keiner stiehlt«, sagte er, »und jetzt müssen wir einsehen, dass das ein Irrtum gewesen ist!«

»Und wie willst du den Dieb finden, du ewiger Besserwisser?«, fragte die Rosi.

»Zuerst stellt sich immer die Frage nach dem Motiv!«, antwortete der Pauli. »Also warum der Dieb gestohlen hat!«

Die Rosi tippte sich an die Stirn. »Warum stiehlt man denn? Um etwas zu bekommen, was einem anderen gehört! Das ist doch von vornherein klar.«

»Das brauchst mir nicht erklären!«, rief der Pauli. »Aber streng mal dein kleines Hirn ein bisschen an! Wer könnte das blöde Herz denn überhaupt brauchen? Buben tragen keine Herzen um den Hals, und die Mädchen in der Klasse könnten sich auch kein Herz, wo Lea draufsteht, um den Hals hängen und damit herumspazieren. Und das Herz verkaufen geht auch nicht, denn niemand kauft einem Kind Gold ab, das ist verboten!«

»Aha!«, ätzte die Rosi. »Also hat keiner in der Klasse ein halbwegs vernünftiges Motiv, und es muss daher ein diebischer Geist gewesen sein, welcher der Lea das Herz gefladert hat, um in der Geisterstunde damit zu protzen!«

»Sehr witzig!«, keifte der Pauli. »Wenn ich Zeit habe, werd ich drüber lachen. Und ein Motiv gibt es übrigens doch: Jemand wollte die Lea einfach ärgern, weil sie mit dem Herz angegeben hat und weil er sie nicht mag!«

»In diesem Fall«, sagte die Rosi, »kommt aber jeder in der Klasse in Betracht, inklusive dir und mir!«

Und dann waren sie auch schon vor Paulis Haustor angekommen und merkten, dass sie vergessen hatten, im Supermarkt Fisch und Salat zu kaufen. Der Pauli wollte kehrtmachen und zum Supermarkt zurücklaufen, die Rosi fand das unnötig. Fisch ist sowieso nicht gerade ihre Lieblingsspeise.

»Hast noch Pizzateig auf Vorrat?«, fragte sie. Als der Pauli nickte, meinte sie: »Und irgendwas drauf finden wir sicher auch! Und wenn wir uns heute das Geld für den Fisch ersparen, können wir uns morgen dicke Steaks leisten, schön blutig innen!« Die Rosi ist nämlich ein Fleischtiger.

»Okay!« Der Pauli holte seinen Schlüsselbund aus der Hosentasche, sperrte das Haustor auf und sagte: »Dann mach ich uns Pizzaschnecken à la Pauli.«

Da der Buntspecht wegen der Aufregung um Leas goldenes Herz vergessen hatte, der 2a eine Mathe-Hausübung aufzugeben, war die Rosi arbeitslos. Sie setzte sich auf den Küchentisch, baumelte mit den Beinen, schaute dem Pauli beim Kramen im Eisschrank zu und überlegte laut: »Wir sind dreiundzwanzig in der Klasse, der Max und die Vera und der Luki haben die Sommergrippe, und die Ines ist schon nach der ersten Stunde gegangen, weil sie zum Begräbnis ihrer Oma müssen hat. Bleiben also neunzehn mögliche

Täter. Und von denen ziehe ich die Lea und dich und mich ab, dann bleiben sechzehn Verdächtige!«

Der Pauli legte eine Rolle Pizzateig, eine Packung Mozzarella und einen Zipfel Salami auf den Tisch. »Den Anton kannst auch abziehen, unsere Nachtigall war seit neun Uhr im Musiksaal zur Probe für das Abschlusskonzert.«

»Na super«, sagte die Rosi, »sind es nur mehr fünfzehn kleine Indianer.«

»Und das sind vierzehn zu viel!« Der Pauli holte eine Dose Filetti di pomodore aus dem Vorratsschrank und einen Topf Basilikum vom Küchenfenster. Den Basilikumtopf stellte er der Rosi auf den Schoß und verlangte: »Blätter auf kleine Stücke zupfen!«

»Jawohl, Herr Chef!«, sagte die Rosi und machte sich dran, die Stängel kahl zu rupfen.

Der Pauli plagte sich mit der Paradeiserdose und dem Dosenöffner ab und werkelte schnaufend herum. Mit Dosenöffnern steht er auf Kriegsfuß.

»Gib her!« Die Rosi nahm ihm die Dose und den Öffner weg. »So macht man das, du Patschachter!« Grinsend reichte sie ihm die geöffnete Dose.

Der Pauli holte ein Sieb, stellte es in die Abwasch und schüttete den Paradeisergatsch rein. »Das ist mir nämlich zu flüssig!«, erklärte er der Rosi.

Dann schnitt er den Salamizipfel und den Mozzarella auf kleine Würferln und hielt die Rosi energisch davon ab, sich an den Salamiwürferln zu vergreifen.

»Den Nenad und den Sepp können wir auch von der Liste der Verdächtigen streichen«, sagte die Rosi. »Weil die zwei haben sich überhaupt nicht von ihrem Pult weggerührt. Die haben in der Früh und während der ganzen Pause Schach gespielt. Auch noch wie die Lea schon losgeheult hat!«

»Glaubst du das nur oder weißt du es?« Der Pauli rollte den Pizzateig auf dem Tisch aus, holte das Sieb mit den abgetropften Paradeisern und verteilte sie schön gleichmäßig auf dem Teig.

Die Rosi überlegte kurz, dann sagte sie: »Pudding, das weiß ich, das könnte ich vor jedem Gericht auf die Bibel schwören!«

»Okay, dann sind es eben nur dreizehn kleine Indianer. Dreizehn ist zwar meine Glückszahl, aber in dem Fall hilft uns das auch nicht weiter!« Der Pauli streute die Mozzarella- und die Salamiwürferln zwischen die Paradeiser-Stücke, bröselte das zerzupfte Basilikum drüber, tröpfelte ein bisschen Olivenöl drauf und rollte den belegten Fladen zu einer Rolle auf.

»Und jetzt wasch dir die Pfoten und schmier mir ein Backblech mit Öl ein. Und vorher schalt das Backrohr an. Auf zweihundertzwanzig Grad Umluft!«, kommandierte er.

»Jetzt mach aber mal halblang!« Die Rosi schüttelte den Kopf. »Ich bin fürs Kochen nicht zuständig, kommandier mich gefälligst nicht rum wie der Chefkoch den Lehrbuben! Und vor Öl auf den nackten Fingern graust mir total! Gibt es da wo Gummihandschuhe?«

»Schnepfe!«, zischte der Pauli, schaltete das Backrohr an, holte das Backblech aus der Lade unter dem Backrohr, schüttete Öl drauf und verteile es mit den Händen.

»Und die Hände gewaschen hast dir vorher selber auch nicht!« Die Rosi rutschte vom Tisch, lehnte sich an den Eisschrank und verschränkte die Arme über der Brust. »Pudding, du bist einfach stockstinksauer, weil du nicht weißt, wie du den Herz-Dieb entlarven kannst!«

Der Pauli schnitt die Teigrolle auf daumendicke Schnitten, legte sie – wie Zimtschnecken – auf das ölige Blech, tröpfelte noch ein bisschen Öl auf jede Schnecke, schob das Blech ins Backrohr und wusch sich dann bei der Abwasch die öligen Hände. »Ich bin stockstinksauer, weil ich mir vorstellen kann, was morgen bei uns in der Klasse los sein wird!«

»Was soll denn jetzt noch passieren?« Die Rosi schaute den Pauli erstaunt an.

»Glaubst du vielleicht, unsere werten Kollegen und Kolleginnen gehen jetzt einfach zur Tagesordnung über? Ich wette mit dir um vier Wochen Taschengeld, dass ab morgen bei uns in der Klasse das wilde Verdächtigen losgeht.«

Die Rosi hatte keine Lust, die Wette anzunehmen.

Bis die Pizzaschnecken schön semmelbraun waren und aus dem Backrohr dufteten, schwiegen der Pauli und die Rosi vor sich hin. Erst als der Pauli das Backblech aus dem Backrohr geholt und die Pizzaschnecken gerecht auf zwei Teller verteilt hatte, sagte die Rosi: »Ich nehme an, die meisten werden wahrscheinlich die Maria verdächtigen, weil sie neben der Lea am Pult sitzt und es ihr am ehesten gelungen sein könnte, das Herz unauffällig verschwinden zu lassen!«

Der Pauli stopfte sich eine halbe Pizzaschnecke in den Mund und sagte mampfend: »Glaube ich nicht. Sie werden vermuten, dass es der Jonas gewesen ist. Weil der Jonas voriges Jahr im Supermarkt beim Kaugummi-Fladern vom Filialleiter erwischt worden ist. Weißt eh, einmal Dieb, immer Dieb!«

»Wird sich ja morgen rausstellen, ob einer von uns richtig getippt hat«, sagte die Rosi und grapschte dem Pauli, während er sich ein Glas Mineralwasser einschenkte, die letzte Pizzaschnecke vom Teller.

Bis zum nächsten Tag mussten die Rosi und der Pauli gar nicht warten. Sie hatten sich nach dem Pizzaschnecken-Mahl gerade zu einem Verdauungs-Fernseh-Stündchen aufs Sofa gesetzt, da klingelte Rosis Handy. Die Anna war dran und trompete ganz aufgeregt: »Rosi, weißt du, was die Verena und ich gerade ganz zufällig rausgefunden haben?«

»Nein! Aber gleich werde ich ja wohl von dir erfahren!«, sagte die Rosi eisig.

»Dem Jonas seine große Schwester heißt Lea!«, schnatterte die Anna ins Telefon, und der Pauli rückte dicht an die Rosi ran, um mithören zu können. »Und der Jonas war in der Pause bei der Maria und hat sich von ihr, weil er vorige Woche gefehlt hat, das Physikheft zum Nachschreiben ausgeborgt!«

»Na und?«, fragte die Rosi. Noch eisiger.

»Ja, klingelt es da bei dir im Kopf nicht?«, rief die Anna.

»Mein Hirn hat leider keine eingebaute Klingel.« Jetzt war die Stimme der Rosi schon eiszapfeneisig.

»Steh nicht auf der Leitung, Rosi. Das ist doch eindeutig voll verdächtig«, sagte die Anna. »Garantiert will der Jonas seiner großen Schwester das Herz zum Geburtstag oder zu Weihnachten oder zu sonst was schenken. Weil Geld hat der nämlich nie, dem kauft seine Mutter die Klamotten sogar im Secondhandshop. Und dass er schon einmal gestohlen hat, ist ja bekannt!«

Die Rosi drückte die Aus-Taste, legte das Handy auf den Couchtisch und rülpste. Weil sechs Pizzaschnecken und eine haltlose Verdächtigung einen zarten Mädchenmagen in gewaltige Unruhe versetzen können.

Dann sagte sie zum Pauli: »Pudding, der wahre Dieb muss einfach gefunden werden! Der Jonas ist keiner, der es verdient hat, bloß weil er einmal einen Kaugummi hat mitgehen lassen, ewig als Dieb zu gelten. Und wehren kann der sich auch total schlecht. Also streng dich gefälligst an!«

Der Pauli seufzte tief. »Ich werde es versuchen, aber da kann eigentlich nur noch Kommissar Zufall helfen.«

Wie so oft keuchte der Pauli am nächsten Morgen erst ein paar Minuten nach dem Acht-Uhr-Läuten in die Klasse. Morgenmensch ist er eben keiner und außerdem muss er das Aufstehen und Frühstücken und Schulbrotemachen ganz allein schaffen. Seine Mutter dampft schon um sieben Uhr ins Büro ab. Aber er hätte sich diesmal gar nicht zu beeilen brauchen, denn die Englisch-Lady verspätete sich um eine Minute länger als er und entschuldigte sich schnaufend mit einer U-Bahn-Störung.

»Wenn unsereiner mit dem U-Bahn-Schmäh ankommen täte, würde es gleich heißen, dass das eine dumme Ausrede ist«, zischte die Rosi dem Pauli zu.

»Und was tut sich in der verdammten Herz-Angelegenheit?«, fragte der Pauli leise.

»Da tut sich der helle Wahnsinn«, flüsterte die Rosi und die Englisch-Lady rief: »Ruhe da hinten! Keine Privatgespräche, wenn ich bitten darf!«

Die Rosi nahm ihren Notizblock, schrieb drauf: *Jetzt halten den Jonas schon fast alle für den Dieb. Außer dem Felix und dem Anton und dem Nenad. Der Sepp und der Max schwanken noch.*

Sie schob den Block zum Pauli hin. Und der schrieb auf die nächste Seite: *Nur drei Vernünftige in einer Klasse! Ein trauriger Prozentsatz!*, und schob den Block zur Rosi zurück.

Mit uns sind es fünf! Und das sind 25 Prozent! Mehr Hirn hat der liebe Gott nicht zu verteilen!, schrieb die Rosi und ließ dann den Notizblock blitzschnell im Pult verschwinden, denn die Englisch-Lady marschierte auf sie zu und keifte: »Langsam reicht es mir mit euch zwei beiden. Wo sind denn eure Englisch-Bücher? Oder bestreikt ihr vielleicht den Unterricht?« Brav holten der Pauli und die Rosi ihre Englischbücher aus den Rucksäcken.

»Und wo ihr sie aufschlagen sollt, wisst ihr natürlich auch nicht!« Die Englisch-Lady bekam ihr nervöses Augenlider-Zucken. Den Tick kriegt sie immer, wenn sie sich sehr ärgert.

»Bedauerlicherweise nicht«, sagte die Rosi.

»Werde nicht auch noch frech!« Die Augenlider der Englisch-Lady zuckten jetzt bereits beängstigend schnell.

»Wir sind auf Seite dreißig!«, rief der Jakob.

»Danke«, sagten die Rosi und der Pauli im Duett und blätterten sich in den Englisch-Büchern zu Seite dreißig durch. Und dann mussten sie – abwechselnd – je einen Absatz übersetzen. Bis zum Ende der Stunde. Das ist so die feine englische Art der Englisch-Lady, unaufmerksame Schüler zu bestrafen.

Da aber sowohl die Rosi als auch der Pauli in Englisch sehr gut sind und keinen einzigen Fehler beim Übersetzen machten, beruhigten sich die Augenlider der Englisch-Lady langsam.

Total erschöpft waren der Pauli und die Rosi hinterher. Sie waren noch am Verschnaufen, als die Dr. Krautsack zur zweiten Stunde einmarschierte und sich freute, dass alle Fenster geschlossen waren und sie sich den üblichen Disput mit dem Pauli ersparte.

Erst in der Zehn-Uhr-Pause konnte sich der Pauli in der Klasse umhören. Er musste feststellen, dass die Rosi wahrlich nicht übertrieben hatte. Grüppchenweise standen die 2a-Schüler beieinander und tuschelten aufgeregt.

Der Jonas saß mopszufrieden auf seinem Platz und studierte ein Comics-Heftl.

»Ich glaube, der hat keine Ahnung«, sagte der Pauli zur Rosi. »Ich setz mich mal kurz zu ihm!« Er schlenderte, sein Super-Schinken-Käse-Gurken-Brot in der Hand, zum Jonas.

»Willst beißen?«, fragte er den Jonas und hielt ihm das Super-Brot unter die Nase.

»Na sowieso!« Der Jonas biss gierig zu.

»Sag einmal, Jonas, heißt deine große Schwester eigentlich Lea?«, fragte der Pauli.

Der Jonas schüttelte den Kopf und erklärte, winzige Schinken- und Gurkenbröckerln spuckend: »Nein. Die heißt eigentlich Lia. Von Liane kommt das. Aber ihr zweiter Vorname ist Desiree und seit ein paar Monaten darf man die alte Ziege nur noch Desiree nennen, sonst wird sie biestig!«

Der Pauli kletterte aufs Pult vom Jonas und brüllte: »Alles mal herhören, bitte!«

Die Grüppchen stellten das Getuschel ein, alle Kinder drehten sich zum Pauli und schauten neugierig zu ihm rauf.

Der Pauli rief: »Die große Schwester vom Jonas heißt eigentlich Lia, Lia von Liane! Aber sie besteht drauf, dass sie mit ihrem zweiten Vornamen angeredet und Desiree genannt wird!« Dann sprang er, sehr elegant, wieder vom Pult runter.

»Warum erzählst du denn das allen? Das interessiert doch niemanden!«, staunte der Jonas und biss noch mal von Paulis Super-Brot ab, wobei ihm die Spitze von Paulis Zeigefinger zwischen die Zähne kam.

»Doch, doch!«, sagte der Pauli, legte das Brot weg und besah sich den gebissenen Finger. »Das interessiert alle brennend!«

»Echt? Aber wieso denn, Pudding?« Der Jonas schaute kugelrund.

Die versammelten 2a-Schüler schauten nicht minder kugelrund.

Und die Maria fauchte die Anna und die Verena an: »Ihr seid sowas von saublöd! Euch glaube ich echt kein Wort mehr!«

Worauf die Anna der Maria die Zunge rausstreckte und aus der Klasse rannte und die Verena hinter ihr herlief.

»Ich versteh zwar nur Bahnhof«, sagte der Jonas zum Pauli, »aber dein Jausenbrot war echt das beste Jausenbrot, das ich je gegessen habe!«

Da merkte der Pauli erst, dass der Jonas inzwischen auch noch den Rest vom Super-Brot verputzt hatte. Er ging zu seinem Platz zurück und ließ sich seufzend auf den Sessel plumpsen.

»1a gemacht, Pudding!«, lobte ihn die Rosi und schaute grinsend zu, wie die 2a-Schüler langsam und ziemlich belämmert auf ihre Plätze gingen. »Jetzt haben sie was zum Nachdenken!«

»Und ich hab Hunger!«, sagte der Pauli.

»Du könntest eigentlich für den Jonas auch immer ein Jausenbrot machen«, sagte die Rosi. »Er hat nämlich nie eines.«

»Das tät doch ausschauen, als ob ich ihn für armutsgefährdet halten würde.« Der Pauli schaute ablehnend.

»Ist er ja auch!«, sagte die Rosi

»Aber will er, dass wir das wissen?« Der Pauli benagte sinnend seine Unterlippe und nahm sich vor, darüber bei Gelegenheit nachzudenken.

Rezept
Seite 246

3. Kapitel,

in welchem zwei Steaks zu durchgebraten sind und einer mit Segelohren leider schneller läuft als der Pauli.

»Ich glaube«, sagte die Rosi auf dem Heimweg sehr zufrieden zum Pauli, »jetzt ist den Deppen in der Klasse das Verdächtigen aber gründlich vergangen.«

»Bringt uns aber auch kein bisschen weiter«, murmelte der Pauli und trat wütend nach einer leeren Bierdose. Die Bierdose sauste über den Gehsteig und landete auf dem Hintern eines krummbeinigen, kleinen Hundes, der gerade mitten auf dem Gehsteig einen Haufen machte.

Der Hund jaulte auf, und die alte Frau, die ihn an der Leine führte, fing fürchterlich zu schimpfen an.

»Entschuldigung, tut mir leid, war keine Absicht!«, rief der Pauli und rannte mit der Rosi an der alten Frau und dem krummbeinigen, kleinen Hund, der jetzt nicht mehr jaulte, sondern seinen Haufen vergrößerte, schnell vorbei.

Und die Rosi drehte sich im Rennen um und rief der alten Frau zu: »Nimm ein Sackerl fürs Gackerl!«

Erst bei der nächsten großen Straßenkreuzung verschnauften die Rosi und der Pauli.

»Die hat vielleicht Sachen gekeift«, staunte die Rosi. »So alt und so etwas von ordinär! Und da heißt es immer, dass man im Alter weise wird!«

»Auf so ziemlich alles, was es immer heißt, kannst getrost vergessen«, sagte der Pauli. »Außer darauf, dass es immer heißt, dass der Rimpel die besten Steaks in der ganzen Gegend hat.«

Also marschierten die beiden die Straße runter bis zum Fleischhauer Rimpel.

»Zwei Steaks vom Rindslungenbraten, bitte schön«, verlangte der Pauli.

»Daumendick«, fügte die Rosi hinzu.

»Mein Daumen oder deiner?« Der Fleischhauer Rimpel hielt der Rosi einen seiner knackwurstdicken Daumen hin.

»Er ist der Koch, er kennt sich da besser aus!« Die Rosi deutete auf den Pauli.

Der Pauli betrachtete den Fleischhauerdaumen eingehend, dann entschied er: »So wie Ihrer ungefähr!«

Diese Entscheidung bereute er an der Kassa allerdings, denn er musste für die zwei Steaks und ein Häuptl Salat sein gesamtes Geld rausrücken.

»Für den Rest der Woche ist Schmalhans Küchenmeister«, erklärte er der Rosi, als sie heimkamen. »Wir haben nur mehr ein paar lumpige Euro im Topf.«

Jeden Montag legen die Rosi und der Paul nämlich »Kostgeld« in einen alten Schmalztopf. So viel, wie ihre Mütter für das Mittagessen im Hort bezahlen würden, und dazu noch Jausenbrot-Geld. Pro Kind und Tag den Gegenwert von zwei Topfenkolatschen. Und sie nehmen sich vor, mit dem Kostgeld auszukommen. Was ihnen aber nur selten gelingt. Meistens müssen ihre Mütter noch ein bisschen drauflegen, damit der Freitag kein Fastentag wird.

Weil die Rosi schon wieder arbeitslos war – Mathe hat die 2a am Donnerstag nicht –, half sie dem Pauli und machte, während er die Steaks briet, den Salat. Mit ihrem Spezial-Dressing aus Obers, Zitronensaft und Zucker, das der Pauli nicht ausstehen kann. »Baby-Soße« nennt er diese Mischung. Er ist eher für viel Öl, wenig Essig und eine Winzigkeit Salz und Pfeffer. Aber er hatte einen friedlichen Tag und protestierte nicht gegen den Salat. Außerdem war er ein bisschen kleinlaut, weil ihm die Steaks »zu durch« geraten waren. Sie waren innen nicht blutig, wie von der Rosi gewünscht, sondern rosa. Und dabei ist der Pauli immer so stolz drauf, dass er je nach Wunsch, ein Steak »rare« oder »medium« oder »well done« hinkriegt, perfekter als seine Oma, die eine Super-Köchin ist.

Der Pauli brät die Steaks ganz kurz auf beiden Seiten an und stellt sie dann ins hundert Grad heiße Backrohr. Sollen sie innen blutig sein, holt er sie nach fünf Minuten raus, sollen sie innen rosa sein, nach zehn Minuten. Bleiben sie noch länger im Backrohr, sind sie völlig durchgebraten. Diese Methode hatte immer funktioniert! Aber weil die Steaks diesmal so besonders dick gewesen sind, doppelt so dick wie die Steaks, die er sonst macht, hat er gedacht, er muss sie auch doppelt so lange im Backrohr lassen, und das ist sichtlich ein Irrtum gewesen.

»Das kommt davon, weil ich dauernd über den verflixten Herz-Dieb nachdenken muss«, entschuldigte er sich, als die Rosi ihr rosa geratenes Steak zersäbelte. Total zersäbelte! Sie hat die unfeine Angewohnheit, das ganze Essen auf ihrem Teller klein zu schneiden und sich dann mit der Gabel drüber herzumachen. Und wenn der Pauli das »babymäßig« findet, behauptet sie: »Das machen die Amerikaner auch. Sogar der Mister President. Damit sie beim Essen eine Hand frei haben, um jederzeit den Colt ziehen zu können. Das gehört dort zum guten Ton.«

Der Pauli schluckte mit Todesverachtung einen Happen vom zuckrigen Salat und sagte: »Aber ab jetzt verbiete ich mir diese ewige, sinnlose Nachdenkerei. Das schwöre ich dir, Rosi! Man muss einsehen, dass manche Fälle eben nicht zu lösen sind, wenn einem Kommissar Zufall nicht hilft!«

Bis zum Samstag hielt der Pauli seinen Schwur. Eisern verbot er sich jeden Wer-könnte-der-Dieb-sein-Gedanken. Am Freitag war das goldene Herz zwar immer noch Gesprächsthema Nummer eins in der Klasse, aber den Jonas schien niemand mehr zu verdächtigen. Die 2a-Schüler stritten sich bloß darüber, ob der Dieb der Lea das Herz zurückschicken wird oder nicht. Und wie lange so ein Brief mit der Post brauchen kann. Und ob ein Grafologe, falls der Dieb das Herz zurückschickt, auch mit einer in Blockbuchstaben geschriebenen Adresse den Schreiber rauskriegen könnte.

Doch dann ging der Pauli am Samstag, zu Mittag, mit der Rosi auf den Kinder-Flohmarkt. Weil der Rosi in ihrer Sammlung zwei Hefte »Tim und Struppi« fehlen und auf dem Kinder-Flohmarkt immer alte Comics angeboten werden.

Die Rosi fand keines der Hefte, die sie suchte. »Lauter Ramsch und Schrott«, sagte sie enttäuscht zum Paul. »Von mir aus können wir gehen, mich hält da nichts mehr.«

Aber der Pauli packte sie am Arm und flüsterte aufgeregt: »Dort! Der Bub mit den Segelohren!«

»Wo?« Die Rosi schaute sich ratlos nach allen Seiten um. »Wen meinst du denn?«

»Der mit der dicken Erdäpfelnase und dem Muttermal auf der Wange. Der mit dem verboten komischen Haarschnitt. Direkt vor uns!«, flüsterte der Pauli.

»Und was ist mit dem?«, fragte die Rosi.

»Der hat ein kleines goldenes Herz auf seiner Decke liegen. Könnte das der Lea ihr Herz sein?« Der Pauli war ja noch nicht in der Klasse gewesen, als die Lea ihr Herz rumgezeigt hatte.

Der segelohrige Bub saß zwischen zwei kleinen Mädchen, die Barbiepuppenkleider, Glasperlen, Stoffrosen und Abziehbilder feilboten, im Türkensitz hinter einem Geschirrtuch, auf dem allerhand Kram ausgebreitet war. Eine kleine Taschenlampe, ein paar Matchbox-Autos, eine lederne Geldbörse, ein Schweizer Taschenmesser, eine rote Krawatte, ein paar Schlüsselanhänger und ein daumennagelgroßes Herz, das golden glänzte.

Die Rosi ging zu dem segelohrigen Buben hin und beugte sich über das Geschirrtuch und wollte nach dem Herz greifen.

»Liegen lassen!«, schnauzte sie der Segelohrige an. »Das ist wertvoll!«

»Ich will es mir doch nur anschauen«, sagte die Rosi freundlich. »Was kostet es denn?«

»Man schaut mit den Augen, nicht mit den Pfoten!« Der Segelohrige nahm das Herz in die Hand und hielt es der Rosi hin. In das Herz war *Lea* graviert!

Der Pauli war hinter der Rosi hergekommen und starrte über ihre Schulter auf das goldene Herz. Er konnte es einfach nicht fassen! Da hockte ein wildfremder Bub, einer, der garantiert nicht in ihre Klasse, sicher nicht mal in ihre Schule ging, und der bot tatsächlich Leas Herz zum Verkauf an! Das konnte doch nicht sein, das war völlig unmöglich und ausgeschlossen! Es sei denn, der gute Kommissar Zufall hätte sich seiner erbarmt!

Weil der Pauli stumm wie ein Karpfen blieb, meinte die Rosi, die Sache übernehmen zu müssen, und fragte den Segelohrigen: »Woher hast du denn dieses Herz?«

Der Segelohrige schaute misstrauisch, machte eine Faust um das Herz, rappelte sich aus dem Türkensitz hoch und zischte: »Das geht dich einen Schmarrn an!«

»Das geht mich sehr wohl was an«, sagte die Rosi. »Weil das Herz gehört einer aus unserer Klasse!«

Sie war mit dem Satz noch gar nicht fertig, da hatte der Segelohrige schon sein Geschirrtuch an den vier Ecken gepackt und flitzte, in einer Faust das Herz, in der anderen den Geschirrtuch-Binkel mit dem übrigen Kram drin, affenschnell los. Hurtig drängte er sich zwischen den Flohmarkt-Besuchern durch, rannte einen kleinen Buben über den Haufen, sprang über eine große Holzeisenbahn und rempelte rücksichtslos zur Seite, was ihm in den Weg kam.

Da erwachte der Pauli endlich aus seiner Staun-Starre und rief: »Ihm nach! Volle Kraft voraus, Rosi!«

Aber quer durch einen Flohmarkt voll Kindern ist schwer rennen, wenn man nicht so rücksichtslos wie der segelohrige Bub ist und einem dauernd jemand im Weg rumsteht.

Als die Rosi und der Pauli endlich aus dem Flohmarkt draußen waren, hatte der Segelohrige schon einen gewaltigen Vorsprung. Gut zwei Häuserblocks vor ihnen jappelte er dahin.

Der Pauli und die Rosi liefen so schnell, wie sie noch nie gelaufen waren, und der Vorsprung vom Segelohrigen wurde kleiner und kleiner. Kaum fünf Meter vor ihnen trabte er!

Doch plötzlich blieb die Rosi stehen, hielt sich eine Hand auf den Bauch und stöhnte: »Pudding, ich kann nimmer, ich habe Seitenstechen, renn allein weiter!«

»Okay!«, keuchte der Pauli und rannte weiter, aber inzwischen hatte der Segelohrige seinen Vorsprung schon wieder gewaltig vergrößert und dann flitzte er durch das große, sperrangelweit offene Gitter-Tor eines riesigen Gemeindebaus. Und als der Pauli mit letzter Kraft in den Hof kam, war der Segelohrige einfach futsch!

Der Pauli ließ sich auf eine Bank unter einem Kastanienbaum plumpsen und schaute sich schnaufend um. Im Hof, stellte er fest, konnte sich der Segelohrige nirgendwo versteckt haben. Bloß ein paar Kastanienbäume mit Bänken drunter gab es da, und mitten im Hof eine Kleinkinder-Sandkiste und dahinter einen Ballspielplatz. Und rund um den Hof waren die Eingangstüren zu den einzelnen Stiegen. Elf Eingangstüren.

Dann kam die Rosi, Hand an der Hüfte, in den Hof gezockelt und setzte sich zu ihm. »Tut mir leid, Pudding«, sagte sie. »Mit meinem Seitenstechen hab ich alles verpatzt.«

»Nicht mehr als ich«, seufzte der Pauli. »Zuerst steh ich wie der Blöde da und glotze nur, und dann rennt der Kerl auch noch schneller als ich!«

»Aber jetzt wissen wir wenigstens, wo er wohnt. Weil, schau einmal ...« Die Rosi zeigte auf eine Frau, die gerade die Eingangstür von Stiege 7 aufsperrte. »Wenn er nicht irgendwo da drin wo wohnen würde, wäre er nicht zu einer Tür reingekommen. Ohne Schlüssel geht das nicht.«

»Da gibt es elf Stiegen«, sagte der Pauli. »Und jede hat sieben Stockwerke und auf jedem Stockwerk sind sicher vier Wohnungen, wenn nicht gar fünf. Elf mal sieben ist siebenundsiebzig. Und siebenundsiebzig mal fünf ist ... ist ...«

»Dreihundertfünfundachtzig!«, half ihm die Rosi aus.

»Exakt!« Der Pauli hob ein Kastanienblatt vom Betonboden auf und zerrupfte es. »Willst du an dreihundertfünfundachtzig Klingeln klingeln und fragen, ob es vielleicht in der Wohnung einen potthässlichen Buben mit Segelohren, Erdäpfelnase und Stoppelglatze gibt?«

Die Rosi schüttelte den Kopf. »Würde auch nichts bringen. Weil nämlich meistens die Mamas an die Gegensprechanlage kommen. Und Mamas halten ihre Kinder nie für potthässlich.«

»Aber der Kerl muss ja wohl in die Schule gehen, der ist sicher nicht viel älter als wir«, meinte der Pauli. »Und wenn wir am Montag ab halb acht vor dem großen Eingangstor auf ihn lauern, müssten wir ihn erwischen.«

Recht gab die Rosi dem Pauli zwar schon, aber sie war strikt dagegen. Weil für Montag in der ersten Stunde die Mathe-Schularbeit angesagt war. Und wenn sie bis knapp vor acht Uhr vor dem Gemeindebau lauern und eventuell sogar den Segelohrigen schnappen würden, dann würden sie die Mathe-Schularbeit versäumen. Das wäre zwar für die Rosi überhaupt kein Problem gewesen, aber der Pauli stand in Mathematik zwischen vier und fünf; was halt leicht passiert, wenn man sich die Hausübungen von wem anderen schreiben lässt. Und würde er die Mathe-Schularbeit versäumen, müsste er sie mutterseelenallein nachholen. Und dann wäre ihm – ohne helfende Rosi nebenan – der Fünfer hundertprozentig gewiss.

»Von mir aus«, sagte sie. »Lauern wir, wenn es unbedingt sein muss, am Dienstag, da ist in der ersten Stunde Musik. Aber gern mache ich das echt nicht.«

Eine Zeitlang saßen die beiden stumm nebeneinander. Die Rosi mit den Beinen baumelnd, der Pauli ein zweites und ein drittes Kastanienblatt klein zupfend. Schließlich sagte der Pauli: »Garantiert steht der blöde Kerl jetzt da irgendwo hinter einem Fenster und lacht uns aus.«

Eine junge Frau kam von der Straße her in den Hof rein, ein alter Mann trat aus der Tür von Stiege 7 und humpelte zum großen Tor raus, eine Mama verließ mit einem kleinen Buben an der Hand die Stiege 3, ging mit ihm zur Sandkiste, setzt ihn rein und packte aus einer Tragetasche Küberl und Schauferl und Backe-backe-Kuchen-Formen aus. Dem kleinen Buben passte irgendetwas nicht. Er fing zu brüllen an. Die Mama hockte sich zu ihm in die Sandkiste und füllte ihm das Küberl mit Sand. Da hörte der kleine Bub zu brüllen auf, nahm das Küberl, hob es hoch und leerte es über dem Kopf seiner Mama aus. Worauf die Mama zu brüllen anfing. Und aufsprang und sich den Sand aus den Haaren zu beuteln versuchte, was ihr nicht gelang. Sie griff nach dem kleinen Buben, packte ihn an den Hosenträgern und schleppte ihn schimpfend zu Stiege 3. Das Sandspielzeug und die Tragetasche blieben in der Sandkiste liegen.

»Ob so ein kleines Kind so etwas mit voller Absicht macht?«, fragte der Pauli.

»Na klar, was denn sonst?«, sagte die Rosi. »Kleine Kinder können ziemlich boshafte Zwerge sein. Die haben es faustdick hinter den Ohren. Und genieren sich nicht, zu tun, was ihnen grad einfällt. Aber noch länger da rumsitzen und den Ureinwohnern beim Leben zuschauen, hat echt keinen Sinn.«

Der Pauli nickte und stand auf. Neben der Rosi latschte er zum großen Tor raus.

Auf dem Heimweg wurde dem Pauli und der Rosi erst klar, wie weit sie hinter dem Segelohrigen hergerannt waren. Eine halbe Stunde brauchten sie zum Flohmarkt zurück, obwohl sie schnell gingen. Mindestens zwei Kilometer, wenn nicht gar drei, mussten das gewesen sein.

»Unternehmen wir zwei beide heute noch etwas Aufbauendes?«, fragte die Rosi.

»Keine Lust auf gar nichts!«, antwortete der Pauli muffig. »Ich gehe heim!«

Und da er nicht gefragt hatte, ob die Rosi zu ihm heim mitkommen will, verabschiedete sie sich schnell. Sich jemandem aufzudrängen, ist ihre Sache nicht. Aber ein bisschen sauer war sie schon.

Doch da die Rosi von heiterer Gemütsart ist, war ihr Gram bereits verschwunden, als sie nach Hause kam und im Wohnzimmer eine aufgeschlagene Zeitung liegen sah. Auf der einen der aufgeschlagenen Seiten war ein postkartengroßes Bild. Die Rosi starrte das Bild an, murmelte: »Das könnte hinhauen«, lief zum Festnetz-Telefon, um ihre Handy-Wertkarte zu schonen, und rief den Pauli an.

Rezept
Seite 248

4. Kapitel,

in welchem die große Schwester der Rosi ein Bild malt und dafür mit einer Schüssel Tiramisu entlohnt wird.

Der Pauli stand, weil er von der missglückten Verfolgungsjagd völlig verschwitzt gewesen war, unter der Dusche, als das Telefon klingelte.

»Pauli, Telefon! Die Rosi ist dran!« Seine Mutter kam mit dem Telefon ins Bad.

»Ich kann jetzt wirklich nicht!« Der Pauli war gerade dabei, sich die Haare zu waschen. »Frag, was sie will!«

»Ich soll dich fragen, was du willst«, sagte die Pauli-Mutter ins Telefon. »Er ist nämlich komplett eingeseift.«

Sie lauschte eine Zeit lang und schaute, je länger sie zuhörte, umso verwirrter. Schließlich sagte sie: »Nur damit ich nichts falsch verstanden habe, Rosi. Du hast in der Zeitung das Phantombild von einem Tankstellen-Räuber gesehen, und da ist dir klar geworden, dass ihr von einem Buben mit Segelohren ebenfalls ein Phantombild machen müsst, damit ihr ihn findet?«

Der Pauli drehte die Brause ab, stieg eingeseiften Hauptes aus der Duschtasse, nahm seiner Mutter das Telefon aus der Hand und rief rein: »Für ein Phantombild brauchst du ein spezielles Computer-Programm, das haben wir nicht!«

Am anderen Ende der Leitung rief die Rosi: »Bevor es Computer gegeben hat, hat es längst schon Phantombilder gegeben. Gezeichnete! Das weiß ich aus alten Krimis im Fernsehen!«

»Da brauchst aber ein echtes Zeichen-Talent dazu«, wandte der Pauli ein. »Und du zeichnest genau so lausig wie ich.«

»Aber die Tina zeichnet super!«, beharrte die Rosi. Die Tina ist Rosis große Schwester.

»Und die würde das für uns machen?«, fragte der Pauli ungläubig. Die große Schwester der Rosi ist nämlich eine ziemlich zickige Person und behandelt ihre kleine Schwester und deren Freunde meistens sehr ungnädig.

»Das kriegen wir hin«, versicherte ihm die Rosi. »Sie ist daheim und voll von der Rolle und in ihrem hysterischen Zustand zu jedem Gegengeschäft bereit. Ich habe sie schon gefragt und sie hat zugestimmt.«

Der Pauli wollte wissen, welches Gegengeschäft da gemeint ist, aber die Rosi sagte bloß, das erklärt sie ihm dann, wenn er bei ihr ist. Und er soll sich beeilen!

Der Pauli gab seiner Mutter das nasse Telefon zurück, stieg wieder in die Duschtasse und brauste sich hurtig den Schaum vom Schädel.

»Um was geht es denn da?«, fragte ihn seine Mutter. »Macht ihr eh keinen Blödsinn?«

Sie bekam keine Antwort. Anscheinend hatte sie auch keine erwartet, denn ohne noch einmal nachzufragen, ging sie kopfschüttelnd weg und meldete sich erst wieder zu Wort, als der Pauli fünf Minuten später im Vorzimmer in die Schuhe schlüpfte.

»Mit nassen Haaren geht man nicht aus dem Haus!«, rief sie. »Da kriegt man Schnupfen!«

Dass einem der Wind die nassen Haare außerdem zu einer unvorteilhaften Frisur föhnt und dass das einem eitlen Knaben nicht gefallen wird, fügte sie auch noch hinzu. Aber das hörte der Pauli nicht mehr, da war er schon zur Tür draußen.

Die Rosi wohnt in derselben Straße wie der Pauli, bloß fünf Gassen weiter. Der Pauli keuchte in den siebenten Stock rauf, weil der Lift wieder einmal *außer Betrieb* war.

»Die Tina ist in der Küche und springt vor lauter Frust im Quadrat!«, sagte die Rosi, nachdem sie dem Pauli die Wohnungstür geöffnet hatte.

»Warum?«, fragte der Pauli.

»Weil sie zwei Linke hat und das Tiramisu nicht hinkriegt, das sie morgen zur Party mitbringen soll.« Die Rosi führte den Pauli in die Küche.

In der Küche herrschte Chaos-total. Auf dem Küchentisch standen Schüsseln, saubere und bekleckerte, und allerhand offene Packungen, dazwischen lagen Biskotten und Eier, teils aufgeschlagen, teils noch ganz, und eine Waage und ein Pott Mascarpone und ein Glas Lös-Kaffee koffeinfrei und ein Suppenteller voll braunem Brösel-Gatsch und eine Küchenwaage und ein Handmixer ohne Quirle. Die tropfenden Quirle lagen auf dem Fliesenboden. Und alle Türen der Küchenschränke waren voll weißer und gelber Spritzer.

»So ein Mist, so ein lausiger, total vertrottelter Bockmist!« Die Tina war am Heulen. »Ich schaffe das nicht. Ich habe kein Talent für so was. Und die Mama geht einfach dumm lachend weg und lässt mich mit der Sauerei allein!«

»Wo liegt denn das Problem, junge Frau?«, fragte der Pauli gütig grinsend.

Die Tina, die normalerweise nicht mal auf einen Gruß vom Pauli Antwort gibt, jammerte ihm vor, dass der Handmixer kaputt ist, weil die Quirle dauernd rausfallen! Und die Eier lassen sich nicht in Dotter und Eiklar trennen! Und die Biskotten lösen sich im Lös-Kaffee auf und werden zu braunem Gatsch!

»Sonst noch was?«, fragte der Pauli.

»Das reicht ja wohl!«, rief die Tina und stampfte wie ein Kleinkind mit einem Fuß auf.

Der Pauli inspizierte den Handmixer, steckte probehalber die dreckigen Quirle rein und schaltete ihn an. Brav drehten sich die Quirle. Wahrscheinlich hatte die Tina den Antriebsquirl ins falsche Loch gesteckt. Dann besichtigte er die Schüssel mit dem Eiklar, aus dem kein Eischnee werden wollte. Eindeutig war es durchsetzt mit kleinen gelben Dotterflankerln. Sonnenklar, dass da kein Schnee draus werden konnte! Und die armen Biskotten mussten ja wohl schon ewig im Lös-Kaffee dümpeln und nicht wie nötig nur ein paar Augenblicke!

»Tina, krieg dich ein, es wird ja alles wieder gut«, sagte die Rosi, »der Pauli macht dir das Tiramisu! Der kann das erstklassig, besser als unsere Mama!«

»Ich weiß doch nicht, ob ich ein Phantombild überhaupt kann«, meinte die Tina. »So was habe ich noch nie gemacht. Aber ich versuche es halt.«

Könnte ich von mir auch sagen, dachte der Pauli. Tiramisu hatte er noch nie gemacht. Aber das Kochbuch lag ja aufgeschlagen neben dem Gasherd. Und wenn sich nicht zufällig ein hinterhältiger Druckfehler ins Tiramisu-Rezept geschlichen hatte, konnte nicht viel schiefgehen. Denn so ein Tiramisu ist eher eine Bastelarbeit als ein Werk der Kochkunst.

Die Rosi brachte einen Stoß Zeichenpapier und Buntstifte und einen Radiergummi und räumte für die Tina eine Ecke vom Küchentisch frei.

Der Pauli schüttete das versaute Eiklar weg und spülte die Schüssel und die Quirle. Dann betrachtete er seufzend die Schüssel, in der das Eigelb, durchsetzt mit Eierschalenstückerln, waberte.

»Auch zu vergessen!«, seufzte er und entsorgte schweren Herzens, weil man Nahrung nicht vergeuden soll, den gelben, mit Kalk angereicherten Dotter-Gatsch.

Die Rosi wollte anfangen, ihrer Schwester das Gesicht vom Segelohrigen zu beschreiben, aber der Pauli sagte: »Moment noch! Du musst mir helfen, die Eier zu trennen!«

Der Pauli hätte beim Trennen von Dotter und Eiklar nämlich das gleiche Problem wie die Tina, hätte er sich nicht einen Super-

Trick ausgedacht. Der haut allerdings nur zu zweit hin. Der eine hält seine gewaschene Hand, Handfläche nach oben, Finger fest geschlossen, über eine Schüssel. Der andere ditscht das Ei auf und lässt Dotter und Eiklar auf die Handfläche plumpsen. Worauf der eine die Finger ein ganz klein wenig auseinandertut, und das Eiklar flutscht in die Schüssel runter, und der Dotter bleibt auf der Handfläche liegen. Das funktioniert allerdings nur mit sehr frischen Eiern. Aber Eier sollen ja sowieso immer sehr frisch sein.

Sechs Eier trennten der Pauli und die Rosi auf diese Art und die Tina rief bewundernd: »Also so macht man das richtig! Das muss einem ja gesagt werden!«

Der Pauli verzichtete drauf, zu widersprechen. Was richtig ist und was nicht, ist schließlich Ansichtssache.

Gottlob ist die Erzeugung von Tiramisu eine simple Aktion, die nicht viel Aufmerksamkeit erfordert. So konnte der Pauli, während er Eischnee schlug und Dotter mit Kristallzucker und Mascarpone vermischte, bei der Phantombild-Anfertigung gehörig mitreden.

»Ohren noch ein bissl größer!«, kommandierte er. Und: »Das Gesicht mehr wie ein Vollmond!« Und: »Die Nase kleiner, aber so knollig wie ein mehliger Erdäpfel!« Und: »Auf der rechten Wange war ein Muttermal!«

Dazwischen sagte die Rosi: »Die Augen kleiner und enger zusammen!« Und: »Die Haare borstig und kurz und wie selber mit einer stumpfen Schere abgeschnipselt!«

Und die Tina radierte schnaufend und besserte aus und zeichnete um und fügte, ganz nach Kommando, hinzu. Bis die Rosi sagte: »Jetzt ist der Kerl perfekt!«

Die Tina betrachtete das Ergebnis ihrer emsigen Bemühungen und sagte staunend: »Gibts ja nicht! So hässlich kann einer allein ja gar nicht sein!«

Der Pauli rührte noch sehr behutsam den Eischnee unter sein gelbes Gemisch, dann schichtete er getunkte Biskotten, abwechselnd mit schaumiger Creme, in die große, rechteckige Schüssel, die ihm die Tina gebracht hatte.

»Es ist halt mehr eine Karikatur als ein Porträt«, erklärte er der Tina. »Aber für unsere Zwecke reicht es hoffentlich.«

Und weil die Rosi und der Pauli so überaus zufrieden mit dem Phantombild waren, halfen sie der Tina auch noch die eingedreckte Küche sauber zu machen, nachdem die volle Schüssel im Eisschrank verstaut war.

»Vor morgen ja nicht anschneiden, das muss über Nacht stocken!«, mahnte der Pauli die Tina. »Und morgen streust du Kakao drüber! Dazu nimmst du ein Sieberl. Sonst gibt es hässliche Bröckerln oben drauf, weil Kakao klumpt gern!«

»Aus dir wird einmal ein Zehn-Sterne-Sieben-Hauben-Koch!«, meinte die Tina bewundernd.

»Aus ihm wird einmal ein Kriminalkommissar, mindestens bei der Interpol!«, sagte die Rosi.

Der Pauli sah keinen Grund, dem zu widersprechen.

Am Sonntag, pünktlich um zehn Uhr, wie ausgemacht, kam die Rosi zum Pauli. Mit zwanzig Phantombildern. Die hatte sie auf dem Kopierer ihrer Mama kopiert.

»Wozu zwanzig?«, fragte der Pauli.

»Ich habe mir gedacht, wir kleben die Bilder an die Türen zu den einzelnen Stiegen. Und an die Baumstämme. Damit sie möglichst viele Leute sehen. Wie der Kater von unserer Nachbarin entlaufen ist, hat sie das auch gemacht«, sagte die Rosi.

Der Pauli war dagegen. »Nein, nein, wir machen das besser undercover!«

»Wir machen das wie?«, staunte die Rosi. Weil »under« zu deutsch »unter« heißt, und »cover« zu deutsch »Decke«, und sie sich schwer vorstellen konnte, das Phantombild unter einer Decke herzuzeigen.

»Das heißt so viel wie geheim«, erklärte der Pauli. »Also nicht ganz geheim, aber halb geheim. Wenn überall sein Bild hängt, dann ist er doch gewarnt und kann untertauchen!«

Der Rosi war zwar nicht klar, wie man »halb geheim« ein Bild herumzeigt, aber sie fragte nicht weiter nach und dachte sich: Weil er es einfach nicht mag, dass nicht immer er alles allein bestimmt! So ist er eben!

Aber gegen das »Untertauchen« musste sie denn doch Protest einlegen!

»Der ist höchstens zwölf!«, sagte sie. »Ein Zwölfjähriger kann doch nicht untertauchen!«

»Es gibt auch jede Menge zwölfjährige Straßenkinder«, sagte der Pauli stur.

»In Rumänien und in Berlin vielleicht, aber doch nicht in Wien!«, beharrte die Rosi. Jeden Blödsinn muss man sich schließlich nicht bieten lassen!

Der Pauli hatte schon die Wohnungstür aufgemacht, da kam seine Mutter, den Kopf voll großer Lockenwickler, weiße Paste auf dem Gesicht, aus dem Badezimmer und wollte wissen, wann ihr Sohn heimkommen wird.

»Weiß ich noch nicht, vielleicht bald, vielleicht dauert es aber auch länger. Aber bestimmt noch heute«, sagte der Pauli und wollte zur Tür raus.

»Aber ich wollte mit dir schön Mittagessen fahren«, sagte die Pauli-Mutter. »Irgendwohin ins Grüne, in die Sonne.«

»Zu zweit?«, fragte der Pauli.

»Zu dritt!«, antwortete seine Mutter.

»Danke, nein!« Der Pauli schob die Rosi auf den Gang raus und knallte die Tür hinter sich zu.

»Magst du den neuen Freund deiner Mama immer noch nicht?«, fragte die Rosi, als sie die Treppe runterliefen.

»Der ist mir doch völlig Knackwurst in Essig und Öl!«, sagte der Pauli. »Ich mag meine Mama nicht, wenn er dabei ist. Da ist sie auf einmal ganz anders.«

»Wie anders?« Die Rosi jappelte hinter dem Pauli her und hatte Mühe, mit ihm Schritt zu halten.

»Anders eben!« Der Pauli zuckte mit den Schultern. »Voll affig und komisch, nicht normal eben. Wie eine ganz fremde Frau kommt sie mir dann vor!«

»Wie eine ganz fremde Frau? Das verstehe ich nicht!«, sagte die Rosi.

»Musst du ja auch nicht!«, sagte der Pauli.

»Ich würde es aber gern verstehen!«, beharrte die Rosi.

Da zischte der Pauli: »Thema durch!«

Das sagt er immer, wenn er nicht länger über etwas reden will. Und fragt man trotzdem weiter, wird er stockstinksauer.

Also marschierte die Rosi schweigend neben ihm her. Bis zur großen Straßenkreuzung mit der Ampel. Dort sagte sie: »Ich will mit der Straßenbahn fahren, ich renn doch nicht wieder kilometerweit und zieh mir das Seitenstechen zu.«

»Und mit welcher Bim fahren wir da?« Im Straßenbahnfahren ist der Pauli nicht geübt.

»Auf der Straße, wo der Gemeindebau ist«, erinnerte sich die Rosi, »da ist eine Straßenbahn gefahren, auf der ist vorne siebenunddreißig gestanden.«

»Dann weiß ich, wo wir einsteigen müssen«, sagte der Pauli und jappelte weiter, zur Straße, wo er die Linie 37 vermutete.

Aber Schnecken! Dort fuhr die Linie 36. Und der Pauli, dem es nie leicht fällt, einen Irrtum zuzugeben, behauptete doch glatt, dass da vor ein paar Wochen noch der Siebenunddreißiger gefahren ist und dass man das anscheinend umgeändert hat.

Die Rosi überging den Unsinn großzügig und fragte einen Mann, der bei der Haltestelle wartete, nach der Linie 37.

Der Mann sagte: »Da steigt ihr zwei hier mit mir in den Sechsunddreißiger ein und fahrt drei Stationen und dort steigt ihr in den Siebenunddreißiger um.«

Und das taten der Pauli und die Rosi dann und stiegen fünfundzwanzig Minuten später vor dem großen Gemeindebau aus der Straßenbahn.

Rezept Seite 250

5. Kapitel,

in welchem sich die Rosi und der Pauli von einem zaundürren Volksschulknirps austricksen lassen, weswegen der Pauli Paprikasuppe kocht.

»Und jetzt?«, fragte die Rosi, als sie vor dem großen Gittertor vom Gemeindebau standen.

»Jetzt fragen wir gleich einmal den da!« Der Pauli zeigte auf einen Buben, der vom Hof her zur Straße kam, stellte sich ihm in den Weg und hielt ihm das Phantombild hin.

»Kennst du den Kerl auf dem Bild?«, fragte er. »Der muss hier wo auf einer Stiege wohnen!«

Der Bub betrachtete das Bild und schüttelte den Kopf. »Aber ich wohne nicht da, ich war nur meine Oma besuchen. Und die wohnt auch erst seit voriger Woche hier.«

»Danke trotzdem«, sagte der Pauli und ging mit der Rosi in den Hof und setzte sich mit ihr auf die erstbeste Bank unter einem Kastanienbaum.

Die Rosi schnupperte und stellte fest, dass es im Hof nach Schnitzeln roch. Und nach Gurkensalat!

»Wieso denn jetzt schon?« Der Pauli schaute auf seine Armbanduhr. »Die können doch nicht zwanzig Minuten vor elf beim Mittagessen sein.«

»Vielleicht essen sie am Sonntag Schnitzel mit Gurkensalat zum späten Frühstück«, sagte die Rosi. »Ich habe eine Tante, die schwärmt davon, zum Frühstück Austern zu essen und Champagner zu trinken. Und sie will einen Mann heiraten, der so viel Geld hat, dass sie sich das jeden Tag leisten kann.«

»Du hast vielleicht Tanten!« Der Pauli schaute sich im Hof um.

Kein Mensch war zu sehen. »Das gibt es doch nicht«, sagte er. »Elf mal sieben mal fünf Wohnungen und in jeder wohnen sicher ein paar Leute. Wo sind denn die alle hin? Wieso kommt da keiner? Wieso geht da keiner? Sind alle elf Stiegen in den hundertjährigen Dornröschenschlaf verfallen?«

»Nein! Sie klopfen Fleisch und hackeln Gurken und heizen das alte Öl in den Fritteusen an!«, seufzte die Rosi. Was da aus offenen Küchenfenstern zu ihnen her waberte, roch nämlich nicht nur nach Schnitzeln, sondern auch ein bisschen ranzig.

Dann schlug es von einer Kirchturmuhr elfmal, und kaum war der letzte Schlag verhallt, kamen aus etlichen Stiegen eine Menge Buben raus. Alles Volksschulknirpse. Sie liefen zum Ballspielplatz hinter der Sandkiste. Ein Bub hatte einen Fußball unter dem Arm.

Der Pauli und die Rosi standen auf und marschierten mit dem Phantombild zum Ballspielplatz. Die Buben, die gerade dabei waren, zwei Fußball-Teams zu bilden, schauten ihnen neugierig entgegen.

Diesmal fragte die Rosi. Die Buben drängten sich um sie, schauten das Bild an und lachten los.

»Super getroffen!«, rief ein Bub.

Ein anderer sagte: »Der wohnt auf der Einser-Stiege!«

»Und wie heißt er?«, fragte der Pauli.

»Ich glaube, der heißt Daniel«, sagte der Bub, der den Segelohrigen gut getroffen gefunden hatte.

»Nein, der heißt David!«, widersprach ein zaundürrer Bub mit großen Hasenzähnen. »Das weiß ich genau. Sein Bruder geht mit mir in die Klasse.«

»Und wie heißt er hinten dran?«, fragte der Pauli.

»Wie? Hinten dran?« Der zaundürre Bub schaute verständnislos.

»Den Nachnamen meint er«, erklärte ihm die Rosi.

»Ach so! Hubatka hinten dran. Und auf Stiege fünf wohnt er, nicht auf Stiege eins!«

»Besten Dank, guter Knabe!«, sagte die Rosi und ging mit dem

Pauli zur Stiege 5. Die Buben glotzten hinter ihnen her und tuschelten miteinander.

Neben der Eingangstür zur Stiege 5 war eine Messingtafel mit den Klingelknöpfen für die einzelnen Wohnungen. HUBATKA stand ganz unten auf der Messingtafel, und neben dem Namen stand: 28.

»Das muss die Türnummer sein«, meinte der Pauli. »Und da der Hausmeister im Parterre unten in jedem Haus die Nummer eins an der Tür hat, muss die Nummer achtundzwanzig im letzten Stock oben sein!«

»Klingelst du jetzt einfach bei Hubatka?«, fragte die Rosi zögernd. »Und sagst, dass wir zum David wollen?«

Der Pauli benagte, himmelwärts schauend, seine Unterlippe. Die Rosi wartete geduldig auf Antwort.

Endlich sagte der Pauli: »Nein! Wir müssen den Hubatka allein in die Finger kriegen. Vor seinen Eltern leugnet er garantiert alles und wir haben ja keinen Beweis in der Hand.«

Die Rosi nickte erleichtert. Zu wildfremden Leuten in die Wohnung zu gehen und deren Sohnemann zu beschuldigen, wäre ihr ziemlich unangenehm gewesen.

Der Pauli nagte wieder an seiner Unterlippe herum. Wieder ewig lange. Die Rosi wurde ungeduldig.

»Und wie kriegen wir den Hubatka allein in die Finger?«, fragte sie.

»Jetzt setzen wir uns erst einmal auf das Bankl dort!«, der Pauli zeigte auf eine Bank unter einem Kastanienbaum vor der Stiege 5, »und observieren die Eingangstür.«

»Wir tun was?« Die Rosi steuerte auf die Bank zu.

»Observieren heißt beobachten in der Polizeisprache!«, belehrte sie der Pauli.

Der Rosi gefiel die Bank nicht. Weil sie im Schatten war und weil allerhand Taubendreck auf ihr klebte.

Der Pauli setzte sich auf die Bank. »Das ist der einzige Platz im

Hof, den man von den Fenstern im siebenten Stock von Stiege 5 nicht sehen kann! Weil die Äste vom Baum drüberhängen! Wenn der Hubatka aus dem Fenster schaut und uns sieht, kommt er doch nie im Leben runter!«

Die Rosi wollte sich nicht auf Taubendreck setzen. »Hast ein Taschentuch, zum Draufsetzen?«, fragte sie den Pauli.

»Bitte sehr, mein gnädiges Fräulein!« Der Pauli holte ein Papiertaschentuch aus der Hosentasche. Die Rosi entfaltete es, legte es auf die Bank und setzte sich drauf.

Im tatenlos Herumsitzen und Warten ist die Rosi nicht gut. Die Minuten, fand sie, zogen sich wie Kaugummi der besten Sorte. Und vielleicht, dachte sie, ist dieser Hubatka ja gar nicht daheim, vielleicht ist er schon weggegangen, bevor wir gekommen sind. Oder er hat uns längst gesehen, wie wir mit den Buben geredet haben, und wartet hinter einem Fenster, bis wir endlich abdampfen! Oder er liegt am Sonntag den ganzen Tag im Bett!

Gerade als sie dem Pauli ihre Befürchtungen mitteilen wollte, kam der zaundürre Bub mit den großen Hasenzähnen zu ihnen und setzte sich zwischen den Pauli und die Rosi, mitten in drei Klackse frischen Taubendreck.

»Die Trotteldeppen lassen mich nicht mehr mitspielen«, schimpfte er. »Sie behaupten, dass ich ihnen absichtlich gegen die Schienbeine trete, die verstehen nämlich nichts von einem harten Spiel, diese Seicherln.«

»Aha, aber du natürlich schon!« Die Rosi grinste den Zaundürren freundlich an.

»Warum habt ihr die Zeichnung vom Hubatka David rumgezeigt?«, fragte der Zaundürre.

»Weil wir mit ihm reden müssen«, sagte die Rosi.

»Und warum geht ihr dann nicht rauf zu ihm?« Der Zaundürre stupste die Rosi in die Rippen.

»Was geht denn das dich Spargel an?«, kanzelte der Pauli den Zaundürren ab.

Die Rosi fand das zu unhöflich und zudem hatte sie so ein gewisses Bauchgefühl, dass ihnen der Zaundürre eventuell nützlich sein könnte. Die Rosi hält viel auf ihre Bauchgefühle und richtet sich lieber nach ihnen als nach ihrem Hirn.

So sagte sie freundlich: »Weil wir nicht vor seinen Eltern mit ihm reden wollen. Und weil er mit uns garantiert nicht reden will. Drum müssen wir ihn abpassen!«

»Soll ich ihn vielleicht für euch runter holen?«, fragte der Zaundürre.

Da wurde auch der Pauli blitzschnell freundlich. »Könntest du das denn?«

Der Zaundürre nickte. »Ich sage ihm, dass mich die Mona schickt und dass sie hinter den Fliederbuschen auf ihn wartet. Da kommt er hundertpro! Dort treffen sich nämlich die Liebespaare immer. Und er ist verknallt in die Mona.«

»Wo sind denn diese Fliederbuschen?« Die Rosi schaute sich um. »Ich seh keine.«

»Nicht im Hof«, erklärte der Zaundürre. »Draußen. Auf der anderen Straßenseite, im Beserlpark!«

»Okay«, sagte der Pauli. »Wäre echt voll super, wenn du das für uns hinkriegst!«

Der Zaundürre hielt dem Pauli eine Handfläche hin. »Für fünf Euro mache ich es!«

Der Pauli und die Rosi schauten den Zaundürren mauloffen an. Dass der Geld für eine kleine Hilfeleistung verlangen könnte, wäre ihnen wirklich nicht in den Sinn gekommen. Aber der Zaundürre erklärte ihnen, dass er ja auch allerhand Risiko auf sich nehmen und sich in Gefahr begeben muss. Weil die Mona ja in Wirklichkeit nicht hinter den Fliederbuschen auf den Hubatka warten wird, sondern der Pauli und die Rosi dort sein werden, und wenn der

Hubatka merkt, dass er von ihm reingelegt worden ist, dann muss er richtig auf der Hut sein. Weil der Hubatka ist rachsüchtig, und auf Kleinere geht er sowieso immer gern los, und eine Steinschleuder hat er auch!

»Einen Euro kannst haben! Und keinen einzigen Cent mehr«, sagte der Pauli.

Der Zaundürre schüttelte den Kopf. »Vier wenigstens! Drunter mach ich es nicht!«

»Mehr als drei Euro haben wir aber nicht, ehrlich wahr«, log die Rosi.

»Na gut, von mir aus!«, seufzte der Zaundürre und hielt wieder die Hand auf.

Die Rosi fischte vorsichtig drei Ein-Euro-Münzen aus einer Hosentasche. Vorsichtig deshalb, damit die zwei Fünf-Euro-Scheine, die sie auch in der Hosentasche hatte, nicht irrtümlich mitrutschten.

Der Zaundürre grapschte gierig nach den Münzen. Und gerade als er sie in der Faust hatte, ging die Tür von Stiege 5 auf und heraus marschierte ein riesiger Mann mit Segelohren, in Jogging-Hose und Unterleiberl, an den Füßen Badeschlapfen. Hinter ihm kam eine Frau, ebenfalls in Übergröße und auch Überbreite, angetan mit kniekurzen, nabelfreien Jeans und einem viel zu engen T-Shirt. Und ihr folgten ein kleiner segelohriger Bub und der Hubatka. Der Hubatka trug zwei zusammengeklappte Camping-Stockerln, der kleine Bub hatte einen kleinen Sonnenschirm unter einen Arm geklemmt, der riesige Mann schleppte zwei schwere Kühltaschen und die Übergrößen-Überbreiten-Frau trug ein Monstrum von einem Batterie-Radio, aus dem leise Schlagermusik dudelte.

Im Gänsemarsch strebten die vier der Straße zu. Der Zaundürre sprang auf und sagte zur Rosi: »Die kommen garantiert erst spät am Abend vom Ausflug zurück. Tut mir leid, da lässt sich heute leider nichts mehr machen!«

Dann flitzte er mit den drei Euro davon, quer durch den Hof, vorbei an der Sandkiste und dem Ballspielplatz und verschwand in der Stiege 11.

Der Pauli und die Rosi schauten hinter ihm her, bis er nicht mehr zu sehen war.

»Mein lieber Herr Gesangsverein«, murmelte die Rosi ziemlich fassungslos, »das war ja nun wohl eine doppelte Pleite.«

Der Pauli stand auf. »Ich lasse mich glatt von einem mickrigen Dreikäsehoch reinlegen! So ein Shit! Jetzt brauche ich unbedingt eine Suppe. Suppe beruhigt den Magen«, sagte er. »Willst auch?«

»Gern!«, log die Rosi. Suppen sind ihre Sache nicht. Aber Lust, heimzugehen, hatte sie auch nicht. Und der Pauli, dachte sie, braucht jetzt jemanden zum Reden.

Auf dem Heimweg versuchte sich die Rosi als Stimmungs-Aufheller. »Jetzt wissen wir auch schon, wie er heißt!«, sagte sie. »Wir kommen Schritt für Schritt vorwärts!« Und: »Die drei Euro verschmerze ich, musst mir nicht die Hälfte geben!« Und: »Mein Bauchgefühl sagt mir, dass wir ihn schnappen werden!«

Es half nichts. Der Pauli murmelte bloß: »So was von Niederlage ist mir noch nie untergekommen!«

Also schwieg die Rosi und hoffte auf das Supperl.

Die Pauli-Mutter stand ausgehfertig vor dem großen Spiegel im Vorzimmer, als der Pauli und die Rosi kamen.

»Na, willst nicht doch mitkommen, Pauli?« Sie zupfte sich ein paar Haarsträhnchen in die Stirn. »Und du bist natürlich auch eingeladen, Rosi!«

»Ich bin dafür, dass du deine Beziehungen fein säuberlich trennst!«, keifte der Pauli seine Mutter an.

»Wie? Welche Beziehungen soll ich trennen?«, fragte die Pauli-Mutter verwundert.

»Die zu mir und die zu deinem Latin-Lover!«, sagte der Pauli.

»Der Roland ist kein Latin-Lover, sondern ein seriöser Bankbeamter!« Die Pauli-Mutter schnappte ihre Handtasche und stöckelte ab.

»Was ist denn ein Latin-Lover?«, fragte die Rosi.

»Ein Schnösel mit Schmalzlocken und Glutaugen, der auf Romantik macht«, sagte der Pauli.

»Und so einer ist dieser Roland?«

»Nein. Der hat eine Halbglatze und Fischaugen!« Der Pauli ging in die Küche. »Aber sie ärgert sich, wenn ich ihn so nenne!«

Die Rosi verzichtete drauf, dem Pauli zu sagen, dass sie das kindisch findet. Sie fragte ihn lieber: »Kann ich dir helfen?«

»Ja! Find irgendetwas, aus dem sich Suppe machen lässt. Ich habe ja nicht geahnt, dass mich heute noch der große Frust überfallen wird.«

Die Rosi griff in das Zwiebelkörberl und hielt ein großes Zwiebelhäuptl hoch.

»Zwiebelsuppe mit überbackenem Parmesan-Toast!«, schlug sie dem Pauli vor.

Aber dem Pauli dauerte Zwiebelsuppe zu lange. Eine schnelle Suppe wollte er machen.

Die Rosi holte zwei dicke, gelbe Paprika aus der Gemüselade vom Eisschrank.

»Das haut hin!«, rief der Pauli. Er nahm seine Taucherbrille vom Fensterbrett und setzte sie auf. Das macht er immer, wenn er Zwiebel schneidet. Damit er nicht weinen muss.

Hurtig schälte der Pauli die Zwiebeln, dann hackte er sie, kreuz und quer, in Brocken und die Brocken in Stücke.

Die Rosi wunderte sich. Sonst ist der Pauli nämlich immer dafür, die Zwiebel fein säuberlich in winzige Würferln zu schnipseln.

»Muss für Paprikasuppe nicht sein«, klärte sie der Pauli auf, stellte einen Topf auf den Herd, tat einen Klacks Butter rein und die Zwiebelbrocken dazu und rührte im Topf, bis es darin ordentlich brutzelte. Dann halbierte er die Paprika, entfernte die Kerne und den Strunk, schnitt den Rest klein und warf das Kleingeschnittene zum Zwiebel und rührte wieder.

»Pudding«, sagte die Rosi. »Was der zaundürre Hasenzahn kann, das muss ich doch auch hinkriegen!«

Der Pauli goss ein Krügel Wasser in den Topf, streute einen Esslöffel Suppenpulver drüber und verrührte es.

»Meine Stimme erkennt er sicher nicht wieder!«, sagte die Rosi. »Ich lüge ihm durch die Gegensprechanlage einfach vor, dass ich eine Freundin von der Mona bin und dass er zu den Fliederbuschen kommen soll, weil sie dort auf ihn wartet.«

Im Topf fing es heftig zu blubbern an, der Pauli schaltete die Herdplatte auf Stufe 2 runter.

»Vielleicht«, sagte die Rosi, »sollten wir den Nenad mitnehmen, der hat Muckis wie ein Catcher. Nur für den Fall, dass sich der Hubatka prügeln will!«

»Bist jetzt komplett gaga?« Der Pauli setzte sich zum Küchentisch, und während das Süppchen vor sich hin brodelte, erklärte er der Rosi, dass das überhaupt nicht in Frage kommt. Wenn jemand den Fall löst, dann er! Und zwar ohne Hilfe! Außer natürlich der Hilfe von der Rosi! Und bevor der Fall nicht gelöst ist, darf keine Menschenseele irgendwas erfahren!

»Ich hab ja nur gemeint«, murmelte die Rosi.

Der Pauli nahm den Stabmixer vom Wandhaken und einen Becher Obers aus dem Eisschrank. Er tauchte den Stabmixer in den Topf und ließ ihn auf höchster Stufe arbeiten. Im Nu wurde der bröckelige Matsch zu Püree.

»Und jetzt gieß mir Obers rein, schön langsam, den halben Becher!«, kommandierte der Pauli.

Die Rosi tat wie befohlen und beugte sich dabei zu nahe an den Topf, wodurch ihr Gesicht unzählige paprikafarbene Sommersprossen bekam.

»Wo gehobelt wird, fallen Späne, wo gemixt wird, gibt es eben Spritzer!«, kicherte der Pauli. Bereits der Anblick des fertigen Supperls hatte ihn wieder ins seelische Gleichgewicht gebracht.

Die Rosi stellte Suppenteller auf den Tisch und legte Löffel dazu, der Pauli schöpfte das duftende Süppchen in die Teller.

»Ein bissl dick ist das Supperl!« Die Rosi rührte, nicht gerade begeistert, im gelben Brei.

»Na klar! Dünne Suppe hilft nicht, je dicker, je besser!«, sagte der Pauli und blies, um sich nicht den Mund zu verbrennen, zärtlich auf den vollen Löffel.

Rezepte Seite 251 und 252

6. Kapitel,

in welchem die Rosi zur Belohnung Topfenknödeln bekommt und eine Chantal alles nur noch mehr verwirrt.

Weil der Pauli vor einer Mathe-Schularbeit immer fixi-foxi-fertig ist, samt Zitterfingern, Schlotterknien und Ohrensausen, hatte er die Montags-Schuljause schon Sonntag am Abend zurechtgemacht. Und weil sein zarter Gaumen Brote verabscheut, die über Nacht vom Belag matschig geworden sind, hatte er zwei kleine Plastiktöpfchen mit Kräuteraufstrich gefüllt, für den er Topfen mit Salz und saurem Rahm und klein gehackten Kräutern verrührt hatte. Und damit auch die Rosi zufrieden sein konnte, hatte er noch Schinkenstreiferln druntergemischt.

Trotzdem sich der Pauli die morgendliche Brot-Schmier-Arbeit erspart hatte, kam er erst beim Acht-Uhr-Läuten, zusammen mit dem Buntspecht, in die Klasse. Absichtlich. Er war auf dem Schulweg sogar vor Auslagen stehen geblieben, in denen überhaupt nichts lag, was ihn interessierte.

Der Pauli mag es nämlich nicht, wie sich etliche Kinder in seiner Klasse vor Schularbeiten aufführen. Gerade die, die sowieso meistens Einser und Zweier bekommen, hüpfen wie die Blöden herum und jammern, dass sie diesmal gar nichts können und garantiert einen Fünfer kriegen werden. Und die armen Schweine, denen die Fünfer wirklich drohen, sitzen bleich wie Gervais-Käse hinter ihrem Pult und müssen sich den Unfug anhören.

»Na, es wird ja auch langsam Zeit!«, zischelte ihm die Rosi zu, als sich der Pauli auf seinen Sessel plumpsen ließ und Stifte, Dreiecke und den Zirkel aus dem Rucksack holte.

»Ein Rentner ist kein Düsen-Jet«, zischelte der Pauli zurück. Nie im Leben, nicht mal vor der Rosi, hätte er zugegeben, warum er auch vor Mathe-Schularbeiten zu spät kommt.

Der Buntspecht ließ vom Moritz die Schularbeitshefte austeilen und dazu die Zettel mit den Angaben zu den Beispielen. Wie immer hatte der Pauli Gruppe A und die Rosi Gruppe B. Und wie immer war die Abmachung zwischen der Rosi und dem Pauli folgende: Der Pauli liest sich die Beispiele durch und stellt fest, welches von den vieren er am leichtesten allein schafft. Das flüstert er der Rosi zu. Und die Rosi schielt auf die Angaben vom Pauli rüber und sucht sich von den restlichen drei Beispielen eines aus und rechnet es ihm auf ihrem Löschblatt vor. Was klarerweise mit Geometrie-Aufgaben nicht funktioniert. Mit denen muss sich der Pauli selber herumschlagen.

Früher hat die Rosi das Geometrie-Problem so zu lösen versucht, dass sie ihr Heft mit der fertigen Schularbeit dem Pauli rübergeschoben hat und sein Heft auf ihre Pulthälfte gezogen und das verlangte Trapez reingezeichnet hat. Aber einmal hat der Buntspecht, trotzdem er Zeitung gelesen hat, etwas gewittert. Er hat die Zeitung weggelegt und ist auf das Pult von der Rosi und vom Pauli zu gesteuert. Da hat die Rosi geistesgegenwärtig laut zum Pauli gesagt, dass sie sich seinen Radiergummi ausborgen muss, und hat über die zwei Hefte zum Radiergummi gegriffen und dabei beide Hefte, und die Dreiecke auch, vom Pult runtergewischt.

»Oh, Entschuldigung!«, hat sie gerufen und sich gebückt und ihr eigenes Heft aufgehoben.

Und der Pauli hat »Kann ja passieren!«, gesagt und sein Heft aufgehoben.

Der Buntspecht hat geahnt, dass da etwas Verbotenes vor sich gegangen ist, aber er ist nicht dahintergekommen, was es gewesen ist, denn eine solche Chuzpe hätte er den beiden nicht zugetraut.

Jedenfalls will die Rosi so ein Risiko nicht mehr eingehen und hilft seither dem Pauli bloß mit einem beschriebenen Löschblatt aus. Wodurch der Pauli trotz Rosis tatkräftiger Hilfe in arge Bedrängnis kommt, wenn zwei Geometrie-Beispiele zu lösen sind.

Diesmal gab es gottlob kein einziges Geo-Beispiel und der Pauli erbat sich von der Rosi das erste Beispiel, und machte sich ans zweite und bekam tatsächlich eine vernünftige Lösung hin, und mühte sich dann mit dem dritten Beispiel so lange ab, bis ihm die Rosi das Löschblatt zuschob und er mit dem Abschreiben anfangen konnte.

Leider schlug der Buntspecht seine Zeitung zu und marschierte in der Klasse herum, bevor der Pauli mit dem Abschreiben fertig war und das Löschblatt verschwinden lassen konnte.

Als der Buntspecht an Paulis Platz vorbei kam, sah er das beschriebene Löschblatt, argwöhnte Betrug und wollte dem Pauli das Löschblatt wegnehmen. Der Pauli hielt es fest.

»Bitte, ich habe mir die Rechnung vorgeschrieben«, sagte der Pauli treuen Blickes, »damit ich im Heft nicht herumschmieren muss und es schöner ausschaut!«

Der Buntspecht betrachtete die windschiefen Ziffern und Buchstaben auf dem Löschblatt und hielt sie eindeutig für Paulis Handschrift und meinte bloß, dass der Pauli mit solchem Firlefanz unnötig Zeit vergeude, denn auf Schönschrift komme es bei Mathe-Schularbeiten nicht an.

Der Pauli nickte einsichtig und schrieb weiter vom Löschblatt ab und schwor sich, die Rosi nie mehr »übervorsichtig« zu nennen, weil sie sogar auf den Schwindelzetteln seine komischen Ziffern und Buchstaben nachmacht.

Dann schaffte der Pauli sogar noch das dritte Beispiel bis auf einen kleinen Rechenfehler, und als er das Heft abgab, war er sich ziemlich sicher, dass ihm – Rosi sei Dank – heuer Sommerferien mit Mathe-Nachhilfestunden erspart bleiben.

In der Pause nach der Schularbeit jammerten die Einser- und Zweier-Kandidaten – außer der Rosi natürlich – wieder herum, dass sie diesmal einen Fünfer kriegen werden, aber den Pauli störte das nicht mehr so arg, die Aussicht auf Ferien ohne Mathe-Nachhilfestunden machte ihn friedlich wie ein junges Lamm.

Diese friedliche Stimmung hielt allerdings nur bis zur zweiten Pause an. Der Pauli hatte seine große Plastikdose ausgepackt und bestrich gerade zwei Schnitten Vollkornbrot üppig mit dem Topfen-Kräuter-Schinken-Aufstrich, da kam die Anna zu ihm und zur Rosi und sagte: »Die Lea hat ihr Herz natürlich nicht zurückgeschickt bekommen! So naiv können auch nur das kleine Gemüse und der Buntspecht sein, dass sie an so etwas glauben!«

Dann beugte sie sich zu ihnen runter und zischelte: »Wir glauben jetzt doch, dass es der Jonas gewesen sein muss! Weil, dass seine Schwester nicht Lea heißt, sagt ja nichts, so eine Inschrift kann man rauskratzen.«

»Wer sind WIR?«, fragte der Pauli.

»Wir Mädchen alle«, antwortete die Anna. »Die Buben sind eher für die Maria, sie sagen, die hat doch nur schnell hingreifen und es nehmen müssen! Aber die Maria tut so was nicht, und der Jonas kommt sowieso viel mehr in Frage, wo er doch schon einmal beim Stehlen erwischt worden ist.«

»Red doch keinen Topfen!«, rief die Rosi.

»Wieso? Für wen bist denn du?«, fragte die Anna.

Die Rosi nahm das dick bestrichene Brot, das ihr der Pauli hin hielt, biss rein und sagte kauend: »Ich halte dich für die Diebin!«

»Spinnst du?«, kreischte die Anna.

»Ja, ja!« Der Pauli biss ebenfalls in sein Brot. »Diebe verdächtigen gern andere, damit auf sie kein Verdacht fällt!«

Die Anna funkelte den Pauli und die Rosi bitterböse an, dann drehte sie sich um und ging empört zu ihrem Pult.

»Volltreffer! Das hat gesessen!«, murmelte der Pauli.

In der dritten und der vierten Pause hörte sich der Pauli in der Klasse um. Dass »alle« entweder den Jonas oder die Maria für den Dieb hielten, stimmte nicht. Aber mehr als die Hälfte tat es und das war, fand er, schlimm genug.

Auf dem Heimweg von der Schule sagte der Pauli: »Also bis jetzt ist nur klar, dass jemand aus unserer Klasse dem Hubatka das Herz gegeben haben muss, damit er es am Flohmarkt verkauft! Anders kann es gar nicht gewesen sein!«

Und die Rosi meinte hoffnungsfroh: »Wer das ist, werden wir aus dem Hubatka schon rausbekommen.«

Das Mittagessen kochte der Pauli ganz allein. Weil er fand, dass die Rosi heute bei der Mathe-Schularbeit schon genug geschuftet hatte. Und weil sie es nicht eilig hatten und weil es Rosis Lieblingsspeise ist, machte er Topfenknödel. Und eilig hatten sie es deshalb nicht, weil sie der Ansicht waren, dass ein Rendezvous hinter Fliederbüschen eher am späten Nachmittag als zu Mittag stattfinden soll.

Der Pauli holte Topfen, Butter und Eier aus dem Kühlschrank, und Zucker aus einem Küchenkastel, und rieb einer Bio-Zitrone die Schale ab. Dann nahm er den Alles-Hacker aus dem Schrank, zerpflückte fünf Scheiben altbackenes Weißbrot, tat die Brocken in den Alles-Hacker und schaltete ihn an. Kreischend zerschlug das Maschinchen die Bröckerln zu Bröseln.

»Hast keine fertigen Bröseln?«, fragte die Rosi.

Der Pauli belehrte sie, dass gekaufte Brösel ungeeignet für erstklassige Topfenknödel sind.

»Kannst du dir vorstellen«, fragte die Rosi, »Wer aus unserer Klasse mit dem Hubatka gut Freund ist?«

»Nein, das kann ich echt und ehrlich nicht! Bin schon alle durchgegangen.« Der Pauli setzte sich zum Küchentisch und blätterte in der alten Zeitung, die dort lag.

»He, ruh dich nicht aus, ich hungere!«, rief die Rosi.

»Die Butter muss weich werden, sonst lässt sie sich nicht mit dem Topfen verrühren«, erklärte der Pauli der Rosi. »Und dann muss der Teig noch zwanzig Minuten in den Kühlschrank. Und dann kommen die Brösel dazu, und dann muss er für eine halbe Stunde in den Kühlschrank und dann müssen die Knödel geformt werden und zehn Minuten im siedenden Wasser ziehen.«

»Das dauert ja noch eine ganze Stunde!« Die Rosi schaute entsetzt.

»Du hast dir Topfenknödel angeschafft, also jammere nicht rum. Geh fernsehen. Das vertreibt den Hunger! Aber vorher hilf mir noch drei Eier trennen, weil ich brauch nur die Dotter.«

Die Rosi half dem Pauli mit der Spezial-Methode, an drei Eidotter zu kommen, dann ging sie ins Wohnzimmer und schaltete den Fernseher an.

Der Pauli verrührte in der Küche die weich gewordene Butter mit dem Topfen und den Dottern und den Zitronenschalen-Flankerln und stellte die Schüssel in den Eisschrank. Nach zwanzig Minuten mischte er die Brösel und ein bisschen Zucker unter. Hernach gesellte er sich zur Rosi aufs Sofa und schaute zu, wie auf dem Bildschirm eine Frau mit Zahnlücke und ein tätowierter Mann miteinander stritten und dann jemand mit einem Köfferchen kam, ein Kuvert rausnahm und der Moderatorin der Sendung gab. Die zog ein Blatt Papier aus dem Kuvert und las davon ab, dass der Tätowierte mit einer Sicherheit von hundert Prozent nicht der Vater vom Baby der Frau mit der Zahnlücke sein kann. Worauf das Publikum im Studio im Chor »Pfui« johlte, die Moderatorin bekümmert dreinschaute und der Tätowierte brummte, dass er sich trotzdem um das Baby kümmern wird, und das Publikum im Studio Beifall klatschte.

Der Pauli und die Rosi starrten so gebannt auf den TV-Mist, dass der Knödelteig nicht dreißig, sondern vierzig Minuten im

Eisschrank blieb. Erst als die Sendung zu Ende war, eilte der Pauli in die Küche, stellte einen Topf mit heißem Wasser auf den Herd, holte den Teig aus dem Eisschrank, formte mit nassen Händen pingpongballgroße Knöderln draus, die er, als das Wasser brodelte, reingleiten ließ. Und die Herdplatte schaltete er auf Stufe zwei runter, weil Knödelwasser nicht sprudeln, sondern nur sanft wallen soll. Und während die Knöderln im Wallenden herumschwammen, röstete er in viel Butter normale, gekaufte Semmelbrösel hellbraun und rief nach der Rosi, damit die das Glas mit dem Zwetschkenröster aufmacht und den Inhalt gerecht auf zwei Schüsserln verteilt.

Vierzehn Topfenknöderln hatte der Pauli gemacht. Kein einziges blieb über. Und den Rest der zuckrigen Butter-Brösel kratzte die Rosi auch noch aus der Pfanne. Als das geschafft war, wankte sie pappsatt aufs Sofa zurück und der Pauli machte die Küche sauber.

Kurz vor achtzehn Uhr stiegen die Rosi und der Pauli vor dem Gemeindebau aus der Linie 37. Der Beserlpark, von dem der Zaundürre geredet hatte, war gegenüber vom Gemeindebau, zwischen zwei hohen Häusern. Kaum größer als ein Schrebergarten war er. In der Mitte wuchs ein alter Baum mit einem dicken Baumstamm, in den viele Herzen geritzt waren. Davor stand eine Bank, die man von der Straße aus kaum sehen konnte, weil eine Reihe Fliederbüsche, wie ein Zaun, den Beserlpark zur Straße hin säumte.

»Also, ich stell mich jetzt hinter den Baumstamm und warte«, sagte der Pauli. »Und du versuchst drüben dein Glück.«

»Und falls er wirklich anbeißt«, sagte die Rosi, »flitze ich zu dir rüber!«

»Falls er nicht anbeißt, natürlich auch!« Der Pauli verschwand hinter den Fliederbüschen, die Rosi jappelte über die Straße und in den Hof rein, zur Stiege 5.

Im Hof war nicht viel los. Zwei kleine Kinder spielten in der Sandkiste, ein Bub kurvte auf einem Dreiradler herum, und auf dem Ballspielplatz übte ein einsames Mädchen Elfmeterschießen.

Mit Herzklopfen drückte die Rosi die Hubatka-Klingel.

»Ja?«, fragte eine Frauenstimme.

»Bitte, kann ich den David sprechen?«, fragte die Rosi mit Zitterstimme.

»Burschi, da will dich wer!«, hörte die Rosi die Frauenstimme rufen und ein paar Sekunden später fragte der Hubatka unfreundlich: »Wer bist? Was willst?«

Die Rosi holte tief Luft und ratschte den Spruch runter, den sie auf der Herfahrt geübt hatte. »Ich bin die Freundin von der Mona und ich soll dir ausrichten, dass du bei den Fliederbuschen auf sie warten sollst.«

»Jetzt gleich?« Die Stimme vom Hubatka klang erstaunt, aber nicht mehr unfreundlich.

»Na klar!«, rief die Rosi in die Gegensprechanlage. »Und mach fix! Sonst überlegt sie es sich wieder!«

Dann flitzte sie durch den Hof und über die Straße und bezog im Beserlpark, hinter dem Baumstamm, neben dem Pauli Posten.

»War er daheim?«, fragte der Pauli.

Die Rosi nickte.

»Und? Kommt er?«, fragte der Pauli.

Die Rosi zuckte mit den Schultern.

Kaum eine Minute später kam der Hubatka angedüst, zwängte sich zwischen zwei Fliederbüschen durch, schaute sich kurz um und setzte sich dann auf die Bank. Seine Haare waren üppig mit Gel eingeschmiert und standen in unterschiedlich langen Büscheln kerzengerade hoch.

Der Pauli nickte der Rosi zu, die Rosi nickte dem Pauli zu, dann hechteten sie – die Rosi links vom Baumstamm, der Pauli rechts vom Baumstamm – über die Banklehne und setzten sich – die Rosi links von ihm, der Pauli rechts von ihm – zum erschrockenen Hubatka auf die Bank und hielten ihn, da er flüchten wollte, an beiden Armen fest.

»Und jetzt spuck aus, von wem du das goldene Herz hast!« Der Pauli bemühte sich, cool dreinzuschauen.

»Wieso fragt ihr mich das?« Der Hubatka glotzte verwirrt. »Euch hat doch die Chantal auf mich gehetzt, oder nicht?«

»Wer ist die Chantal?«, fragten die Rosi und der Pauli im Duett und glotzten nicht minder verwirrt.

»Na, die, von der ich das Herz habe!«, greinte der Hubatka. »Und es steht mir zu. Für das Geld, das sie mir schuldig gewesen ist. Dafür hat sie mir das Herz geben müssen. Wer seid denn ihr überhaupt, wenn ihr die Chantal gar nicht kennt?«

Der Pauli und die Rosi überhörten die Frage.

»Und warum bist du dann vom Flohmarkt getürmt, wenn dir das Herz zusteht?« Die Rosi glaubte dem Hubatka kein Wort.

»Weil es die Chantal zurückhaben will und ich geglaubt habe, ihr seid aus ihrer Klasse und wollt es mir wegnehmen.« Der Hubatka schaute trotzig. »Aber es steht mir zu!«

»Das Herz gehört aber gar nicht ihr.« Der Pauli ließ den Arm vom Hubatka los. »Das Herz gehört der Lea aus unserer Klasse. Steht ja auch Lea drauf.«

Der Hubatka war beeindruckt.

»Jetzt holst du das Herz und gibst es uns«, verlangte der Pauli. »Sonst gehen wir zur Polizei!«

Der Hubatka griff in eine Jeanstasche, zog ein kleines Geldbörsel raus, fischte aus dem das goldene Herz und gab es dem Pauli.

Der Pauli steckte das Herz ein, und der Hubatka wollte aufstehen und sich davonmachen, doch der Pauli packte ihn wieder am Arm.

»Jetzt sagst du uns noch schön brav, wie diese Chantal mit dem Familiennamen heißt und wo sie wohnt!«, forderte der Pauli.

»Weiß ich nicht.« Der Hubatka zeigte die Straße runter. »Ich weiß nur, dass die Gemüsehändler an der Ecke ihre Großeltern sind, und bei denen ist sie immer am Nachmittag nach der Schule. Oder wenn es die Alte erlaubt, bei uns im Hof.« Es klang ehrlich.

»Kannst dich schleichen!«, sagte der Pauli und ließ den Arm vom Hubatka los. Der sprang auf und sauste davon.

»Das ist ja flott gegangen«, staunte die Rosi. Und wollte vom Pauli wissen, ob sie der Lea das Herz jetzt gleich bringen oder erst morgen in der Schule geben werden.

»Weder noch«, sagte der Pauli. »Das bleibt bei uns, bis der Fall ganz gelöst ist.«

Die Rosi fand das nicht richtig. Aber sie widersprach nicht. Ihr war klar, was der Pauli wollte. Einen tollen Knalleffekt wollte er! Der staunenden Klasse wollte er einen fix und fertig gelösten Fall samt Beute präsentieren.

Aber das bisschen Eitelkeit, dachte die Rosi, muss man dem Pauli schon zugestehen. Und der Jonas und die Maria müssen schließlich auch noch vom Verdacht reingewaschen werden! Und das geht nur, wenn wir den Dieb finden!

Obwohl ihr lieber gewesen wäre, in der Freizeit etwas anderes zu machen, als nun hinter einer Chantal, wer zum Kuckuck die auch sein mochte, her zu jagen, sagte sie: »Okay, ganz wie du meinst.«

»Dann wollen wir mal!« Der Pauli stand auf.

»Was wollen wir mal?«, fragte die Rosi.

»Na, zum Gemüsehändler wollen wir!«, sagte der Pauli. »Wohin denn sonst wohl?«

»Na klar doch!«, seufzte die Rosi und trabte mit dem Pauli die Straße runter. Aber der Gemüseladen hatte schon zugesperrt, und die Rosi dachte gottergeben: Na super, dann geht also diese lausige Schnitzeljagd morgen weiter!

Rezept Seite 254

7. Kapitel,

in welchem die Sommergrippe unter den Lehrern grassiert, die Rosi Bohnensalat macht und von einer Love-Story hingerissen ist.

In der Schule war am Dienstag nicht viel los, außer dass nun auch die Musik-Lehrerin krank gemeldet war und ersatzweise das kleine Gemüse in den Musiksaal kam. Und da das kleine Gemüse weder singen noch Klavier spielen kann, erklärte sie, die Stunde für ein ernstes Gespräch nutzen zu wollen. Für ein Gespräch über den »unerfreulichen Vorfall von vergangener Woche«! Und darüber, dass sich der Dieb leider weder gemeldet noch das Schmuckstück zurückgeschickt hat. Und dass das zwar sehr, sehr traurig ist, aber noch lange kein Grund, irgendwelche Klassenkameraden einfach zu verdächtigen.

In der Klasse machte sich leises Gemurmel breit. Etliche Kinder schauten verstohlen zum Jonas, etliche zur Maria.

»Pudding, wieso weiß sie denn, was die Deppen in unserer Klasse vermuten?«, flüsterte die Rosi.

»Vielleicht nimmt sie es bloß an«, flüsterte der Pauli. »Weil das immer so ist. Wird ja wohl nicht der erste Diebstahl in unserer Schule sein.«

Der Sepp, der hinter der Rosi sitzt, beugte sich vor und zischelte: »Angeblich war die Mutter von der Lea in der Schule und hat sich aufgepudelt, dass nichts unternommen wird, und hat behauptet, dass es zwei Verdächtige gibt und dass die Lehrer dem nachgehen müssen.«

»Na super!«, sagte die Rosi. Es fiel etwas zu laut aus.

Das kleine Gemüse schaute zu ihr und fragte: »Willst du etwas sagen?«

»Eigentlich nur, dass Sie recht haben«, sagte die Rosi.

»Schön, dass du das auch so siehst!« Das kleine Gemüse lächelte der Rosi zu.

Dann hielt sie anscheinend das Gespräch für beendet, denn sie gab für den Rest der Stunde die Parole »stille Beschäftigung« aus und verließ die Klasse mit der Warnung, sofort wiederzukommen, wenn ungehöriger Lärm auf den Flur dringen sollte.

Der Pauli nützte die Zeit, um eine Einkaufsliste für die Mittagessen der nächsten Tage zu schreiben, die Rosi holte ihr Sudoku-Heft aus dem Rucksack und machte sich über das letzte ungelöste Sudoku her. Sie hatte es schneller fertig als der Pauli seine Einkaufsliste. Was daran lag, dass sich der Pauli mehr auf das Getuschel in der Klasse konzentrierte als auf die Zutaten fürs Mittagessen. Und was er erlauschte, gefiel ihm überhaupt nicht. Er hörte die Maria sagen, dass es ja wohl noch erlaubt sein wird, zwei und zwei zusammenzuzählen. Er hörte den Sepp sagen, dass er die Maria sowieso immer schon für eine scheinheilige Ziege gehalten hat. Und die Verena hörte er sagen, dass ihr nach ihrer Geburtstagsparty eine DVD gefehlt hat. Und dass der Jonas auf der Party gewesen ist!

Das kleine Gemüse hatte sichtlich keinen Erfolg mit ihrer vernünftigen Ansprache gehabt.

Die Deppen brauchen härtere Bandagen, dachte der Pauli. Er stand auf und rief: »Alles herhören, bitte! Ich schlage vor, dass jeder von uns auf einen Zettel schreibt, wen er für den Dieb hält, und den, der die meisten Stimmen bekommt, erklären wir dann demokratisch zum Dieb! Okay?«

Das hatte gesessen! Mucksmausestill war es in der Klasse, alle schauten verblüfft den Pauli an. Der setzte sich wieder hin und schrieb weiter an seiner Liste.

Und in die Stille hinein fragte der Jonas: »Pudding, hast du das ernst gemeint?«

Weil ihm niemand eine Antwort gab, antwortete er sich selber: »Nein, das hast du nicht ernst gemeint!«

Nach der Schule, im Supermarkt bei der Fleisch-Budel, wo sich der Pauli sechs Koteletts vom Lammrücken schneiden ließ, sagte er zur Rosi: »Wenn wir den Tathergang nicht lückenlos aufklären, gehen die blöden Verdächtigungen ewig weiter.«

»Bin ausnahmsweise ganz deiner Meinung«, sagte die Rosi. Sie meinte es ehrlich.

»Heute brauche ich es deftig!«, erklärte der Pauli daheim und holte eine Dose weiße Bohnen aus dem Vorratsschrank und gab sie der Rosi zum Öffnen.

»Jedes Böhnchen gibt ein Tönchen und der Ton der Bohne ist nicht ohne«, deklamierte die Rosi und schlug den Dosenöffner in den Dosendeckel.

»Kostet uns aber nichts!« Der Pauli schmierte die Lammkoteletts mit Senf ein. »Fettrand weg oder dran lassen?«

»Für mich ratzeputz weg, bitte!«, verlangte die Rosi. Sie schüttete die Bohnen in ein Sieb und brauste sie mit viel Wasser ab. Der Saft in der Dose war ihr zu glitschig gewesen. »Bohnensalat?«, fragte sie.

Der Pauli nickte. »Ja, geht schneller!« Er machte in einer Pfanne ein bisschen Olivenöl heiß, tat vom Thymian-Stöckerl ein paar Zweigerln dazu und ein halbiertes Knoblauchhäuptl, Schnittfläche nach unten. Dann hielt er eine Hand über die Pfanne.

»Geht schon«, murmelte er, »ist heiß genug!«

Er legte die Koteletts in die Pfanne und briet sie ganz kurz auf beiden Seiten.

Die Rosi setzte sich die Taucherbrille auf, nahm den Gemüsehobel, den der Pauli »Mandoline« nennt, und hobelte ein Häuptel Zwiebel auf dünne Ringe.

Der Pauli motzte zwar, dass er kleine Würferl passender fände, aber die Rosi ignorierte das. Vor scharfen Messern hat sie Angst. So nah, wie beim Zwiebelschneiden nötig, will sie ein scharfes Messer an ihre Finger nicht ranlassen.

Als der Pauli die knusprigen Koteletts aus der Pfanne geholt hatte, sah er mit Entsetzen, dass die Rosi nicht nur Zwiebel, Essig, Öl, Salz und Pfeffer unter die Bohnen gemischt hatte, sondern auch eine halbe Flasche Ketchup. Beim Salat können sich die beiden eben nie einigen.

Aber übel, das musste er zugeben, schmeckte der »Bohnen-Mampf à la Rosi« nicht. Jedenfalls besser als ihr zuckriger grüner Salat.

Nach dem Essen räumte die Rosi brav das Geschirr in die Spülmaschine.

»Doch nicht die Pfanne!«, rief der Pauli entsetzt. »Die muss händisch gesäubert werden, und zwar ohne Drahtwaschel, sonst ist die Beschichtung im Eimer!«

Die Rosi stellte die Pfanne in die Abwasch und ließ Wasser reinlaufen und drückte Spülmittel dazu.

»Die Frau, die dich einmal heiratet«, sagte sie, »tut mir jetzt schon leid, du pingeliger Pedant!«

Der Paul schob die Rosi von der Abwasch weg, machte sich säubernd über die Pfanne her und dachte: Als ob sie nicht wüsste, dass sie das sein wird!

Punkt fünfzehn Uhr, nachdem sie die Englisch-Hausübung geschrieben hatten, machten sich der Pauli und die Rosi auf den Weg.

»Und wie gehen wir vor?«, fragte die Rosi in der Straßenbahn.

»Das wird sich schon irgendwie ergeben, das überlassen wir dem Augenblick«, sagte der Pauli. »Falls diese Chantal heute überhaupt bei ihren Gemüse-Großeltern ist!«

»Und wenn nicht?«, fragte die Rosi.

»Rom wurde auch nicht an einem Tag erbaut! Einmal erwischen wir sie schon!«, sagte der Pauli.

Die Rosi fühlte sich unbehaglich. Sicher, der Pauli hatte schon recht, wenn er den Diebstahl restlos aufklären wollte. Aber das goldene Herz lag beim Pauli daheim, in seinem Zimmer, in der Mappe mit den ungeklärten Kriminalfällen. Wenn es da noch lange herumliegt, obwohl es uns nicht gehört, dachte sie, dann ist das eigentlich auch so etwas Ähnliches wie ein Diebstahl, oder doch nicht? Und niemanden konnte sie fragen, ob das richtig oder falsch ist. Das hätte ihr der Pauli übel genommen. Und sich damit trösten, dass das Herz ja nicht in ihrem Zimmer liegt, konnte sie auch nicht. Wenn man mit jemandem so etwas wie ein Herz und eine Seele ist, trägt man schließlich Verantwortung für das, was der andere tut.

Also blieb der Rosi nichts anderes übrig, als sich einzureden, dass diese Chantal im Gemüsegeschäft sein und ihnen sagen wird, wer ihr das goldene Herz gegeben hat. Und dann wird der 2a-Dieb heute noch entlarvt sein und die Lea ihr Herz zurückbekommen!

Vor dem Gemüseladen, zu beiden Seiten vom Eingang, standen lange Bänke und darauf Kisten mit Gemüse und Steigen mit Obst. Eine Frau im Oma-Alter mit riesigen Brüsten unter einer Kittelschürze stand vor einer Steige und füllte Kirschen in ein Stanitzl.

»Frag sie!«, sagte der Pauli.

»Frag du sie!«, sagte die Rosi.

Der Pauli ging zu der Frau, die Rosi blieb hinter ihm.

»Wir suchen die Chantal«, sagte der Pauli. »Ist sie da?«

Die Frau trug das Stanitzl in den Laden rein. Der Pauli und die Rosi folgten ihr.

Die Frau wog die Kirschen ab, sagte zu einer Kundin: »Zweifünfzig«, und drückte ihr das Stanitzl in die Hände.

Die Kundin zählte ein paar Münzen auf die Budel und dampfte mit ihren Kirschen ab.

»Was wollts denn von der Chantal?« So wie die Frau das aussprach, klang es wie Schand-Aal.

Der Pauli wusste nicht, was er antworten sollte. So half ihm die Rosi aus. »Nichts Bestimmtes. Nur so besuchen wollten wir sie.«

»Statt dass das Lausmensch ihre Aufgab macht, ist sie grad vorher mit der Rotzpipn abghaut.« Die Frau wischte zwei Marillen an ihrer Kittelschürze blank und gab eine dem Pauli, eine der Rosi.

»Dabei hat ihr ihre Mama extra den Umgang mit dem Gfries verboten. Der fladert, sooft er am G'schäft vorbeigeht, irgendwas aus einer Steigen und lacht dabei rotzfrech von einem Kaktusohrwaschel bis zum anderen!«

Bei »Kaktusohrwaschel« wurde der Pauli hellhörig. Er zog das zusammengefaltete Phantombild aus einer hinteren Hosentasche, entfaltete es, hielt es der Frau hin und fragte: »Mit dem da?«

»Wie er leibt und lebt, der Kretin!«, sagte die Frau.

»Und wohin ist der Kretin mit der Chantal gegangen?«, fragte der Pauli.

Die Frau zuckte mit den Schultern. »Wahrscheinlich rüber in den Hof vom Bau, wo der sich immer rumtreibt!«

Die Rosi und der Pauli verputzten die saftigen Marillen, warfen die Kerne in den Abfallkübel, wischten sich die Finger am Hosenboden ab, dankten der Frau für die Auskunft und liefen aus dem Gemüseladen.

Die Frau rief ihnen nach: »Sagt's ihr, dass sie sofort heimkommen soll, sonst gibt's Plesch!«

»Was heißt denn Plesch?«, fragte die Rosi, als sie zum Gemeindebau rübergingen.

Der Pauli sagte, dass ihm die hiesige Ureinwohner-Sprache nicht geläufig ist, aber dass er vermutet, es könnte sich um Watschen handeln, weil es irgendwie lautmalerisch nach »plesch« klingt, wenn einer einem eine saftige Watschen gibt.

Im Hof vom Gemeindebau sahen der Pauli und die Rosi zuerst außer einer alten Frau mit einem Dackel an der Leine niemanden.

Sie wollten schon wieder kehrtmachen, da entdeckte der Pauli in der Hausecke zwischen Stiege 2 und Stiege 3 den Hubatka. Er stand mit dem Rücken zum Hof, die Arme an den Hausmauern abgestützt. Und vor ihm, in die Ecke gedrückt, ein Mädchen. Viel war von ihr nicht zu sehen, aber dass sie vergeblich gegen die Schienbeine vom Hubatka trat und seine Arme von der Mauer wegdrücken wollte, war gut zu erkennen.

»Die braucht Hilfe!«, sagte die Rosi und rannte, gefolgt vom Pauli, auf den Hubatka zu.

Die Rosi packte den Hubatka am Hosenbund und zog mit aller Kraft, der Pauli packte ihn am Kragen und zerrte dran. Der Hubatka war so überrascht, dass er ohne Gegenwehr nach hinten taumelte.

Das Mädchen sagte: »Danke«, und der Hubatka greinte: »Aber ich bin im Recht! Ihr habt mir das Herz weggenommen, also hat sie jetzt wieder die Schulden bei mir! Und muss zahlen!«

Das Mädchen, sichtlich die Chantal, putzte sich die Klamotten ab, die von der Hausmauer staubig geworden waren. »Ich hab ihm das Geld doch eh schon längst zurückgegeben«, sagte sie.

»Aber ohne Zinsen!« Der Hubatka tippte sich ans Hirn. »Glaubst, ich bin die Caritas? Alle wissen, wer sich von mir was borgt, muss Zinsen zahlen!«

»Er hat mir zehn Euro geborgt«, sagte die Chantal, »und jetzt will er dreiunddreißig Euro und fünfundsiebzig Cent zurück!«

»Pro Woche fünfzig Prozent, das ist mein Tarif«, sagte der Hubatka. »Und du bist mir das Geld seit drei Wochen schuldig!«

»Rechnen kann er immerhin«, murmelte die Rosi, ohne den Hosenbund loszulassen.

Der Pauli beutelte den Hubatka am Kragen, so wie man einen schmutzigen Staubfetzen ausbeutelt, und sagte drohend: »Jetzt hör mir gut zu. Wenn du die Chantal nicht ab sofort in Ruhe lässt, gehen wir nicht nur auf die Polizei, sondern auch zu deinem Schuldirektor und zu deinem Vater!«

»Und dann gibt es Plesch!« Die Rosi freute sich, das neue Wort benutzen zu können.

Der Pauli sagte: »Und jetzt hau ab, du Zahnfistel!« Er gab dem Hubatka einen Schubs, die Rosi komplettierte den Abmarsch mit einem Tritt, und der Hubatka stolperte, allerhand Ordinäres fluchend, der Stiege 5 zu.

Die Rosi besah sich die Chantal. Klein und dünn war sie, schwarzhaarig und veilchenblauäugig, stupsnäsig und sehr sonnenbraun. Alles in allem: ausgesprochen hübsch!

»Wieso wisst ihr denn, wie ich heiße?«, fragte die Chantal. »Ich kenne euch nicht. Und ihr wohnt nicht hier, sonst hätte ich euch schon einmal gesehen.«

»Spielt keine Rolle, woher wir das wissen«, sagte der Pauli. Er fand es nicht passend, dieser Chantal eine Erklärung zu geben. Und die Chantal traute sich sichtlich nicht, weiter nachzufragen. Zwischen dem Pauli und der Rosi ging sie auf die Straße raus und sagte: »Der Hubatka hat wollen, dass ich das Geld aus der Kassa von der Oma und vom Opa nehme, aber das geht nicht, da komm ich nicht ran.« Und dann fragte sie: »Gebt ihr mir jetzt mein Herz zurück?«

»Woher hast du denn das Herz?« Der Pauli hielt den Atem an. Jetzt, dacht er, jetzt ist der Fall gleich gelöst.

»Geschenkt bekommen!« Die Chantal lächelte. »El-e-a ist eingraviert. Das sind die Anfangsbuchstaben von: ‚Liebe auf ewig, Andreas‘!«

»Von einem Andreas hast du das Herz?« Der Pauli war total enttäuscht. Einen Andreas gab es in der 2a nicht!

»Ich hab es an einer Schnur unter dem Pulli getragen, damit es die Oma und die Mama nicht sehen. Aber der Hubatka hat es gemerkt und mir die Schnur vom Hals gerissen!«

»Wir müssen mit dir reden!«, sagte die Rosi und zeigte auf den Beserlpark. «Setzen wir uns da drin auf die Bank.«

Die Chantal meinte zuerst, dass auf der Bank immer nur die

Liebespaare sitzen, aber der Rosi war das egal. Sie zog die Chantal zwischen zwei Fliederbüschen durch zur Bank.

Der Pauli kam mit betrübter Miene hinterher.

»Das El-e-a auf dem Herz heißt Lea«, sagte die Rosi, als sie zu dritt auf der Bank saßen, »und es gehört einem Mädchen aus unserer Klasse. Der ist es gestohlen worden!«

Die Chantal wollte es nicht glauben. Stur schüttelte sie den Kopf. Einer wie der Andreas, versicherte sie dem Pauli und der Rosi, stiehlt nicht! Der ist nicht so einer wie der blöde Hubatka, der ist urlieb und voll ehrlich. Und vielleicht gibt es eben zwei goldene Herzen, in die LEA eingraviert ist.

»Am besten besprechen wir das mit diesem Andreas«, schlug der Pauli vor.

»Das geht leider nicht!« Die Chantal stand auf und zwängte sich durch die Fliederbüsche auf die Straße raus. Der Pauli und die Rosi wieselten hinter ihr her und holten sie ein.

»Wieso geht das nicht?«, fragte die Rosi.

»Weil ich ihn erst im Herbst wieder sehe«, sagte die Chantal. »Drum hat er mir ja das Herz geschenkt, damit ich ihn über den Sommer nicht vergesse.«

Während sie redeten, gingen sie langsam die Straße runter, dem Gemüseladen zu. Beim Nachbarhaus vom Gemüseladen blieb die Chantal stehen und erzählte dem Pauli und der Rosi, dass sie den Andreas nur einmal in der Woche trifft. In der Stadt drinnen. Da geht sie jeden Donnerstag in die Klavierstunde. Weil ihre Mama unbedingt will, dass sie Klavierspielen lernt. Und der Andreas hat vor ihr Klavierstunde. Wenn er aus dem Haus geht und sie reinkommt, dann begegnen sie einander. Und seit drei Monaten wartet der Andreas im Hausflur, bis sie die blöde Klavierstunde hinter sich gebracht hat. Und dann gehen sie noch auf ein Eis. Oder zu den Rosen in den Stadtpark. Wenn es regnet, fahren sie einfach Straßenbahn. Bis zur Endstation und wieder zurück.

Und am Donnerstag vor zwei Wochen hat sie dem Andreas ein selbst gereimtes Gedicht geschenkt. Und dafür hat er ihr letzten Donnerstag das Herz geschenkt. Weil letzten Donnerstag die letzte Klavierstunde vor den Ferien gewesen ist und sie einander deshalb erst im Herbst wiedersehen.

Die Rosi war echt gerührt. Für Love-Storys hat sie allerhand übrig.

Der Pauli war nicht gerührt. »Wie heißt der Andreas mit dem Nachnamen?«, fragte er. »Und wo wohnt er?«

Die Chantal wusste angeblich weder den Nachnamen vom Andreas, noch seine Adresse. Sie wusste nur, dass er in die dritte Klasse Gymnasium geht. Aber in welches Gymnasium, wusste sie auch nicht.

Dem Pauli kam das ziemlich komisch vor. Er dachte: Entweder lügt das schöne Kind oder es ist nicht sehr hell auf der Platte! Wenn man sich verliebt, will man doch sicher wissen, wie der Mensch mit vollem Namen heißt und wo er wohnt.

Das wollte er der Chantal auch sagen, aber da kam die Frau mit den Riesenbrüsten aus dem Gemüseladen, sah ihre Enkeltochter und brüllte in Fußballstadion-Lautstärke: »Chantal, sofort kommst her, sonst setzt es was!«

Die Chantal murmelte einen Gruß, trottete dem Gemüseladen zu und wurde, dort angekommen, von der Riesenbrüstigen in den Laden reingeschubst.

»Kennt den Nachnamen von ihrem Lover nicht!« Der Pauli schüttelte den Kopf. »Glaubst ihr das?«

»Ja!«, sagte die Rosi. »Die ist echt!«

»Dann aber echt belämmert!«, schimpfte der Pauli, als sie zur Straßenbahnhaltestelle zurückgingen.

»Weil du nichts von der Liebe verstehst«, sagte die Rosi. »Wenn man liebt, ist der Nachname unwichtig, Pudding.«

»Jedenfalls ist es zum Aus-der-Haut-Fahren!«, rief der Pauli.

»Ich bin eine kriminalistische Niete. Ich glaube, ich werde besser doch Drei-Hauben-Koch!«

»Bleib cool, Pudding«, sagte die Rosi tröstend. »Den Rest kriegen wir auch noch hin.«

Und das meinte sie auch. Schließlich hatten sie schon eine Menge aufgedeckt. Sozusagen von hinten. Wie bei einem Strickfleck, den man auftrennt. Der Wollknäuel, den sie in der Hand hatten, war doch einigermaßen ansehnlich. Der Hubatka hatte das Herz der Chantal weggenommen und die Chantal hatte es von einem Andreas geschenkt bekommen, und der ging in die dritte Klasse Gymnasium. Von ihm bis zum Dieb konnte der Wollfaden doch nicht mehr sehr lange sein!

Rezept
Seite 256

8. Kapitel,

in welchem der Pauli Muffins bäckt und trotz einer schlaflosen Nacht plötzlich wieder frohen Mutes ist.

In der Straßenbahn sagte der Pauli: »In Wien gibt es garantiert achtzig Gymnasien, und in jedem mindestens drei dritte Klassen, und in jeder wenigstens ein Stück Andreas. Das ergibt ein Minimum von zweihundertvierzig Stück Andreas, aber wahrscheinlich doppelt oder dreimal so viele!«

»Zuerst nehmen wir uns unsere dritten Klassen vor«, sagte die Rosi. »Ist doch naheliegend, dass der Herzklau aus unserer Schule kommt!«

Die Rosi wollte dem Pauli noch weiter Mut zusprechen, doch da klingelte ihr Handy.

Ihre Mama war dran und regte sich furchtbar auf, weil die Rosi noch nicht daheim war. Ob ihr Spatzenhirn verschwitzt hat, dass sie um vier Uhr daheim sein soll?

»Bin ja gleich da«, säuselte die Rosi ins Handy. »Mir ist etwas Urwichtiges dazwischen gekommen.«

Die Rosi-Mutter keifte, dass sie etwas Besseres zu tun hat, als wie bestellt und nicht abgeholt daheim herumzusitzen und zu warten, und dass sie extra zwei Stunden früher vom Büro weggegangen ist, nur um mit ihrer Tochter Klamotten kaufen zu gehen, und dass nichts so urwichtig sein kann, dass man eine sowieso schon gestresste Mutter warten lässt!

Da die Rosi das Handy während der mütterlichen Keiferei trommelfellschonend einen halben Meter vom Ohr weggehalten hatte, hatte der Pauli alles mitgehört und schaute bekümmert.

»Bahnt sich ein häusliches Drama an?«, fragte er, nachdem die Rosi-Mutter das Gespräch beendet hatte.

»Kein Drama, nur ein Dramolett«, sagte die Rosi grinsend und steckte das Handy ein.

Aber als sie aus der Straßenbahn ausgestiegen waren, verabschiedete sich die Rosi blitzschnell und wieselte los wie die Feuerwehr.

Langsam trottete der Pauli heim. Zu Hause angekommen durchsuchte er sein Zimmer nach dem letzten Jahresbericht seiner Schule. Der Jahresbericht ist ein dünnes Büchlein, in dem Aufsätze von Lehrern und Schülern abgedruckt sind, und die Matura-Aufgaben der achten Klassen, und die Namen aller Schüler aller Klassen. Er fand das Ding nicht. Könnte gut sein, dachte er, dass ich es beim letzten Ausmisten weggeworfen habe.

Frustriert ging er in die Küche und beschloss, Muffins zu backen, um sich ein bisschen vom Andreas-Problem abzulenken. Für Muffins muss man die Eier nicht trennen, also konnte er ohne Rosi auskommen. Und Muffins statt Jausenbroten, sagte er sich, ist mal eine Abwechslung im Pausenalltag.

Bloß, wo war das Muffins-Blech? Seine Oma hatte einmal als Mitbringsel Muffins samt Backform gebracht, und wahrscheinlich hatte es die Putzfrau hinter den zwei Schranktüren verstaut, wo der »unnütze Kram« beerdigt war! Der Pauli hockte sich auf den Fliesenboden und räumte die Fächer hinter den zwei Schranktüren leer. Höchst erstaunlich, was da alles lagerte! Ein merkwürdiges, dreistöckiges Ding, um aus Körnern Keime zu züchten, ein elektrischer Eierkocher, ein Sack mit Keksausstechern, eine Grillpfanne, mit der man hätte einen Elefanten erschlagen können, zudem allerlei Gerät, dessen Zweck dem Pauli verschlossen blieb, und zuletzt endlich das Muffinsblech.

Höchst erstaunlich für einen Haushalt, dessen Chefin nie kocht, dachte der Pauli und machte sich daran, den Kram wieder in den Fächern zu verstauen.

Er war damit noch nicht fertig, da kam seine Mutter heim und in die Küche. Statt einem Gruß deutete der Pauli auf den »unnützen Kram« und fragte: »Wieso haben wir all dieses komische Zeug?«

Die Pauli-Mutter zog sich die Schuhe aus, setzte sich auf den Küchentisch, besah sich die Gerätschaften auf dem Fliesenboden und sagte: »Dein werter Herr Vater war ein Hobby-Koch, das stammt alles noch von ihm.«

»Und warum hat mein werter Herr Vater das Zeug nicht mitgenommen?« Der Pauli versuchte im Kastel Platz für den Körner-Keim-Apparat zu schaffen.

»Wahrscheinlich hätte ihn seine neue Liebe rausgeworfen, wenn er mit dem Glumpert angekommen wäre«, mutmaßte die Pauli-Mutter.

»Und wieso kocht er jetzt nicht mehr?«, fragte der Pauli.

»Ich nehme an, weil er es jetzt nicht mehr nötig hat«, sagte die Pauli-Mutter. »Bei mir wäre der Arme ja glatt verhungert, hätte er nicht gekocht.«

Der Pauli redet selten mit seiner Mutter über seinen Vater. Daran, dass der Vater bei ihnen gelebt hat, kann er sich gar nicht mehr erinnern. Für ihn ist es ganz normal, den Vater bloß alle zwei Wochen ein Wochenende lang zu sehen. Sein Vater hätte ihn gern öfter gesehen, aber irgendwie schafft es der Pauli nicht, mehr Zeit für ihn aufzubringen.

»Was suchst du da eigentlich?«, fragte die Pauli-Mutter.

»Nichts mehr!« Der Pauli hob das Muffinsblech hoch. »Ich muss nur noch den restlichen Plunder reinstopfen.«

»Mach ich. Wenn ich einen Muffin abkriege.« Die Pauli-Mutter rutschte vom Tisch und machte sich über den Kram auf dem Fliesenboden her.

Der Pauli staunte seine Mutter mauloffen an. Solche Hilfsleistungen war er von ihr nicht gewohnt. Da steckt doch etwas dahinter, dachte er. Und was dahintersteckte, merkte er postwendend.

»Ich wollte nämlich ohnehin mit dir reden!« Die Pauli-Mutter stopfte einen Nudelwalker mit brutaler Gewalt zwischen den Körner-Keim-Apparat und den Eierkocher. »Es geht darum, dass ich meine Beziehungen, wie du verlangt hast, nicht fein säuberlich auseinanderhalten kann!«

Sie hob einen Spritzsack vom Fliesenboden auf, betrachtete ihn, schnüffelte daran und murmelte: »Das kommt in den Restmüll!«

»Und warum?«, fragte der Pauli.

»Na, weil das Ding ranzig riecht«, sagte die Pauli-Mutter und warf den Spritzbeutel in den Mülleimer.

»Warum du deine Beziehungen nicht auseinanderhalten kannst«, rief der Pauli ungeduldig und holte Butter aus dem Eisschrank, um die Vertiefungen der Muffinsform einzufetten.

Die Pauli-Mutter räumte weiter Kram ein und erklärte dabei dem Pauli, dass sie sich irre wünscht, auch zu dritt harmonisch zusammen sein zu können, und dass es für sie schlimm ist, wenn der Roland zu ihr sagt, dass er sich nicht zu ihr heim traut, wegen dem Pauli. Und das, wo er doch den Pauli so gern hat.

Der Pauli wischte sich die buttrigen Finger am Hosenboden fettfrei und machte sich ans Abwiegen von Mehl und Butter, goss Milch in den Messbecher, nahm Eier aus dem Eisschrank und Backpulver aus einer Lade und rieb Parmesan. Er wollte keine süßen, sondern salzige Muffins machen.

»Das heißt also, du willst, dass er hier übernachtet?«, fragte der Pauli und rührte seinen Muffinsteig mit dem Kochlöffel durch.

So viel Klartext hatte sich die Pauli-Mutter nicht erwartet.

»Wenn du es so ausdrücken willst«, sagte sie ziemlich verlegen.

»Wie soll ich es denn sonst ausdrücken?«, fragte der Pauli. Es klang nicht gerade freundlich.

Die Pauli-Mutter hatte den Fliesenboden vom Kram leer geräumt und versuchte die Kasteltüren zu schließen, doch die wollten nicht ganz zugehen. Sie trat die widerspenstigen Türen beherzt mit einer nackten Fußsohle zu. Was hinter den Türen kreuz und quer lagerte, rumorte empört. Aber die Türen klickten ins Schloss.

»Ich hab ja auch nichts dagegen, dass deine Rosi, sooft du es willst, hier ist«, sagte die Pauli-Mutter.

Der Pauli klatschte mit einem Löffel Teig in die Muffinsform. »Und ihr frühstückt, bevor ich aufstehe?«

»Wir räumen auch alles weg, bevor wir gehen. Der Roland ist enorm ordnungsliebend«, sagte die Pauli-Mutter.

»Jeden Tag?« Der Pauli drehte das Backrohr auf und schob die Muffinsform rein.

»Gott bewahre!« Die Pauli-Mutter schaute entsetzt.

»Dann von mir aus!«, sagte der Pauli großzügig. »Aber zum Beutekind eigne ich mich nicht.«

»Wozu eignest du dich nicht?« Die Pauli-Mutter stellte sich zur Abwasch und fing an, das Geschirr zu waschen, das der Pauli dreckig gemacht hatte.

»Wenn jemand bei einem Kind Papa oder Mama spielt, obwohl er es weder gezeugt noch geboren hat«, erklärte der Pauli, »dann hat er sich ein Beutekind gekrallt.«

»Aha«, murmelte die Pauli-Mutter etwas verstört. Ob wegen der Beutekind-Erklärung oder wegen des zähen Belags in der Rührschüssel, war dem Pauli nicht klar. War ihm aber auch egal.

Als die Pauli-Mutter alles Geschirr gewaschen und getrocknet hatte, dufteten die Muffins aus dem Backrohr und der Pauli holte das Blech raus.

»Muss man da nicht mit einer Nadel reinstechen?«, fragte die Pauli-Mutter. »Damit man sieht, ob es innen noch teigig ist?«

Der Pauli belehrte seine Mutter, dass er das nur bei großen Kuchen für nötig hält. Er tupfte mit dem Zeigefinger auf eines der semmelgelben, hochgewölbten Muffins. »Tät ein bissl schwabbeln, wenn sie noch nicht durch wären!«

Die Hälfte der Muffins verputzte der Pauli mit seiner Mutter, die andere Hälfte packte er in die Jausendose.

»Die Rosi hat aber echt ein Glück mit dir«, sagte die Pauli-Mutter.

»Ich hab ja auch echt ein Glück mit ihr«, sagte der Pauli.

»Das ist schön!«, freute sich die Pauli-Mutter. Vom Gegengeschäft, das ihr Sohn mit der Rosi laufen hatte, hatte sie ja keine Ahnung. Und der Pauli findet, auch sehr toleranten Müttern muss man nicht alles sagen.

Vor dem Schlafengehen, beim Zähneputzen, fiel dem Pauli ein, dass der Jahresbericht im Bananen-Karton unter seinem Bett, bei den alten Schulbüchern liegen könnte. Hurtig beendete er die Abend-Hygiene, jappelte, eine offene Zahnpastatube hinterlassend, in sein Zimmer und zerrte den schweren Karton unter dem Bett hervor. Er hatte richtig vermutet! Gleich obenauf lag das leicht verstaubte Büchlein.

Der Pauli blätterte sich zum Schüler-Verzeichnis durch. Wenn dieser Andreas jetzt in die dritte Klasse ging, musste er voriges Jahr in eine zweite Klasse gegangen sein. Drei zweite Klassen hatte es im Vorjahr gegeben. Unter den 2a-Schülern war ein einziger Andreas, der Andreas Untermeier. Unter den 2b-Schülern waren ein Andreas Schwarz und ein Andreas Kofler. Unter den 2c-Schülern gab es einen Andreas Zwirsch, einen Andreas Hodina und einen Andreas Bernkopf.

Den Andreas Untermeier kannte der Pauli. Der wohnte im Nachbarhaus. Er war klein und kugelrund, X-beinig und schielend, zudem hatte er einen S-Fehler. Dass sich die schöne Chantal in den verknallt haben könnte, schien dem Pauli absurd. In den verliebte sich garantiert kein Mädchen. Und Klavier spielen konnte er sicher auch nicht. Blieben also fünf Stück Andreas! Schwarz, Kofler, Zwirsch, Hodina und Bernkopf.

Der Pauli schubste den Karton unter das Bett zurück, hockte sich auf die Bettkante und seufzte tief. Naheliegend sei es, hatte die Rosi gesagt, den Andreas in der eigenen Schule zu suchen! Aber das war doch Quatsch. In der Pause, in der das Herz gestohlen wurde, war kein Schüler aus einer anderen Klasse in ihrer Klasse gewesen. Also konnte auch kein Schüler aus einer anderen Klasse das goldene Herz gestohlen haben! Weder einer aus einer dritten Klasse noch einer aus einer anderen Klasse! Vergrämt löschte der Pauli das Licht, kroch unter die Bettdecke und dachte: Dieser Andreas, egal in welche Schule er geht, kann also ebenfalls nicht der Dieb sein. Auch dem muss jemand das Herz gegeben haben.

Um Mitternacht verfluchte ein Betrunkener auf der Straße unter Paulis Fenstern brüllend das Gasthaus an der Ecke, weil ihn der Wirt rausgeworfen hatte. Davon wurde der Pauli munter und war dem Betrunkenen unheimlich dankbar, weil ihn der aus einem Albtraum geholt hatte. In diesem grausigen Traum war er auf einer Straße gewesen, auf deren Straßenrand eine endlos lange Reihe von Buben stand, die alle Andreas hießen, und er ging die Andreas-Reihe entlang und versuchte, den richtigen Andreas zu finden, aber für jeden Andreas, an dem er vorbeiging, wuchs am Ende der Reihe ein neuer Andreas nach, und ihm war klar, dass er ewig so weitergehen wird müssen. Und dabei war er schrecklich müde und konnte die Füße kaum heben, und jeder Andras grinste ihn blöde an.

So grausig war der Albtraum gewesen, dass der Pauli nicht mehr einschlafen wollte. Aus Angst, der Horror-Trip könnte eine Fortsetzung haben. Er versuchte an etwas Freundliches zu denken, an eine blühende Sommerwiese, an eine Sachertorte mit Schlagobers, an einen sanft murmelnden Bach, an Schinkenfleckerln, an einen blauen Himmel mit winzigen Schäfchenwolken. Es gelang ihm nicht wirklich, sein Hirn ließ sich einfach nicht dazu zwingen und fragte unentwegt: Wie finde ich diesen Andreas?

Als vor den Fenstern bereits der Tag dämmerte, hatte sein Hirn plötzlich eine Antwort parat, nämlich: Ich Depp! Es ist doch ganz einfach! Die Klavierlehrerin muss man nach ihm fragen! Und dann konnte der Pauli endlich einschlafen.

Rezepte Seite 251 und 258

9. Kapitel,

in welchem der Pauli dermaßen frustriert ist, dass er sich unbedingt mit Erdäpfelpüree trösten muss.

Ausgeschlafen war der Pauli am Morgen nicht, hellwach und voll Tatendrang war er trotzdem. Kaum hatte der Wecker den ersten, sanften Pieps-Ton gemacht, war er auch schon aus dem Bett und im Bad. Frohgemut grinste er sich im Spiegel über dem Waschbecken an.

Jetzt, dachte er, jetzt bin ich bald einen Riesenschritt weiter! Und damit der Riesenschritt ohne Umwege getan werden konnte, holte er sich nach einer flinken Katzenwäsche das Telefonbuch und suchte nach »Pürzel«. Weil er sich erinnern konnte, dass oben auf der Tür vom Gemüseladen ein kleines weißes Emailschild gewesen war mit der Aufschrift: *Inh. B. Pürzel.*

Da gab es keinen Zweifel, denn er hatte sich noch amüsiert gedacht: Die Großmutter dieser Chantal heißt wie der Steiß vom Hendl, an der ihrer Stelle würde ich unbedingt eine Namensänderung beantragen!

Und Bingo!, im Telefonbuch stand der komische Name Pürzel ein einziges Mal und dahinter: *Blandine, Obst und Gemüse.*

Der Pauli schaute auf die Uhr. Zehn Minuten nach sieben war es. Und um diese Zeit hatte ein Gemüseladen den Rollbalken sicher schon hochgezogen. Der Pauli holte sich das Telefon, setzte sich auf die Bettkante und wählte die Nummer, die neben *Pürzel* stand.

Es klingelte neunmal, dann meldete sich eine arg schnaufende Frauenstimme mit einem »Ja?«.

»Bitte, sind Sie die Oma von der Chantal?«, fragte der Pauli. Und bekam wieder ein »Ja« zu hören, jetzt weniger schnaufend.

»Ich gehe mit der Chantal in die Schule«, log der Pauli. »Und meine Mama möchte, dass ich Klavierspielen lerne. Aber wir kennen keine Klavierlehrerin. Könnten Sie so nett sein und mir den Namen und die Adresse von der Klavierlehrerin der Chantal geben?«

»Warum fragst denn nicht die Chantal, wenn du mit ihr in die Klasse gehst?« Es klang ziemlich misstrauisch.

Aber damit hatte der Pauli gerechnet und sich vorbereitet. Er sagte: »Deswegen, weil meine Mama unbedingt noch heute Vormittag mit der Klavierlehrerin reden möchte, und weil ich der Chantal ihre Telefonnummer leider vergessen habe, und meine Mama doch immer bei Ihnen das Gemüse einkauft und gemeint hat, dass Sie das sicher wissen werden!«

Die Oma der Chantal schluckte die Lüge. »Sag deiner Mama, dass das leider nicht geht. Die Klavierlehrerin unserer Chantal ist schon auf Urlaub gefahren, für drei Monate nach Indien zu einem Guru, die kommt erst im September wieder! Und richte deiner Mama auch aus, dass wir heute frische Steinpilze haben, garantiert wurmfrei!«

»Danke«, murmelte der Pauli, drückte die rote Telefontaste und schleuderte das Telefon frustriert auf sein Bett. Wie weggeblasen war seine heitere Zuversicht. Am liebsten hätte er sich wieder ins Bett gelegt und einen Winterschlaf gehalten. Er überlegte, ob er diesem Drang nachgeben sollte, und entschied sich schließlich, den Konflikt zwischen Pflicht und Neigung zugunsten der Pflicht zu lösen. Dass er heute krank spielt, hätte ihm die Rosi doch nie verziehen.

Seufzend stieg er in die Klamotten und rührte sich aus kalter Milch und Erdbeermarmelade seinen »Trostsaft«. Seit seiner Babyzeit verlangt sein Gemüt im Fall von seelischem Notstand, falls ihn dieser am Morgen heimsucht, nach diesem süßen, rosaroten Safterl. Er macht es sich allerdings nur, wenn er allein ist, weil er sich dafür geniert. Zu babymäßig für sein Alter findet er das Safterl.

Der Pauli trank das Safterl in kleinen Schlucken, löffelte den Bodensatz aus Erdbeerbröckerln aus, warf einen letzten entsagenden Blick auf sein zerwühltes Bett, schulterte den Rucksack und trabte trüben Sinnes zur Schule.

Die Rosi staunte nicht schlecht, als der Pauli fünf Minuten vor dem Acht-Uhr-Läuten in die Klasse kam, die Fenster aufriss und sich hernach neben ihr auf den Sessel plumpsen ließ.

»Geht deine Uhr vor?«, fragte sie.

Der Pauli ignorierte die hämische Frage und teilte der Rosi mit, dass er den Fall »goldenes Herz« in die Mappe zu den ungelösten Kriminalfällen legen wird. Mindestens bis zum Herbst, wenn die Klavierlehrerin aus Indien vom Guru zurück ist. Weil der Andreas sicher nicht in ihre Schule geht, da stehen die Chancen, realistisch betrachtet, eins zu achtzig, und er hat keine Lust, in achtzig Schulen nach dem richtigen Andreas zu suchen. Dazu würde auch die Zeit bis zu den Sommerferien nicht mehr reichen. Diese Sauarbeit in so kurzer Zeit könnten höchstens zehn Polizisten mit reichlich Überstunden schaffen. Und die Ferien fangen sowieso demnächst an, und bis zum Herbst werden die Deppen in der Klasse den Herz-Diebstahl vergessen haben, und ihre blöden Verdächtigungen auch!

»Aber mein Bauchgefühl raunt mir eindeutig zu, dass er in unsere Schule geht«, sagte die Rosi. »Und auf meine Bauchgefühle ist meistens Verlass.«

Was er von ihren Bauchgefühlen hielt, konnte der Pauli der Rosi nicht mehr mitteilen, denn die Dr. Krautsack kam in die Klasse und forderte das Schließen der Fenster und die ungeteilte Aufmerksamkeit der Anwesenden ein.

Kaum waren die Fenster geschlossen und die Dr. Krautsack am Dozieren, überfiel den Pauli maßlose Müdigkeit. Die vier schlaflosen Stunden zeigten ihre Wirkung. Während die Dr. Krautsack ausführlich den ausschweifenden Lebenswandel und die verschwenderische Hofhaltung der Nachfolger Ludwig des Vierzehnten vortrug und die Leere der französischen Staatskasse heftig beklagte und die Armut der französischen Bürger ebenfalls, döste der Pauli dumpf vor sich hin. Auch die nachfolgende Englischstunde überstand er in diesem tristen Zustand.

In der Zehn-Uhr-Pause unterbrach die Rosi Paulis Halbschlaf, indem sie ihre Jause einforderte. Der Pauli servierte ihr wortlos die Muffins, reagierte auch nicht auf ihr schmatzendes Lob; erst als die Rosi mit vollem Mund erklärte, dass sie sich eben allein auf schulinterne Andreas-Suche machen wird, wenn der Pauli die Flinte ins Korn wirft, sagte er seufzend: »Wenn du unbedingt willst, bringen wir auch das noch hinter uns, nur damit du merkst, dass dein Bauchgefühl einen Topfen wert ist.«

»Fein!«, sagte die Rosi grinsend. »Und jetzt kannst weiter toter Mann spielen.«

Was der Pauli dann bis zum Ende der letzten Unterrichtsstunde auch tat.

Lust, groß aufzukochen hatte der Pauli zu Mittag nicht. Aber nach seiner Mittags-Trostspeise war ihm zumute.

»Kannst eine halbe Stunde aufs Futter warten?«, fragte er die Rosi auf dem Heimweg. »Mir ist sehr nach Erdäpfelpüree.«

Die Rosi meinte, Erdäpfelpüree sei doch in fünf Minuten gemacht. Packerl aufreißen, in heiße Milch schütten, Butter dazu, umrühren und fertig! So macht das ihre Mama immer.

»Pfui-gacka!« Der Pauli schüttelte sich. »Das tröstet nicht, das macht traurig.«

Da die Rosi an einem getrösteten Pauli interessiert war, gingen sie in den Supermarkt um mehlige Erdäpfel und zwei Paar Frankfurter und wieselten hurtig heim, damit der Pauli so schnell wie möglich seinen Trost bekommt.

Während die Rosi die Mathe-Aufgaben schrieb, schälte der Pauli die Erdäpfel und würfelte sie, warf sie in einen Topf mit gesalzenem Wasser, stellte den Topf auf den Herd, wartete, bis es im Topf brodelte, und starrte trüben Blickes ins sprudelnde Brodeln.

Die Rosi warf ihm hin und wieder einen indignierten Blick zu und murmelte so dezent, dass es der Pauli nicht hören konnte: »Der stellt sich vielleicht wieder einmal an!«

Als die Rosi die erste Hausübung fertig hatte und sich ans Abschreiben in Paulis Handschrift machte, waren die Erdäpfel weich. Der Pauli holte sie mit einem Siebschöpfer aus dem Wasser, tat sie in eine Schüssel und machte sich mit dem Erdäpfelstampfer über sie her. Nebenbei beobachtete er wie ein Luchs die Milch, die auf dem Herd heiß wurde, denn vor übergelaufener, die Ceranplatte versauender und dazu noch höllisch stinkender Milch war er auf der Hut. Dieses Malheur hätte ihm heute gerade noch gefehlt!

»Rosi, bitte brate die Würstel!«, verlangte er. »Ich habe nur zwei Hände! Sonst wird uns das Erdäpfelpüree kalt, bevor die Würstel gebraten sind!«

Die Rosi klappte brav Paulis Mathe-Heft zu, nahm eine Pfanne, tat ein bisschen Öl rein und stellte die Pfanne auf den Herd. Dann schnitt sie jedes Würstel in der Mitte durch und machte in die Schnittflächen kreuz und quer tiefe Einschnitte.

»Ich mache nämlich Wurst-Kraken!«, erklärte sie dem Pauli. »Die Zipfel sind die Krakenköpfe und die eingeschnittenen Enden, das sind die Arme.«

Sie drückte die »Arme« auseinander und setzte die »Kraken«, Kopf nach oben, in die Pfanne.

»Kinder-Schnickschnack!«, sagte der Pauli und betrachtete die brutzelnden Wurstungeheuer ablehnend. Und dann fluchte er los, weil er – die Kraken betrachtend – der Milch kurz seine Aufmerksamkeit entzogen hatte, die Milch hoch geschäumt war und er sie, um Ärgeres zu verhindern, ohne Topflappen vom Herd gezogen und sich den Zeigefinger verbrannt hatte.

»Hast ja nicht mal eine Blase«, versuchte ihn die Rosi zu beruhigen.

»Danke für das ungeheure Mitgefühl!«, keifte der Pauli und tat reichlich Butter und wenig Milch zu den Erdäpfeln, salzte sparsam und rührte alles zu einem dicken Brei.

Die Rosi stellte zwei Teller auf den Tisch, legte Essbesteck dazu und sagte: »Mampf drei Portionen vom Breichen und wirst sehen, alles ist wieder gut!«

»Quatsch keine Opern, hol lieber deine kindischen Kraken aus der Pfanne, bevor sie Kohle werden!« Der Pauli setzte sich zum Tisch und klatschte sich den Teller voll Püree.

»Mein lieber Pudding«, sagte die Rosi und übersiedelte die Kraken-Pfanne auf den Tisch, »ich leiste hier unentlohnte Fronarbeit, also plustere dich nicht auf.«

Und dann sagte sie noch: »Mahlzeit, Herr Chef!«, und holte sich vier der reichlich gebräunten Kraken und eine Mini-Portion vom Püree auf den Teller. Erdäpfelpüree zählt nämlich nicht gerade zu ihren Lieblingsspeisen.

Zehn Minuten später lehnte sich der Pauli pappsatt und sichtlich etwas getröstet zurück und sagte ein wenig gönnerhaft: »Es gibt in unseren dritten Klassen insgesamt sechs Stück Andreas.«

»Nur fünf!«, widersprach die Rosi. »Weil der Kofler Andi nämlich voriges Jahr sitzen geblieben ist und jetzt noch einmal in die 2c geht. Das weiß ich genau, weil seine Mama ist eine Bürokollegin von meiner Mama.«

»Alle Achtung, du hast ja tatsächlich recherchiert!«, staunte der Pauli.

»Glaubst, nur du hast einen Jahresbericht?« Die Rosi tippte sich an die Stirn. »Und den Untermeier können wir übrigens auch streichen, weil in den verliebt sich niemand, und Klavier spielen kann der schon gar nicht, den Ungustl kenne ich, der wohnt im Haus von meiner Tante Rosalinde und spuckt, wenn ihm langweilig ist, aus dem Fenster den Leuten auf den Kopf!«

Die Rosi trug die leer gegessenen Teller zur Spülmaschine, der Pauli kratzte Püree-Restln aus der Schüssel.

»Bleiben also Schwarz, Bernkopf, Hodina und Zwirsch«, sagte der Pauli.

»Mein Bauchgefühl ist für Zwirsch!« Die Rosi nahm dem Pauli die Schüssel weg und tat sie in die Spülmaschine.

»Warum?«, fragte der Pauli.

»Weil meine Cousine Laura auch in die 3c geht«, erklärte die Rosi. »Und ich habe gestern am Abend noch mit ihr telefoniert und mich diskret nach dem Zwirsch erkundigt. Und der ist erstens sehr hübsch und kann zweitens Klavier spielen. Und der Hodina, sagt die Laura, ist völlig unmusikalisch und nicht hübsch, und der Bernkopf ist angeblich zwar hübsch, aber in die Trixi total verliebt.«

»Es soll auch Knaben geben, die zwei Bräute haben«, sagte der Pauli. »Außerdem gibt es ja noch den Schwarz in der 3b.«

»Den hab ich nicht vergessen«, sagte die Rosi. »Morgen nehmen wir uns jedenfalls alle vier vor, nur auf mein Bauchgefühl verlasse ich mich nicht. Mein Plan dürfte, in aller Bescheidenheit gesagt, ziemlich okay sein.«

»Und dürfte ich vielleicht diesen tollen Plan auch erfahren?«, fragte der Pauli spitz. Für Pläne war schließlich er zuständig, nicht die Rosi.

»Aber sicher!« Die Rosi strahlte den Pauli an. »Morgen Vormittag müssen wir rauskriegen, wer von den vier fraglichen Andreassen Klavier spielen kann, denn nur ein Klavierspieler kommt in Betracht. Und den, beziehungsweise die, falls es mehr als einer ist, fotografieren wir mit dem Handy und legen ihn, beziehungsweise sie, am Nachmittag der Chantal zur Besichtigung vor!«

»Und am Abend tröste ich dich!«, sagte der Pauli, »weil keiner der Andreasse der von der Chantal gewesen ist!«

Spät am Abend dann, der Pauli lag schon längst im Bett und dachte darüber nach, was er und die Rosi den vier Andreassen morgen am besten vorschwindeln sollten, um sie auszuhorchen und Fotos von ihnen zu machen, hörte er seine Mutter heimkommen und im Vorzimmer leise reden. Da seine Mutter bisher beim Heimkommen noch nie Selbstgespräche geführt hatte, nahm der Pauli an, dass sie nicht allein war.

Selber schuld, dachte er. Ich habe ihr ja mein Okay leichtfertig gegeben. Kurz überlegte er, wie es wäre, wenn er aufstehen, den Roland begrüßen, ihm eine angenehme Nachtruhe wünschen, und ihn ersuchen würde, am Morgen unter der Dusche nicht allzu laut zu singen. Er entschied, dass er dazu viel zu müde ist und das auch seiner Mutter nicht antun kann.

Obwohl, dachte er gähnend, obwohl … obwohl … obwohl sie sich schon einen hätte aussuchen können, der besser zu mir passt – und nicht so einen kleinkarierten Bürohengst.

Rezept
Seite 260

10. Kapitel,

in welchem bloß Toasts gemacht werden und sich die Rosi über den Pauli ärgern muss und zudem ihre Füße verwechselt.

Am nächsten Morgen, als der Pauli aufwachte, war es so mucksmausstill in der Wohnung wie an jedem anderen Schultag auch. Seine Mutter war schon ins Büro gefahren und vom Bed-and-breakfast-Gast war keine Spur mehr zu sehen. Nicht einmal ein ausgefallenes Haar im Waschbecken. Und falls er sich die Zähne geputzt haben sollte, musste er die Zahnbürste wieder mitgenommen haben.

Die Küche war blitzblank aufgeräumt, ohne die üblichen Frühstücksreste seiner Mutter. Statt einer Scheibe angebissenem Toastbrot, einer bekleckerten Kaffeetasse und einem ausgelöffelten Ei lag ein Set auf dem Küchentisch, drauf eine Tasse mit einem Teebeutel drin und eine Topfenkolatsche unter Frischhaltefolie und eine Serviette. Seine Mutter hatte ihm das sicher nicht zurechtgelegt, also konnte es nur dieser Roland gewesen sein.

»Sehr aufmerksam, der Herr«, murmelte der Pauli und dachte an eine der vielen Spruchweisheiten seiner Großmutter, die lautet: Jedes Übel hat auch sein Gutes. Er brühte sich eine Tasse Tee auf, mampfte lustlos die Topfenkolatsche, die unter der Frischhaltefolie labbrig geworden war, und dachte: Wie soll denn das funktionieren? Wir können doch nicht in die dritten Klassen gehen und fragen, wer Andreas heißt und Klavierunterricht bei einer Lehrerin hat, die nach Indien gefahren ist und erst im Herbst wiederkommt.

Beim letzten Bissen von der Topfenkolatsche tröstete er sich dann damit, dass das ja nicht sein Plan ist, sondern der Rosi ihrer, und dass ihr also etwas Brauchbares einzufallen hat.

Und der Rosi war auch etwas Brauchbares eingefallen. Eine Umfrage unter den Schülern für die Schülerzeitung! Ob es noch modern ist, Klavier spielen zu lernen.

»Du spielst mit Block und Bleistift den interviewenden Redakteur und ich bin die Fotografin mit dem Handy«, erklärte sie dem Pauli.

»Redakteure haben heutzutage ein Tonbandgerät«, motzte der Pauli, »und Fotografen eine Digitalkamera.«

»Jetzt stell dich bloß nicht so an!« Die Rosi drückte dem Pauli Stift und Block in die Hand, nahm ihr Handy und schob den Pauli zur Klassentür raus.

Zuerst marschierten sie in die 3c. Die ist im selben Stockwerk wie die 2a. Bloß drei Türen weiter. Der Pauli stellte sich beim Lehrertisch in Positur und rief: »Kollegen, darf ich ein Minuterl um Aufmerksamkeit bitten?«

Viel Erfolg hatte er mit dieser Bitte nicht. Also brüllte er: »Wir machen eine Umfrage für unsere Schülerzeitung und wollen rauskriegen, ob es noch in ist, Klavier spielen zu lernen.«

Niemand meldete sich. »Spielt denn gar keiner von euch Klavier?« Die Rosi schaute sich in der Klasse um. »Kein Einziger?«

»Doch. Ich. Aber sehr ungern«, sagte ein äußerst hübscher Knabe.

»Und warum lernst du es dann?« Der Pauli tat, als würde er die Antwort mitschreiben.

»Na, warum wohl? Weil meine komischen Alten drauf bestehen«, sagte der äußerst hübsche Knabe, und der Pauli tat, als würde er die Antwort notieren.

Die Rosi ging zum äußerst hübschen Knaben hin. »Darf ich dich für die Schülerzeitung fotografieren?«

Der äußerst hübsche Knabe zuckte mit den Schultern. »Ist mir wurscht und blunzen!«

»Und dürfen wir deinen Namen dazu schreiben oder willst anonym bleiben?«, fragte die Rosi und knipste den äußerst hübschen Knaben etliche Male mit dem Handy.

»Lieber namenlos«, sagte der äußerst hübsche Knabe. »Ich lese meinen Namen nicht gern, ich heiße nämlich saublöd.«

»Wie denn?«, fragte der Pauli und die halbe 3c-Belegschaft rief lachend: »Andreas Zwirsch!«

»Gibt was Ärgeres«, sagte die Rosi tröstend und schenkte dem Andreas Zwirsch ein zauberhaftes Lächeln. Der Pauli nahm es einigermaßen irritiert wahr.

»Wir müssen weiter, die Pause ist gleich um«, sagte er zur Rosi, zog sie aus der 3c und hielt ihr, die Treppe rauf laufend, einen Kurz-Vortrag über die Peinlichkeit, mit ansehen zu müssen, wie ein ansonsten vernünftiges Mädchen uncoole Telenovela-Glupschaugen macht, bloß weil es einem schmalzlockigen Miniatur-Latin-Lover gegenübersteht.

Mehr als »aus dem wird garantiert mal ein Filmstar«, hatte die Rosi dazu nicht zu sagen.

Die 3b war im vierten Stock. Ein Riesen-Radau war in der Klasse. Gelächter, Gekreisch und Rumgerenne. Sichtlich war der Anlass dafür ein aufgeblasenes Kondom, das als Faustball zweckentfremdet wurde.

Der Pauli und die Rosi konnten sich kein Gehör verschaffen, so laut sie auch brüllten. Erst als die Glocke die Pause ausläutete und das Kondom zerplatzt war, wurde es in der 3b langsam ruhig und der Pauli konnte seinen Umfrage-Stuss runterratschen. Aber kein Klavierspieler meldete sich. Alle 3b-Schüler schüttelten die Köpfe.

Die Rosi schwindelte: »Mir hat aber jemand aus der 3a gesagt, dass ihr einen Andreas Schwarz in der Klasse habt, der Klavierunterricht bekommt.«

Ein rothaariger sommersprossiger Bub von gewaltiger Körperlänge und Körperbreite lachte los. »Ich und Klavier spielen? Ich habe Schweinsohren und Klodeckelpratzen!«

Er hob seine riesigen Patschhände hoch, um zu demonstrieren, dass sie für Klaviertasten absolut ungeeignet sind.

Und dann kam der Dr. Schmoll in die Klasse, um sie in Latein zu unterrichten, sah den Pauli und die Rosi und rief: »Die Stunde hat längst begonnen, husch-husch, ab in eure Klasse mit euch!«

Die Rosi und der Pauli wieselten aus der 3b und die Treppe runter, zu ihrer Klasse.

»Ich hab ja gleich gesagt, dass es nur der Zwirsch sein kann!«, triumphierte die Rosi.

»Du bist so etwas von uneinsichtig und borniert!« Der Pauli seufzte tief. »Nur für den Fall, dass dieser Andreas in unsere Schule ginge, wäre er es! Aber dafür stehen die Chancen nach wie vor eins zu achtzig!«

»Pudding, du wiederholst dich«, sagte die Rosi. »Lass dir lieber eine gute Ausrede einfallen, warum wir viel zu spät in die Stunde zur Krautsack kommen.«

Der Pauli nickte, öffnete die Klassentür und schob die Rosi in die Klasse rein. Die Dr. Krautsack stand beim Lehrertisch, vor ihr die Lea.

Vergrämt schaute sie den Pauli und die Rosi an. »Ach, kommen die werten Herrschaften auch noch? Haben wohl die Pausenglocke überhört!«

»Bitte, nein, das nicht!« Der Pauli bemühte sich um einen treuherzigen Blick. »Die Rosi hat sich den Knöchel verknackst und kann nur auf einem Bein hüpfen und wir waren im vierten Stock oben und es hat so lange gedauert, bis ich sie über die vielen Stufen herunter gebracht habe.«

Die Rosi nickte bestätigend, legte einen Arm um Paulis Schultern und ließ sich, auf einem Bein hüpfend, zu ihrem Platz geleiten. Stirngerunzelt verfolgte die Dr. Krautsack diese Aktion, unschlüssig, ob sie an den verstauchten Knöchel glauben sollte.

Mit einem dezenten Seufzer ließ sich die Rosi auf ihren Sessel fallen und hauchte dem Pauli ein »Danke dir« zu. Der dezente Seufzer war so geglückt, dass die Dr. Krautsack an den verknacksten Knöchel glaubte.

»Der Fuß sollte bandagiert werden«, erklärte sie. »Je früher, umso besser! Die Schulärztin ist heute im Haus. Melde dich bei ihr.«

»Darf mich der Pauli zu ihr bringen?«, fragte die Rosi mit Leidensmiene und die Dr. Krautsack nickte huldvoll.

Der Pauli stand auf, bot der Rosi wieder ritterlich seine stützenden Schultern an und wollte sie aus der Klasse geleiten. Auf halbem Weg zur Klassentür waren die beiden, da fauchte die Dr. Krautsack: »Könnten sich die junge Dame vielleicht entscheiden, welchen Knöchel verknackst haben?«

Wütend winkte sie den Pauli und die Rosi zu ihrem Pult. Die Rosi legte den Weg zweibeinig und reumütig gesenkten Hauptes zurück, der Pauli tat es ihr gleich. Man muss eben einsehen, wenn man verspielt hat!

»Haben ein Glück, dass die Notenkonferenz bereits gestern stattgefunden hat«, sagte die Dr. Krautsack. »Entgehen somit ungerechterweise der gerechten Maßregelung!«

Dann wandte sie sich wieder zur Lea und sagte: »Haben auch gar keinen Grund, schadenfroh zu grinsen! Waren völlig unvorbereitet! Setzen!«

Die Lea ging sichelmündig auf ihren Platz und die Rosi schrieb auf den Notizblock: *Die nächste Ausrede erfinde ich mir lieber selber!*, und schob den Block zum Pauli hin.

Und der Pauli schrieb drunter: *Kann ja nicht ahnen, dass dein Spatzenhirn deine zwei Haxen nicht auseinanderhalten kann.*

In der letzten Pause kam ein Mädchen aus einer siebenten Klasse in die 2a.

»Angeblich machen zwei aus eurer Klasse für die Schülerzeitung eine Umfrage über Klavierunterricht«, sagte sie. »Aber davon müssten wir vom Redaktions-Team eigentlich auch etwas wissen! Tun wir aber nicht.«

Der Pauli stupste die Rosi in die Rippen. Das sollte wohl heißen: Das war deine Idee, jetzt bist du dran!

»Ja, wir zwei!« Die Rosi zeigte auf den Pauli. »Wir wollten die Umfrage zuerst fertig machen und euch dann fragen, ob ihr sie abdrucken wollt.«

»Weil wir ja vorher noch nicht wissen, was dabei raus kommt«, assistierte ihr der Pauli.

Das Mädchen aus der siebenten Klasse erklärte der Rosi und dem Pauli, dass die nächste Ausgabe der Schülerzeitung erst im Oktober erscheinen wird und die nächste Redaktionssitzung erst im September stattfinden wird, und dass sie sich freut, wenn Schüler der Unterstufe auch mitarbeiten wollen, und dass der Pauli und die Rosi im Herbst ihre Umfrage dem Redaktionsteam vorstellen sollen. Dann marschierte sie ab, und die Rosi hörte die Lea zur Maria sagen: »Machen sich bei der Schülerzeitung wichtig, der Gschaftlhuber und seine Anbeterin!«

Das konnte sich die Rosi nun wirklich nicht bieten lassen. Sie packte die Lea am Hosenbund und zischte drohend: »Was bin ich, du Dummbauchi?«

Die Lea schaute wie ein Unschuldslamm. »Woher soll ich denn wissen, was du bist?«, fragte sie.

»Verlogenes, feiges Luder!«, sagte die Rosi und ließ den Hosenbund los.

»Was war denn?«, erkundigte sich der Pauli.

»Sie hat mich deine Anbeterin genannt!« sagte die Rosi.

»Auch ein Dummbauchi hat manchmal den Durchblick«, sagte der Pauli und grinste unverschämt.

Die Rosi wollte gleich zur Chantal fahren. Am liebsten hätte sie das Mittagessen ausfallen lassen. Aber da spielte der Pauli nicht mit.

»Mit leerem Bauch kann man schlecht denken«, sagte er.

»Um der Chantal ein Foto unter die Nase zu halten, brauchst auch nicht denken«, motzte die Rosi, aber sie ging trotzdem brav in den Supermarkt mit.

»Was willst essen?«, fragte der Pauli.

»Grießkoch geht am schnellsten«, antwortete die Rosi.

Den Pauli schüttelte es vor Abscheu.

»Dann Schinken-Käse-Toast«, schlug die Rosi vor und damit war der Pauli einverstanden. Er legte eine Packung Schinken, eine Packung Gouda-Käse, ein geschnittenes Toastbrot und eine Dose Ananasscheiben in den Einkaufswagen und rollte ihn zur Kassa.

So schnell, wie die Rosi gehofft hatte, waren die Toasts aber nicht gemacht. Der Pauli toastete zuerst vier Scheiben vom Brot und beschmierte sie mit Butter. Auf die Butter kam der Schinken, fein säuberlich auf Brotgröße zurechtgeschnitten, und auf den Schinken platzierte er die abgetropften Ananasringe und deckte sie mit einer Scheibe Käse zu. Und dann wanderten die Toasts ins Backrohr unter den Grill, bis der Käse geschmolzen war.

»Schling nicht so!«, mahnte der Pauli, als die Rosi ihre zwei Toasts blitzschnell verputzte. »Gutem Essen muss man durch langsamen Verzehr seinen Respekt erweisen.«

Und das tat der Pauli. Winzige Stückchen säbelte er von seinen Toasts und kaute ausführlich an ihnen herum. Zumindest kam es der Rosi so vor. Ungeduldig hockte sie vor ihrem leeren Teller und schaute dem Pauli beim Slow-Eating zu. Und als der Pauli endlich seine zwei Toasts zizerlweise vom Teller in den Magen expediert hatte und sagte, dass er sich jetzt noch ein kleines Joghurt-Dessert genehmigen werde, und den Eisschrank nach einem Fruchtjoghurt durchsuchte, platzte ihr der Kragen.

»Du legst es drauf an, mich in Weißglut zu bringen!«, rief sie und sprang auf. »Ich geh jetzt!«

Und schon war sie zur Küchentür draußen und eine Sekunde später knallte die Wohnungstür ins Schloss.

»O du Hölle, so etwas von schief gewickelt«, seufzte der Pauli, stellte entsagend das Himbeer-Joghurt in den Eisschrank zurück, schnappte im Vorzimmer seinen Wohnungsschlüssel und jappelte hinter der Rosi her.

An der Ecke vor der Straßenbahnhaltestelle holte der Pauli die Rosi ein.

»Seit wann verstehst du denn keinen Spaß mehr?«, fragte er.

»Seit ich merke, dass du mich nicht ernst nimmst«, sagte die Rosi. »Über alles, was ich mir ausdenke, machst du dich lustig. Ich soll immer nur hinter dir her hampeln. Aber ich bin nicht dein Schasquastl!« Hätte nicht viel gefehlt und die Rosi hätte richtig zu heulen angefangen.

Eine weinende Rosi hatte der Pauli zum letzten Mal im Kindergarten gesehen. »Aber Rosi, aber ich … aber …«, stotterte er total zerknirscht. Am liebsten hätte er die Rosi gestreichelt, aber er war sich nicht sicher, ob sie damit einverstanden wäre. So gab er ihr bloß, weil sie Tränenrotz durch die Nase hochzog, ein Taschentuch.

Die Rosi schnäuzte sich ausführlich. »Geht schon wieder«, sagte sie und warf das zerknüllte Taschentuch in den Papierkorb an der Stange von der Haltestellentafel.

Dann kam die Straßenbahn und die Rosi und der Pauli stiegen ein und setzten sich auf die Bank beim Ausstieg. Der Pauli legte einen Arm um Rosis Schultern und sagte, obwohl es ihm nicht leicht fiel: »Ich wünsche dir wirklich, dass du recht behältst.«

11. Kapitel,

in welchem die Rosi einen Altpapier-Container erklimmen muss und ihr und dem Pauli ein Licht aufgeht und überhaupt nichts gekocht wird.

Keine einzige Kundin war im Gemüseladen. Die Oma der Chantal saß auf einem Stockerl hinter der Budel, zwischen Stapeln von leeren Gemüsekisten, und las einen Heftl-Roman. Beim Lesen bewegte sie langsam die Lippen.

»Bitte, ist die Chantal da?«, fragte die Rosi. Richtiges Herzklopfen, bis zu den Ohren rauf, hatte sie.

Die Oma ließ ihr Roman-Heftl sinken, deutete über ihre Schulter nach hinten, zu einer geschlossenen Tür mit Milchglasscheiben in der oberen Hälfte. »Im Hinterzimmer ist das Lausmensch.«

Die Rosi und der Pauli wollten um die Budel herum, zur Tür vom Hinterzimmer.

»Ihr könnts nicht zu ihr, das Lausmensch hat Hausarrest«, erklärte die Oma.

»Wir müssen ihr nur ganz schnell etwas zeigen«, sagte die Rosi. »Es dauert nur eine Minute!«

Stur schüttelte die Oma den Kopf.

»Nur eine Sekunde, bitte!« Die Rosi versuchte ihr allerliebstes Sonnenscheinchen-Lächeln, aber die Oma blieb hart. Die Mama der Chantal, sagte sie, hat angeschafft, dass die Chantal nicht weggehen und auch nicht besucht werden darf. Weil ihr ihre Freunde nicht gut tun und kein Umgang sind, und die Chantal sicher nicht von allein auf die Idee gekommen ist, Geld aus der Kassa vom Geschäft zu stehlen. Da hat sie wer dazu angestiftet.

»Aber doch nicht wir!«, sagte die Rosi.

Die Oma zuckte mit den Schultern, sagte, dass sie tun muss, was ihre Tochter anordnet, und widmete sich wieder ihrem Roman-Heftl.

An dem Zerberus war kein Vorbeikommen! Da war jeder weitere Versuch zwecklos!

Der Pauli schob die Rosi zur Tür raus.

»Das darf doch nicht wahr sein!«, jammerte die Rosi verzweifelt. »So knapp vor dem Ziel und dann das!«

Der Pauli zeigte zum Haustor neben dem Gemüseladen. Ein Torflügel stand offen. »Geht es nicht von vorne, geht es vielleicht von hinten!«, sagte er.

Die Rosi ging mit dem Pauli durch eine düstere Einfahrt zur Hoftür. Der Pauli drückte die Klinke runter und die Tür ging auf.

Der Hof war klein und gerammelt voll. Zwei Altpapier-Container und sechs Restmüll-Tonnen standen die Mauern entlang, dazwischen und davor Haufen aus leeren Holzsteigen, Bananen-Kartons, Styroporstücken und Plastikzeug.

Der Pauli schaute sich um. Zu beiden Seiten der Hoftür war je ein Fenster. Als Fenster vom Hinterzimmer kam nur das links von der Hoftür in Betracht. Ein Fensterflügel war offen, unter dem Fenster standen die zwei großen, grünen Altpapier-Container. Randvoll. Das Fensterbett war ungefähr einen halben Meter über den roten Containerdeckeln, und mehr als ein Stück Plafond war vom Zimmer nicht zu sehen, wenn man vor den Containern stand.

Die Rosi zog sich an einem Container hoch, kniete sich auf den roten Deckel und schaute ins Hinterzimmer rein. Sie sah zwei Regale mit Aktenordnern drin, eine Waschmuschel mit einem Spiegel drüber, eine Kochplatte mit einem Reindl drauf, eine Deckenlampe mit einem Tisch drunter, und gegenüber vom Fenster zwei Türen. Eine mit Glasscheiben in der oberen Hälfte, das musste die zum Laden raus sein. Und daneben eine kleinere, ohne Glas.

»Was ist denn?«, fragte der Pauli ungeduldig. »Ist sie nicht mehr drin?«

Hinter der kleineren Tür rauschte eine Wasserspülung.

»Sie macht gerade pipi!«, informierte die Rosi leise den Pauli.

»Im Zimmer drin?«, staunte der Pauli.

Zu einer Antwort hatte die Rosi keine Zeit mehr, denn die kleinere Tür ging auf und die Chantal kam raus.

Die Rosi klopfte an die Fensterscheibe. Die Chantal schaute erschrocken zum Fenster. Als sie die Rosi erkannte, lächelte sie und kam zum Fenster und fragte: »Bringst du mir jetzt doch mein Herz zurück?«

Die Rosi holte ihr Handy aus der Hosentasche, blätterte sich durch die Fotos bis zum Porträt vom Andreas Zwirsch und hielt der Chantal das Handy hin.

»Ist er nicht total süß, mein Andreas?«, fragte die Chantal.

»Total voll süß!«, bestätigte die Rosi.

Dann ging die Tür zum Laden auf und die Oma, die Türöffnung komplett füllend, rief: »Da hört sich ja alles auf! Ein Sack Flöh ist ja leichter zu hüten wie das Lausmensch!«

Die Rosi sprang vom Altpapier-Container und spurtete hinter dem Pauli her, aus dem Hof, durch die Einfahrt, auf die Straße raus. Sie rannten die Straße runter und bogen in die nächste Seitengasse ein. Hinter der Straßenecke verschnauften sie.

»Gratuliere!«, sagte der Pauli. »Dein Bauch ist leider doch besser als mein Hirn.«

»Zu viel Zerknirschung macht Gastritis.« Die Rosi linste vorsichtig um die Straßenecke. Vom großmütterlichen Zerberus war nichts zu sehen.

»Ein armes Luder, die Chantal«, sagte die Rosi. »Wie hält sie das denn aus, ohne wahnsinnig zu werden?«

Der Pauli lehnte sich an die Hausmauer, blickte versonnen in den wolkigen Himmel und sagte: »Wir sind familienmäßig auf die

Butterseite vom Leben gefallen. Wir haben keine Ahnung davon, was andere Kinder aushalten, ohne verrückt zu werden.«

Nach dieser schönen Einsicht nahm er die Rosi an der Hand und marschierte mit ihr zur Straßenbahnhaltestelle.

In der Straßenbahn fragte die Rosi: »Knöpfen wir uns das Bussi-Burli heute noch vor oder morgen in der Schule?«

»Wo willst ihn denn heute noch erwischen?«, fragte der Pauli. »Kennst ja nicht mal seine Adresse.«

Die Rosi zog ihr Handy aus der Hosentasche. »Ich hab mir vorsorglich von meiner Cousine seine Handynummer geben lassen und sie unter ‚Dieb' gespeichert. Willst du anrufen?«

Sie wollte dem Pauli das Handy geben. Der Pauli lehnte ab. Er selber hat kein Handy und kennt sich daher mit Handys nicht gut aus. Also hätte er die Rosi bitten müssen, ihm zu zeigen, wie man eine gespeicherte Nummer wählt. Aber vor der Rosi zugeben, dass er etwas nicht kann, fällt ihm nicht leicht. Reicht ihm schon, dass sie weiß, dass er nicht rechnen kann und dass er heute zugeben hat müssen, dass ihr Bauch klüger als sein Kopf ist!

Dass der Pauli kein Handy hat, liegt daran, dass ihm seine Mutter zuerst keines kaufen wollte, und da hat er in der Klasse und vor der Rosi so getan, als habe er freiwillig keines, weil ihm die ewige SMS-Tipperei saublöd vorkommt und er ein absoluter Handy-Feind ist. Und wie ihm seine Mutter dann doch ein Handy hat schenken wollen, hat er es abgelehnt. Weil er sich gedacht hat: Die lachen mich doch alle aus, wenn plötzlich der absolute Handy-Feind mit einem Handy daherkommt!

Die Rosi tippte auf dem Handy herum und hielt es dann ans Ohr.

»Es klingelt … und klingelt … und klingelt«, seufzte sie. »Und jetzt schaltet es auf Mailbox.«

Der Pauli nahm ihr das Handy aus der Hand, wartete das »Pieps« ab und sagte: »Komm um siebzehn Uhr in den Schubert-Park zum

Springbrunnen. Falls du nicht kommst, schalten wir die Polizei ein! Kapiert?«

Allzu viel Zeit bis siebzehn Uhr war nicht mehr. Die Rosi und der Pauli verbrachten sie im Shopping-Center hinter dem Schubert-Park. Geduldig schaute sich der Pauli Auslagen mit Mädchen-Klamotten an, die ihn kein bisschen interessierten, und genau so geduldig schaute sich die Rosi in der Buchhandlung Krimis und Kochbücher an, die sie ebenso wenig interessierten.

Fünf Minuten vor siebzehn Uhr bezogen sie im Schubert-Park hinter dem Wetterhäuschen Posten. Von dort hatten sie freien Ausblick auf den Springbrunnen.

»Glaubst, dass er kommt?«, fragte die Rosi aufgeregt.

Der Pauli zuckte mit den Schultern. »Vielleicht hat er seine Mailbox ja noch gar nicht abgehört.«

Vier Minuten nach siebzehn Uhr tauchte der Andreas Zwirsch zwischen den Rosenbeeten auf und ging zum Springbrunnen. Er schaute sich nach allen Seiten um, dann setzte er sich auf die steinerne Einfassung vom Brunnen.

Besorgt, verschreckt oder sonst wie beunruhigt wirkte er nicht. Eher neugierig.

»Wer redet?«, fragte der Pauli.

»Du redest«, sagte die Rosi.

Der Pauli kam aus der Wetterhäuschen-Deckung heraus und marschierte zum Springbrunnen. Die Rosi marschierte dicht hinter ihm her.

»Ihr seid das?« Der Andreas Zwirsch war einigermaßen verblüfft. »Macht ihr noch eine Umfrage? Wer fällt drauf rein, wenn man ihm telefonisch blöd droht?«

»Echt nicht!«, sagte der Pauli. »Es geht darum, dass du der Chantal ein goldenes Herz geschenkt hast!«

»Das war aus Gold?« Der Andreas Zwirsch bekam kugelrunde Kulleraugen. »Ich hab gedacht, es ist aus Messing.«

»Woher hast du das Herz?«, fragte der Pauli.

»Ich habe es gefunden. In der Schule, auf dem Gang, vor der Tür von der 2a. Und ehrlich! Hätte ich gewusst, dass es aus Gold ist, hätte ich es abgegeben!«

»Wann war das?«, fragte der Pauli.

Der Andreas Zwirsch dachte nach. »Das war … das war … das war … genau! … das war am Mittwoch vor einer Woche. Weil am Tag drauf, am Donnerstag, da war unsere letzte Klavierstunde, habe ich es der Chantal geschenkt.«

»Und in welcher Pause hast es gefunden?«, fragte der Pauli.

»In gar keiner Pause«, sagte der Andreas Zwirsch und erzählte dem Pauli und der Rosi, dass er vorigen Mittwoch scheußlichen Durchfall gehabt hat und alle fünfzehn Minuten auf den Lokus rennen hat müssen. Auch während der Schulstunden. Und ein paar Minuten nach Beginn der dritten Stunde hat er schon wieder aufs Klo müssen. Wie er zum Klo gegangen ist, ist das Herz noch nicht vor der Tür der 2a gelegen, garantiert nicht, das hätte er bemerkt. Aber wie er dann vom Lokus zurück zur Klasse gegangen ist, da ist es dann vor der Tür der 2a gelegen. Und er hat es für Messing gehalten und kein Geld für ein Geschenk gehabt und hat sich gedacht, dass ihm ein gütiges Schicksal das Herz zukommen lässt!

»Nur blöd ist jetzt«, sagte er abschließend, »dass ich das Herz nicht zurückholen kann, weil ich nicht weiß, wo die Chantal wohnt. Ich sehe sie erst im Herbst bei der Klavierlehrerin wieder.«

Dass der Andreas Zwirsch nicht log, daran hatte nicht nur die Rosi, sondern auch der Pauli keinen Zweifel.

»Keine Sorge«, sagte der Pauli, »das Herz haben wir, und wieso wir es haben, ist eine ellenlange Geschichte. Jedenfalls bekommt es die Lea zurück.«

An der ellenlangen Geschichte schien der Andreas Zwirsch kein Interesse zu haben. Er wollte lieber wissen, ob die Chantal jetzt böse auf ihn ist und ob der Pauli und die Rosi wissen, wo sie wohnt, weil er sie nämlich in den Ferien auch gern sehen möchte und blöderweise irgendwie nicht mehr dazu gekommen ist, sich mit ihr etwas auszumachen.

»Sie findet dich nach wie vor total süß«, sagte die Rosi grinsend.

»Und wir können dir nur mit der Adresse ihrer Oma dienen«, sagte der Pauli. »Bei der ist die Chantal jeden Nachmittag. Wenigstens bis zu den Ferien, aber die Alte hat Haare auf den Zähnen.«

Der Andreas Zwirsch holte einen kleinen Kalender und einen Kugelschreiber aus einer Jackentasche und schrieb die Adresse rein, die ihm der Pauli diktierte.

»Ich fahr jetzt gleich hin und erklär ihr alles. Oder braucht ihr mich noch?«, fragte er.

»Viel Glück,« sagte die Rosi.

Der Andreas Zwirsch dampfte ab. Die Rosi und der Pauli schauten ihm nach, bis er hinter den Rosenbeeten verschwunden war. Dann setzten sie sich auf die steinerne Einfassung vom Brunnen.

»Du heilige Makrele«, murmelte der Pauli.

»Dämmert dir das Gleiche wie mir?«, fragte die Rosi.

»Ich befürchte es!«, sagte der Pauli.

Eine Zeit lang schwiegen sie vor sich hin, dann fragte die Rosi: »Und wie beweisen wir das?«

»Das kannst du nicht beweisen«, sagte der Pauli. »Das ist viel zu abartig!«

»Müssen wir aber!«, sagte die Rosi. »Meine Mama hat erzählt, dass die Mutter der Lea jetzt schon im Supermarkt rumredet, dass in unserer Schule nichts gegen Diebe unternommen wird, und dass sie sich bei der Unterrichtsministerin beschweren und verlangen wird, dass hart durchgegriffen wird!«

»Okay, dann geh ich heim, nachdenken«, sagte der Pauli und sprang von der steinernen Brunneneinfassung. Und du gehst heim und befragst deinen Bauch!«

Die Rosi hätte nichts dagegen gehabt, ihren Bauch in Gegenwart vom Pauli zu befragen. Aber sich Aufdrängen ist eben ihre Sache nicht. Und nach fast zehn Stunden Zweisamkeit, fand sie, hatte der Pauli ein Recht, sein Bedürfnis nach Einsamkeit anzumelden.

Rezept
Seite 261

12. Kapitel,

in welchem Schularbeiten zurückgegeben werden und Vanille-Eis schmilzt und der Pauli notgedrungen edel selbstlos sein muss.

Hinter dem Buntspecht, der den Packen Schularbeitshefte unter den Arm geklemmt hatte, kam der Pauli am Freitagmorgen in die Klasse und ließ sich vergnügt an seinem Pult nieder. Sein Heft, das hatte er, dem Buntspecht nacheilend, erkannt, war im oberen Drittel des Stapels. Und da der Buntspecht die Schularbeitshefte für die Rückgabe immer von Sehr gut zuoberst bis Nicht genügend zuunterst stapelt, war ihm zumindest ein Befriedigend gewiss. Und damit das Genügend im Zeugnis!

Dass der Pauli immer genau weiß, wo sich sein Heft im Stapel befindet, liegt daran, dass er auf den Heftrücken ein kleines Stück rotes Klebeband gepickt hat. So erspart er sich das stressige Warten, ob für ihn noch eine positive Note rausschaut oder nicht. Der Buntspecht teilt die Hefte nämlich nicht einfach aus, sondern bespricht jede Arbeit einzeln. Zuerst lang und breit die sehr guten, dann die guten und die befriedigenden, und lässt die Mathe-Nieten endlos zappeln.

Die Rosi hatte die paar Zentimeter Klebeband natürlich auch gesehen und zwinkerte dem Pauli zu, bevor sie zum Buntspecht ging und ihr Heft und ein ausführliches Lob im Empfang nahm.

Während der Buntspecht weiter lobte und tadelte, tauschten die Rosi und der Pauli Notizblock-Botschaften aus.

Ist dir was eingefallen?, schrieb die Rosi.

Sowieso. Und dir?, schrieb der Pauli.

Bluffen und überrumpeln!, schrieb die Rosi.

Dein Bauch und mein Hirn arbeiten synchron, schrieb der Pauli.

Dann musste er zum Buntspecht raus, empfing sein Heft und hörte sich gesenkten Hauptes an, dass er zwar reichlich spät, aber nicht zu spät, eine für seine Verhältnisse höchst erfreuliche Leistung gebracht habe. Und dass er sich im kommenden Schuljahr bereits ab Herbst so lernwillig zeigen möge!

Obwohl er eigentlich schon daran gewöhnt sein müsste, fühlt sich der Pauli jedes Mal unbehaglich, wenn er eine geschwindelte positive Mathe-Note bekommt. Nicht deswegen, weil er und die Rosi etwas Verbotenes getan haben, sondern weil ein paar andere in der Klasse, die mehr gebüffelt haben als er, einen Fleck bekommen, nur weil sie keine Rosi haben.

Die ganze Mathe-Stunde dauerte das Verteilen der Hefte, und in der ersten Pause musste die Rosi den Jakob trösten, denn dem war nun die Nachprüfung im Herbst sicher. Erst in der Zehn-Uhr-Pause konnte ihr der Pauli erklären, wie er sich das »Bluffen und Überrumpeln« en détail vorstellt. Auf dem Gang, vor den WC-Türen, erklärte er es ihr. In der Klasse, knapp einen Meter hinter dem Rücken der Lea, den Plan zu besprechen wäre zu unvorsichtig gewesen.

»Wir laden sie nach der Schule auf ein Eis ein«, sagte der Pauli.

»Das muss ihr doch komisch vorkommen«, wandte die Rosi ein, »sie weiß doch, dass wir sie nicht besonders mögen.«

Der Pauli grinste. »Ist doch gut. Da ist sie von Anfang an verunsichert. Und dass sie ablehnt, glaube ich nicht, dazu ist sie viel zu neugierig.«

Die Rosi fand, dass das vernünftig klingt, nickte und fragte: »Und wie geht es dann weiter?«

»Wir spielen ‚guter Bulle, böser Bulle'!«, sagte der Pauli. »Das machen die Polizisten beim Verhör meistens. So bekommt man am leichtesten ein Geständnis.«

»Aber du musst den guten Bullen spielen«, sagte die Rosi. »Ich kann nicht freundlich zu dieser Schnepfe sein!«

Der Pauli war dagegen. Die Rosi, behauptete er, habe kein Talent zum bösen Bullen, das liegt ihr nicht.

»Du kannst doch nicht mal richtig böse dreinschauen!«, sagte er.

Die Rosi versuchte einen grimmigen Blick.

Der Pauli lachte. »Jetzt machst du ein Gesicht wie meine Oma, wenn sie Sodbrennen hat!«

»Okay, Pudding«, seufzte die Rosi gottergeben. »Mache ich halt den guten Bullen.«

Nach der Schule geht die Lea immer mit der Evi bis zum Schubert-Park. Dort verabschiedet sich die Evi mit Küsschen-rechts-Küsschen-links und läuft dann durch den Park. Und die Lea wandert weiter die Straße runter, bis zum Wirtshaus »Schmankerl«, das ihren Eltern gehört.

Am Freitag hielten es die Lea und die Evi ebenso, und der Pauli und die Rosi folgten ihnen hübsch unauffällig und warteten, bis die Evi im Park verschwunden war. Dann holten sie die Lea ein und nahmen sie in die Mitte.

»Gehst mit uns auf ein Eis?«, fragte die Rosi.

Die Lea bekam Staunaugen. Dass die beiden mit ihr Eis essen wollten, konnte sie nicht fassen! Die lästerten doch dauernd über sie. Besonders die Rosi.

»Wieso … warum … ja gern«, stotterte die Lea unsicher.

»Vielleicht gleich hier!« Der Pauli blieb vor dem Schani-Garten vom Eissalon, an der Ecke vor dem Wirtshaus »Schmankerl« stehen.

»Aber unten …«, die Lea zeigte die Straße runter, »der Pardini, der hat ein besseres Eis.«

»Für unsere Zwecke reicht es hier. Setzt euch hin, ich hole drei Becher«, sagte der Pauli und ging, ohne zu fragen, welche Eis-Sorten die Lea mag, in den Laden rein.

Die Lea setzte sich brav auf ein Stühlchen im Schani-Garten, die Rosi setzte sich neben sie.

»Wollt ihr irgendwas von mir?« Der Lea war sichtlich ziemlich unbehaglich zumute.

Die Rosi lächelte und schwieg. Ohne den bösen Bullen wollte sie nicht anfangen.

»Um was geht es denn, Rosi?«, drängte die Lea. »So sag doch schon!«

Da die Rosi keine Ahnung hatte, was der gute Bulle darauf antworten soll, schwieg sie weiter, und die Lea wurde nervöser und nervöser.

Und dann kam der Pauli mit drei Bechern Vanille-Eis, in denen Plastik-Löffel steckten, gab der Rosi und der Lea einen Becher und setzte sich gegenüber der Lea ans Tischchen.

»Machen wir es kurz und schmerzlos«, sagte er. »Lea, niemand hat dir das Herz gestohlen. Du hast es vor der Klasse weggeworfen, bevor du zum kleinen Gemüse gegangen bist.«

Die Lea schüttelte den Kopf und der Pauli nickte der Rosi auffordernd zu.

Die Rosi legte, und das kostete sie allerhand Überwindung, eine Hand auf die Patschhand der Lea. »Schau, wäre besser, du gibst es freiwillig zu.«

»Leugnen ist zwecklos!«, log der Pauli. »Wir haben zwei Zeugen, die dich dabei beobachtet haben!«

»Wirklich nicht, Pudding, ehrlich nicht!«, sagte die Lea mit Schluchzstimme.

»Doch, doch!« Die Rosi tätschelte die Patschhand. »Ist doch besser, du gibst es selber zu, bevor es die zwei Zeugen in der Direktion melden!«

»Und die warten nicht mehr lange!«, sagte der Pauli.

Die Augen der Lea füllten sich mit Tränen.

»Heulen bringt nichts!«, knurrte der Pauli.

»Warum hast du es denn getan?« Die Rosi gab der Lea ein Papiertaschentuch.

Die Lea schnäuzte sich.

»Na, warum schon! Um sich wichtig zu machen!« Der Pauli legte so viel Abscheu wie möglich in seine Stimme. »Sie macht doch gern Theater und pudelt sich auf!«

»Ich hab doch echt geglaubt, dass es wer gestohlen hat!« Tränen kullerten über die Wangen der Lea. »Ich hab vergessen, dass ich es ins Pultfach getan habe, bevor ich zum Papierkorb gegangen bin!«

»Na endlich«, murmelte der Pauli erleichtert.

»Und wie der Buntspecht verlangt hat, dass du auch im Pultfach nachschaust«, sagte die Rosi, »hast du es drin entdeckt?«

Die Lea nickte und wischte sich Tränen von den Wangen.

»Und da hast du nicht zugeben wollen, dass du dich geirrt hast?«, fragte die Rosi.

Die Lea nickte wieder und schluchzte: »Ihr hättet mich doch alle ausgelacht, ihr macht euch doch immer über mich lustig!«

»Aber warum hast du es nicht einfach eingesteckt?«, fragte der Pauli. »Warum hast du es weggeworfen?«

»Damit es wer findet und mir zurückbringt«, sagte die Lea. »Sonst hätte ich es in der Schule ja nicht mehr um den Hals tragen können.«

Die Lea zerknüllte das Papiertaschentuch und warf es unter das Tischchen. »Und dann hat es ja echt einer gestohlen. Also ist es sowieso fast so!«

»Fast so wie?« Die Rosi nahm ihre Hand von der Patschhand.

»Na, gestohlen ist gestohlen, nur eben später!«, sagte die Lea.

Fassungslos über so viel Unverschämtheit starrte der Pauli die Lea an. Dann sagte er: »Abwarten, ob das alle in der Klasse so sehen!«

Er holte das goldene Herz aus seiner Jackentasche und legte es auf das Tischchen zwischen die drei Eisbecher, in denen das Eis zu Vanille-Soße schmolz, in der die Plastik-Löffel langsam versanken. »Am Montag erklärst du nämlich den anderen, wie das alles wirklich gewesen ist. Oder wir tun es!«

Dann stand er auf und rief: »Rosi, Abmarsch! Mir reicht es!«

Die Rosi wollte aufstehen, doch da fing die Lea wie ein alter Schlosshund zu heulen an. Und die Rosi fand, dass man einen alten, heulenden Schlosshund, auch wenn er einem zuwider ist, nicht unbetreut in einem Schani-Garten hocken lassen darf.

»Geh voraus, Pudding«, sagte sie zum Pauli. »Ich komm gleich nach!«

Der Pauli warf noch einen grimmigen Blick auf die Lea und teilte der Rosi mit, dass er auf dem Heimweg in den Supermarkt einkaufen geht. Die Rosi nickte und legte einen Arm um die Schultern der Lea. Der Pauli tippte sich zum Zeichen, dass er es für meschugge hält, eine solche Schnepfe zu trösten, an die Stirn, dann ging er davon.

Jetzt, dachte er, jetzt mache ich ein Super-de-luxe-Festessen!

Diese Schnepfe hat sich mir auf den Magen gelegt, der muss durch edles Futter wieder ins Gleichgewicht kommen! Außerdem haben sich die Rosi und ich das verdient! Fall endlich gelöst, alles geklärt! Das gehört gefeiert!

Weil es schnell gehen sollte, entschied sich der Pauli im Supermarkt für Garnelen. Und als Beilage Baguette und grünen Salat. Da seine Haushaltskassa am Freitag sowieso immer schon ziemlich leer ist und die Garnelen ein Heidengeld kosteten, musste der Pauli auch sein gesamtes, noch vorhandenes Taschengeld an der Kassa abliefern. Großzügig beschloss er, den teuren Einkauf nicht mit der Rosi zu teilen, sondern aus eigener Tasche zu bezahlen. Schließlich ist der Pauli ja auch ein Taschengeld-Glückskind, da er nicht nur von seiner Mutter sehr reichlich Taschengeld bekommt, sondern auch an jedem zweiten Wochenende nicht minder reichlich von seinem Vater mit Zusatz-Euros versorgt wird.

Der Pauli hätte fürs Mittagessen gar nichts »Schnelles« planen müssen, denn die Rosi dampfte erst an, als er längst daheim war, die Garnelen auf Spieße gesteckt, den Tisch gedeckt, das Brot geschnitten und den Salat – nach seinem Rezept – gemacht hatte.

»Was hast denn so lange mit der Schnepfe reden müssen?«, fragte er, als er die Garnelen-Spieße in die heiße Grillpfanne legte.

»Erzähl ich dir nach dem Essen!« Die Rosi betrachtete die brutzelnden Garnelen, die langsam orangefarben wurden.

»Habe ich heute Geburtstag?«, fragte sie. Garnelen am Spieß macht ihr ihre Mama nämlich immer als Geburtstags-Essen.

Der Pauli wendete die Spieße. »Ich freu mich schon auf die blöden Gesichter in unserer Klasse, wenn die Herrschaften einsehen müssen, dass sie dem Jonas und der Maria Unrecht getan haben! Das wird ihnen eine Lehre sein!«

»Falls sie lernfähig sind.« Die Rosi brachte die Teller zum Herd. »Reicht schon, Pudding. Sonst werden sie zäh! Sie müssen innen noch ein bisschen glasig sein.«

Der Pauli holte die Spieße aus der Pfanne, legte sie auf die Teller und schaute die Rosi besorgt an. Sie kam ihm irgendwie merkwürdig vor. Gar nicht froh und zufrieden.

»Ist was?«, fragte er.

Die Rosi setzte sich zum Tisch, schaute auf ihren Teller und schüttelte den Kopf.

»Du hast doch was!« Der Pauli holte mit der Gabel eine Garnele vom Spieß. »Also red schon!«

»Kannst du edel und selbstlos sein, Pudding?«, fragte die Rosi.

Der Pauli glotzte erstaunt die Rosi an und fragte mit vollem Mund: »Wie ist man denn edel und selbstlos?«

»Edel und selbstlos ist man, wenn man einem Triumph entsagt, um jemanden nicht zu demütigen!«, sagte die Rosi und schnipselte ein kleines Stück von der Garnele, die sie vom Spieß gezogen hatte.

»Ich verstehe nur Bahnhof!« Der Pauli machte sich an die nächste Garnele.

»Es würde doch reichen, wenn die Lea am Montag erklärt, dass sie das Herz gefunden hat.« Die Rosi schob sich das Garnelen-Stückchen in den Mund. »Und dass es ihr leid tut, geglaubt zu haben, dass wir einen Dieb in der Klasse haben!«

»Kommt nicht infrage!«, rief der Pauli.

»Aber mir wird speiübel, wenn ich mir vorstelle, wie sie da vorne steht und alles gestehen muss«, sagte die Rosi.

Der Pauli tunkte mit einem Stück Baguette Garnelen-Saft vom Teller. »Die soll ruhig beichten!«

»Beichten tut man in der Kirche, geheim beim Pfarrer. Nicht lauthals in der 2a, Pudding!«, sagte die Rosi. »Und man soll niemanden demütigen, wenn es nicht unbedingt nötig ist!«

»Ist aber nötig!« Der Pauli trug seinen Teller zur Spülmaschine.

»Aber nur deswegen, weil sonst niemand erfahren wird, dass du den Fall gelöst hast. Das hältst du nicht aus!« Die Rosi schob dem Pauli ihren Teller hin. »Iss! Ich hab keinen Hunger.«

Der Pauli machte sich über Rosis Garnelen her und sagte mampfend: »Ich halte es nicht aus, dass diese Schnepfe ungeschoren davon kommt!«

»Geschoren wird sie ja.« Die Rosi lächelte den Pauli ganz, ganz lieb an. »Nur die Haut wird ihr nicht abgezogen. Sie muss zugeben, dass sie grundlos Theater gemacht und niemand gestohlen hat, ich finde, das ist schwer genug für sie.«

»Und den Vorschlag willst ihr unterbreiten?« Der Pauli stopfte Rosis letzte Garnele in den Mund.

»Hab ich schon«, sagte die Rosi.

»Ohne mich zu fragen?« Der Pauli starrte die Rosi grimmig an.

»Ich hab mich halt in die Rolle vom guten Bullen eingelebt!« Die Rosi lächelte weiter ganz, ganz lieb. Gegen dieses Rosi-Lächeln, das weiß sie genau, ist der Pauli machtlos. Da muss er immer nachgeben.

Der Pauli stand auf, ging zur Abwasch und machte sich über die

Grillpfanne her. Wie wild schrubbte er drauflos. »Wieso hast denn mit so einer Umurken Mitleid?«

»Das ist kein Mitleid«, sagte die Rosi. »Das ist etwas anderes, weiß nicht genau, wie man das nennt.«

»Wahrscheinlich edel und selbstlos!« Der Pauli wummerte die schwere Grillpfanne auf die Abtropftasse.

»Und was ist jetzt, Pudding?«, fragte die Rosi.

»Hast ja eh schon für uns beide entschieden.« Der Pauli setzte sich wieder zur Rosi, pickte mit dem Zeigefinger ein Brotbrösel vom Tisch, starrte es an und seufzte.

»Danke für die Überwindung!«, sagte die Rosi und merkte, dass sie schrecklich hungrig war. Aber mit mehr als einem Restl Baguette und ein paar essigsauren Salatblättern konnte ihr der Pauli leider nicht mehr dienen.

Zum ersten Mal in seinem Leben saß der Pauli am Montag schon zehn Minuten vor dem Acht-Uhr-Läuten neben der Rosi am Pult. Der Platz vor ihm war noch leer, obwohl die Lea sonst immer als eine der Ersten in der Klasse ist.

»Wirst sehen«, sagte der Pauli. »Sie drückt sich, sie spielt krank, sie kommt in diesem Schuljahr gar nimmer, die sehen wir erst wieder im Herbst!«

»Die kommt, Pudding«, sagte die Rosi. »Die kommt noch!«

»Wetten?«, fragte der Pauli.

»Ich wette nie!«, sagte die Rosi. Denn so ganz sicher, dass die Lea kommen wird, war sie sich doch nicht.

Der Pauli hätte die Wette verloren. Ein paar Minuten vor acht Uhr kam die Lea in die Klasse. Das goldene Herz baumelte an einer goldenen Kette von ihrem Hals. Sie ging zu ihrem Pult, stellte die Schultasche ab, ging dann langsam nach vorne zum Lehrertisch und sagte: »Ich muss euch etwas mitteilen.«

Sie sagte es so leise, dass es die meisten 2a-Schüler überhörten. Und die paar, die es hörten, scherten sich nicht drum.

Also rief der Pauli: »Ruhe, Leute! Die Lea muss uns etwas mitteilen!«

Das wirkte. Alle schauten zur Lea. Und die Evi rief aufgeregt: »Die Lea hat ihr Herz zurück! Der Dieb hat ihr das Herz zurückgeschickt!«

»Hat er auch was dazugeschrieben?«, fragte die Verena.

Die Lea räusperte sich. Ganz weiß war sie um die Nase herum und auf ihrem Hals waren rote Flecken. Sie räusperte sich noch einmal, dann sagte sie: »Ich habe mich geirrt, ich habe vergessen, dass ich das Herz ins Pult reingetan habe, und es hat sich im Futter der Schultasche verkrochen. Gestern habe ich es zufällig drin entdeckt. Es tut mir leid, dass ich geglaubt habe, dass wir einen Dieb in der Klasse haben.«

Die Lea ging zu ihrem Pult, hockte sich hin und starrte den Pultdeckel an.

Mucksmausestill war es in der Klasse geworden. In die Stille hinein sagte plötzlich der Jonas: »Jetzt sollen sich aber alle bei der Maria entschuldigen, dass sie sie für die Diebin gehalten haben!«

»Wieso mich?«, kreischte die Maria. »Dich haben alle für den Dieb gehalten!«

»Nicht alle«, sagte der Sepp. »Es stand fifty-fifty!«

»Und alles nur, weil die Lea ein Kurzzeitgedächtnis wie eine Amöbe hat«, sagte der Jakob.

»Und weil sie immer gleich wegen allem ein Affentheater machen muss!«, rief die Iris ins Schrillen der Schulglocke rein.

Der Pauli erhob sich. »Und weil ihr gleich wie die Volldeppen wen verdächtigen müsst!«, sagte er und setzte sich schnell wieder hin, weil das kleine Gemüse als Ersatz für die nun auch an Grippe erkrankte Englisch-Lady zur Tür reinstöckelte.

Eben, teilte sie der 2a freudestrahlend mit, sei die Mutter der

Lea bei ihr in der Direktion gewesen und habe erfreulicherweise den Sachverhalt aufgeklärt, wodurch sich gottlob alle Verdächtigungen in Luft und Wohlgefallen aufgelöst hätten. Und den Rest der Schulstunde möge jeder 2a-Schüler darüber nachdenken, welch Unrecht hätte angerichtet werden können, hätte nicht ein glücklicher Zufall alles geklärt.

»Wie geht's dir denn, du glücklicher Zufall?«, fragte die Rosi leise den Pauli.

Und der Pauli schrieb auf seinen Notizblock, unter die Einkaufsliste fürs Mittagessen: *Den glücklichen Zufall ergeben wir nur zu zweit!*

Pudding-Pauli deckt auf

Inhalt,

in welchem der geneigte Leser
einen kleinen Überblick bekommt.

1. Kapitel,
in welchem Rosis Seele rülpst, der Dackel Karli noch immer verschwunden ist und sich die Zufälle häufen. **Seite 125**

2. Kapitel,
in welchem der Pauli keine Blinis bekommt, die Rosi Malakofftorte mampfen muss und Lösegeld ins Spiel kommt. **Seite 135**

3. Kapitel,
in welchem Gulasch vor sich hin köchelt, die Frau Mader beruhigt werden muss und ein schwarzes Kuvert zu Boden flattert. **Seite 145**

4. Kapitel,
in welchem sich die Rosi verkleidet und der Pauli nicht bedacht hat, dass Straßenbahnhaltestellen zum Einsteigen taugen. **Seite 155**

5. Kapitel,
in welchem die Rosi auf Kommissar Zufall hofft, Nudeln zu weich werden und der Rosi einfällt, wo sie die tarnfleckige Baseballkappe gesehen hat. **Seite 166**

6. Kapitel,
in welchem es Palatschinken gibt und die Rosi Kontakt zu Emily und zu Laura aufnimmt. **Seite 176**

7. Kapitel,
in welchem der Pauli mit Fleischbällchen die Rosi versöhnt und sich die Emily als sehr brauchbar erweist. **Seite 186**

8. Kapitel,
in welchem es kein Fleisch gibt, der Pauli im Alleingang der Wahrheit näher kommt und dabei höllisch friert. **Seite 195**

9. Kapitel,
in welchem der Pauli mit Ingwer-Zitrone-Limo seine Stimme kuriert und die Rosi große Angst um ihn bekommt. **Seite 206**

10. Kapitel,
in welchem der Pauli nicht mit brutaler Gewalt rechnet und der Kevin gottlob etwas nicht tun will. **Seite 215**

11. Kapitel,
in welchem der Rest der Sache klar wird, es Pasta bis zum Überdruss gibt, und was noch zu tun bleibt, von einem netten Polizisten übernommen wird. **Seite 225**

Mit Rezeptteil ab Seite 239
und Wort-Erklärungen ab Seite 289

Rezept Seite 262 bis 265

1. Kapitel,

in welchem Rosis Seele rülpst, der Dackel Karli noch immer verschwunden ist und sich die Zufälle häufen.

Pauli Pistulka, elf Jahre und neun Monate alt, von seinen Freunden Pudding-Pauli oder einfach bloß Pudding genannt, saß hinter seinem Pult in der 3a und blickte versonnen zur Deckenlampe hoch, die vergeblich versuchte, den November-Vormittag zu erhellen. Durch den Boden der Milchglas-Schale schimmerte dicker, dunkler Belag.

»Rosi, da oben ist ein voll belegter Friedhof«, murmelte er. »Ein Krematorium für Fliegen.«

Die Rosi, sein Pult-Co, nickte und zischelte ihm zu: »Für Selbstmörder-Fliegen!«

»Weil Schulluft sogar die Fliegen depressiv macht«, sagte der Pauli etwas zu laut.

»Pistulka, keine Privatgespräche, wenn ich bitten darf!« Der Mag. Specht, wegen seiner farbenfrohen Kleidung von der 3a Buntspecht genannt, deutete mit dem Tafelzirkel zum Pult von Pauli und Rosi.

»Das war nicht privat, das war eine schulinterne, sogar eine mathematische Anmerkung«, sagte der Pauli.

»Und zwar welche?«, fragte der Buntspecht voll Interesse.

Der Pauli streckte einen Arm anklagend zur Deckenlampe hoch. »Seit zwei Jahren schaue ich zu, wie die Fliegenleichen über meinem Kopf mehr und mehr werden. Daher versuchte ich zu berechnen, wie hoch der Belag bei meiner Matura sein wird!«

»Dazu dürfte dein mathematischer Grips nicht reichen«, sagte der Buntspecht grinsend, drehte sich zur Tafel und machte sich daran, den Mantel eines gleichseitigen Prismas zu zeichnen.

»Lob fordert eines Schülers Leistung ungemein!«, rief der Pauli dem Buntspecht-Rücken zu und die Belegschaft der 3a kicherte.

Der Buntspecht ließ von der Tafel ab und sagte: »Pistulka, komm raus und konstruiere weiter, damit ich eine Chance erhalte, dich zu loben!«

Der Pauli erhob sich seufzend, latschte im Schneckentempo zur Tafel und nahm Zirkel, Dreieck und Kreide vom Buntspecht in Empfang. Bis zum Ende der Mathestunde, die auch den Unterricht für diesen Tag beendete, fummelte er an der Tafel herum. So ein Dummbauchi, dass er den Mantel eines Prismas nicht hinkriegen würde, ist der Pauli nun auch wieder nicht! Es lag am Tafelzirkel. Der war viel zu locker im Gelenk. Das Teil, in dem die Kreide steckt, flutschte immer weg, wenn der Pauli eine Strecke abschlagen wollte.

Ins Rasseln der Schulglocke hinein sagte der Buntspecht dann: »Pistulka, du hast dich redlich um das Prisma bemüht. Reicht dir das als Lob?«

»Es wird mir den Tagesrest ungemein versüßen.« Der Pauli lächelte den Buntspecht freundlich an, legte Zirkel, Dreieck und Kreide auf den Lehrertisch, wischte sich am Hosenboden die Finger vom Kreidestaub sauber, wieselte zu seinem Pult und sagte zur Rosi: »Beeil dich, Süße, ich hungere gewaltig!«

»Was gibt es denn heute zu futtern, Pudding?«, erkundigte sich die Rosi, als sie neben Pauli herjappelte, eine Stunde früher als sonst am Freitag, weil Religion ausgefallen war.

»Grenadiermarsch und Gurkensalat!«, sagte der Pauli. Und fügte, bevor die Rosi zum Motzen ansetzen konnte, hinzu: »Sei froh, dass es überhaupt etwas gibt. Unser Kostgeld-Topf war schon gestern völlig leer!«

Jeden Montag legen die Rosi und der Pauli Geld in einen alten Steingut-Topf. So viel, wie ihre Mamas früher für das Mittagessen im Hort bezahlt haben, und dazu noch Geld für die Pausenbrote. Und der Pauli holt sich jeden Morgen Geld aus dem Topf, um nach der Schule die Zutaten für das Mittagessen und für die morgige Pausen-Nahrung zu kaufen. Aber er kommt nur selten mit dem Geld bis zum Freitag aus. Oft müssen die beiden Mamas ein bisschen Geld nachschießen, manchmal gleicht er das Manko auch mit seinem Taschengeld aus. Ohne dass es die Rosi weiß. Er ist, was Taschengeld angeht, viel besser dran als sie, denn er kassiert dreifach. Von seiner Mama, von seinem geschiedenen Papa und von seiner Oma. Und zwar von allen dreien nicht knausrig. Doch der Freitag ist eben trotzdem meistens ein »Restl-Tag«.

Die Rosi ist nicht besonders heikel. Aber Grenadiermarsch mag sie nicht, und Gurkensalat hasst sie.

»Den Gurkensalat kannst dir schenken«, maulte sie also. »Esse ich bloß drei Bissen von dem Zeug, muss ich den ganzen Tag lang rülpsen!«

»Das ist rein psychosomatisch!«, erklärte der Pauli und sperrte das Haustor auf.

»Psycho-so-ma-was?« Die Rosi rannte hinter dem Pauli die Treppe rauf.

»Deine heikle Seele rülpst, weil sie ein dummes Vorurteil gegen Gurkensalat hat«, erklärte ihr der Pauli und öffnete die Wohnungstür.

»Meiner Seele sind Gurken blunzen«, protestierte die Rosi. »Mein Magen hat was gegen sie! Und zwar kein Vorurteil, sondern ein Urteil!«

Der Pauli schubste die Rosi ins Vorzimmer rein. »Okay, okay, du alte Raunzen«, sagte er. »Bekommst du halt einen lieben, kleinen Paradeissalat!«

Die Rosi marschierte schnurstracks in die Küche, setzte sich zum Küchentisch, holte ihr Geometrie-Heft aus der Schultasche und wollte sich dranmachen, die Hausübung zu zeichnen.

»Lohnt sich echt nicht, dass du damit anfängst«, sagte der Pauli. »In spätestens fünfzehn Minuten habe ich das Essen fertig! Ich habe nämlich heute in der Früh schon alles vorbereitet.« Er zeigte auf eine Pfanne auf dem Herd. »Sogar die Zwiebel hab ich schon goldgelb geröstet. Und du könntest die Paradeiser für den Salat schneiden!«

»Du röstest in aller Herrgottsfrühe Zwiebel?« Die Rosi konnte es nicht fassen! »Kein Wunder, dass du dann immer erst beim Läuten in die Klasse keuchst!«

Der Pauli händigte der Rosi vier dicke Paradeiser aus. Die Rosi nahm sie etwas unwillig entgegen und dachte: Bin neugierig, was ich diesmal falsch mache! Sie hilft dem Pauli beim Kochen nicht gern. Egal, was sie tut, immer hat er etwas auszusetzen. Außerdem muss sie ihm auch gar nicht helfen. Denn die Rosi und der Pauli haben seit über einem Jahr ein Abkommen. Er kocht das Mittagessen für sie und versorgt sie mit Pausenbroten, sie macht ihm dafür die Mathe-Hausübungen. Ihre Mamas haben von diesem Abkommen natürlich keine Ahnung. Die glauben, dass die beiden gemeinsam kochen und gemeinsam die Hausübung erledigen.

Der Pauli schaltete die Platte unter der Pfanne ein und holte eine Schüssel voll gekochter Fleckerln, vermischt mit Scheiben gekochter Erdäpfel, aus dem Eisschrank. »Das war heute ein Sonderfall. Über uns ist gerade wer Neuer eingezogen und dieser Irre hat schon ab halb sieben Löcher gebohrt. Da hätte nur ein Stocktauber weiterschlafen können.«

Die Rosi hatte sich nicht geirrt. »Mach doch die Scheiben nicht gar so dick!«, rügte sie der Pauli. »Und schneide den Stängelansatz gefälligst raus! Den kann man doch nicht essen!«

Die Rosi warf das Messer auf den Tisch. »Dann mach es doch selber!«, rief sie vergrämt. »Kochen ist schließlich deine Arbeit, nicht meine!«

In der Pfanne auf dem Herd fing es leise zu brutzeln an. Der

Pauli nahm einen Kochlöffel, rührte im Brutzelnden und murmelte: »Ang'rührte Leberwurst!«

»Die Köche, die im Fernsehen kochen«, sagte die Rosi, »die rühren nie um! Die heben die Pfanne hoch und schupfen, was drin ist!«

Der Pauli warf der Rosi einen grantigen Blick zu. Wäre er ehrlich gewesen, hätte er sagen müssen, dass er das schon oft probiert, aber leider nie geschafft hat. Doch der Pauli ist keiner, der gern zugibt, dass er etwas nicht kann. Also sagte er: »Das geht mit dieser Pfanne nicht!«

Die Rosi wollte ihn fragen, warum das mit dieser Pfanne nicht gehen sollte, doch da klingelte es an der Wohnungstür. Der Pauli drückte der Rosi den Kochlöffel in die Hand, sagte »Rühr weiter!« und lief ins Vorzimmer.

Die Rosi legte den Kochlöffel weg, packte den Pfannenstiel mit beiden Händen, hob die Pfanne hoch, versuchte nachzumachen, was die Köche im Fernsehen tun, und schaute entsetzt auf die hellbraunen Zwiebelfäden, die rund um die Pfanne auf die Ceranplatte rieselten.

»Shit!«, murmelte sie, stellte die Pfanne, in der nur noch ein paar Zwiebelfäden im heißen Schmalz schwammen, auf den Herd zurück, schaufelte mit dem Kochlöffel hurtig Zwiebelfäden in die Pfanne zurück und wischte die fettig gewordene Ceranplatte mit einem feuchten Lappen halbwegs sauber.

Kaum hatte sie es geschafft, kam der Pauli in die Küche zurück, und hinter ihm die alte Frau Mader, die Nachbarin vom Pauli. Die Frau Mader hatte rot geweinte Augen.

»Ist denn Ihr Karli noch immer nicht gefunden worden?«, fragte die Rosi voll Mitgefühl.

Der Karli ist der Dackel der Frau Mader. Vorgestern zu Mittag hatte die Frau Mader seine Leine an dem Hundehaken vor der Trafik festgemacht, weil sich der böse Hund der Trafikantin mit dem

Karli nicht verträgt, und als sie aus der Trafik rausgekommen war, war der Karli samt der Leine spurlos verschwunden gewesen.

Die Frau Mader schüttelte den Kopf und schnäuzte sich in ein riesiges kariertes Taschentuch. Der Pauli schob ihr einen Sessel hin und erklärte der Rosi: »Die Frau Mader will Plakate an die Haustüren in der Gegend kleben, wo draufsteht, wohin der Karli gehört. Und dass man sie anrufen soll, wenn man den Karli gefunden hat. Ich soll ihr das auf dem Computer machen.«

Die Frau Mader gab dem Pauli einen Zettel. »So hätte ich mir das vorgestellt«, sagte sie schniefend. »Geht das?«

Der Pauli las vor: »Dackel, neun Jahre alt, hört auf den Namen Karli, am 10. 11. von der Trafik Ecke Jagdstraße-Steinstraße entlaufen. Sachdienliche Hinweise erbeten an Marie Mader, Telefon 236 19 60.«

»Ich möcht auch noch dazuschreiben, dass ich einen Finderlohn bezahle«, sagte die Frau Mader. »Wie viel muss man da geben? Weil sehr viel Geld hab ich leider nicht.« Und dann schnupperte sie und sagte: »Ich glaub, da verbrennt euch irgendetwas!«

»Grundgütiger!« Die Rosi drehte sich zum Herd und zog die Pfanne, in der sich kohlrabenschwarze Fadenwürmer in rauchendem Schmalz ringelten, zur Seite.

»Jetzt ist euch wegen mir das Essen angebrannt«, jammerte die Frau Mader. »Was hätte es denn werden sollen?«

»Grenadiermarsch«, sagte der Pauli. »Aber das macht nichts. Ich schreib Ihnen jetzt die Plakate und drucke fünfzig Stück aus. Und das Ankleben übernehmen die Rosi und ich auch.«

»Dann mach ich wenigstens, wenn ihr nichts dagegen habt, den Grenadiermarsch für euch. Wo habt ihr denn Zwiebel?«, fragte die Frau Mader.

Der Pauli brachte ihr das Körberl mit den Zwiebel-Häupteln und die Frau Mader machte sich ans Werk.

Eine halbe Stunde später saßen sie zu dritt beim Küchentisch und mampften Grenadiermarsch, Gurken- und Paradeissalat. Und die Rosi tröstete die Frau Mader.

»Der Karli, der kommt ganz bestimmt zurück«, sagte sie. »Die Peggy von der Frau Merny und der Hund vom Herrn Pollak sind doch auch gefunden worden.«

»Wann war denn das?«, fragte der Pauli.

Die Rosi überlegte. »Die Peggy von der Frau Merny hat sich vorige Woche für ein paar Tage vertschüsst und der Hund vom Herrn Pollak zwei Wochen davor, glaube ich.«

»Nein«, widersprach die Frau Mader. »Das war nur eine Woche vorher, wie der Hubsi vom Pollak entlaufen ist.«

»Schon merkwürdig«, sagte der Pauli mit vollem Mund, »binnen drei Wochen drei Hunde aus derselben Straße! Das ist eine äußerst interessante Häufung von Zufällen!«

Die Rosi spießte das letzte Fleckerl von ihrem Teller auf die Gabel, betrachtete es, als habe sie noch nie im Leben ein Fleckerl gesehen, und sagte warnend: »Pudding, lass es sein, auch gehäufte Zufälle gibt es zufällig!«

Das ist nämlich so: Pauli Pistulka ist fest davon überzeugt, Straftaten zu wittern und Straftäter zumindest so gut wie die Polizei ausfindig machen zu können. Das liegt ihm, behauptet er, im Blut. Und später mal, nach der Schule, wird er Kriminalkommissar oder Privatdetektiv.

»An zufällig gehäufte Zufälle glauben nur die fantasielosen Leute!«, sagte der Pauli, stapelte die leer gegessenen Teller und trug sie zur Spülmaschine.

Und wieder eine halbe Stunde später zogen die Rosi und der Pauli los und pickten an jedes dritte Haustor in der Gegend eine »Verlust-Anzeige«. Wie viel Geld die Frau Mader dem Finder vom Karli als Belohnung zahlen wollte, stand allerdings nicht auf den Zetteln, weil die Rosi gemeint hatte, »Hohe Belohnung!« mache sich viel besser.

Den Häuserblock, in dem der Pauli wohnt, hatten sie hinter sich, da sagte der Pauli: »Rosi, du kennst doch den alten Karli. Der ist halb lahm, dem muss man schon gut zureden, dass er sich überhaupt vom Fleck rührt. Der reißt sich doch nicht von einem Hundehaken los!«

Dass der Pauli damit nicht ganz unrecht hatte, musste die Rosi zugeben. Und als sie dann bei der Trafik waren und den Hundehaken vor der Tür inspizierten, musste sie dem Pauli leider wieder recht geben! Das war ein Haken mit einem festen Schnappschloss, von dem konnte sich nicht mal der stärkste Hund losreißen.

»Vielleicht ist die Leine abgerissen, weil sie schon ganz morsch war«, sagte die Rosi.

»Red keinen Plunder, Rosi! Die Leine war total in Ordnung. Die war sogar neu.« Der Pauli schüttelte den Kopf. »Da war eindeutig ein Hundedieb am Werk. Also könnten wir uns diese Zettel-Kleberei eigentlich sparen.«

»Pudding, wer stiehlt denn schon einen alten, fetten Dackel mit Asthma, aber ohne Stammbaum?« Die Rosi wollte einfach nicht an einen Hundedieb glauben. Weil sie keine Lust hatte, mit dem Pauli in der nächsten Zeit hinter einem Hundedieb herzujagen.

»Das werden wir rauskriegen!« Die Augen vom Pauli funkelten vor Tatendrang blitzblau.

»Wenn es unbedingt sein muss«, murmelte die Rosi und hoffte inständig, dass der Karli doch noch schnell gefunden wird. Die Rosi liebt den Pauli nämlich. Und tut fast immer, was er will, auch wenn es ihr nicht gefällt. Und Paulis Vorliebe für Kriminalfälle aller Art ist wahrlich ihre Sache nicht.

»Aber die Zettel picken wir trotzdem weiter!«, beharrte sie. »Weil das haben wir der Frau Mader versprochen.«

»Ist sowieso besser«, meinte der Pauli. »So wiegt sich der Dieb noch in Sicherheit und weiß nicht, dass wir bereits einen Verdacht gegen ihn haben!«

»Genau!«, seufzte die Rosi gottergeben und klatschte die nächste »Verlust-Anzeige« an die nächste Haustür.

Nachdem das allerletzte Plakat endlich an einer Haustür klebte, liefen die Rosi und der Pauli hurtig heim, denn die Rosi musste ja noch die zwei Geometrie-Hausübungen machen. Und zwar im Blitztempo, bevor Paulis Mama vom Büro daheim war. Paulis Mama kontrolliert nämlich immer die Mathe-Hausübungen ihres Sohnes. Weil der, seit er ins Gymnasium geht, in Mathematik zwischen genügend und nicht genügend steht. Und es ist ihr, sagt sie oft, »ein wahres, echtes Rätsel«, dass er daheim immer alles richtig macht, aber in der Schule dann, an der Tafel, angeblich ein Totalversager sein soll! Das muss, vermutet sie, an seinem Mathelehrer liegen. Der mag wahrscheinlich ihren Sohn nicht, und der spürt das, denn er ist viel sensibler, als er auf den ersten Blick wirkt, und er wird dadurch unsicher und macht Fehler über Fehler. Gute Mamas sind eben so.

Fast hätte die Rosi bei den Geometrie-Hausübungen auch Fehler über Fehler gemacht, denn der Pauli löcherte sie unentwegt mit Fragen zur Peggy der Frau Merny und dem Hubsi vom Herrn Pollak. Wie lange denn die beiden Hunde verschwunden waren, wollte er wissen. Und wie sie wieder zurückgekommen sind? Einfach von selber? Oder hat sie wer gebracht? Und wo denn genau diese Frau Merny und dieser Herr Pollak wohnen? Und ob das kleine oder große Hunde, junge oder alte, sanfte oder bissige sind?

»Was weiß denn ich!«, sagte die Rosi genervt. »Ich habe das alles nur von meiner Mama gehört. Die Frau Merny wohnt bei uns in der Straße, so auf halber Strecke zwischen dir und mir. Und der Herr Pollak wohnt gleich um die Ecke von deinem Haus, den und seinen Hund musst du doch viel besser kennen als ich! Und die

Peggy ist ein zittriger Rehrattler, und dieser Hubsi ist irgend so ein Mischling, ein kleiner, zotteliger. Mehr weiß ich echt nicht!«

»Dann krieg es heraus!«, verlangte der Pauli. »Das ist wichtig für unseren Fall!«

»Sehr wohl, Herr Kommissar! Bis morgen habe ich mich kundig gemacht!«, versprach die Rosi und verzichtete darauf, den Pauli zu fragen, was die Peggy der Frau Merny und der Hubsi vom Herrn Pollak mit dem Karli der Frau Mader zu schaffen haben. Und sie schluckte auch tapfer runter, dass der Pauli eigentlich selber rauskriegen könnte, was er so dringend wissen will!

Rezept
Seite 266

2. Kapitel,

in welchem der Pauli keine Blinis bekommt,
die Rosi Malakofftorte mampfen muss und
Lösegeld ins Spiel kommt.

Lautes Hühnergegacker weckte die Rosi am Samstag in aller Herrgottsfrühe. Das grausige Gekreisch war seit einer Woche der Klingelton von ihrem Handy. Die Rosi liebt es, ihr Handy alle paar Wochen anders ertönen zu lassen. Mal rasselt es wie ein alter Wecker, mal trompetet es eine Melodie, mal kichert es wie ein Lachsack, mal brüllt es los wie die Sirene vom New Yorker Überfallskommando.

Gähnend griff die Rosi aufs Nachtkastl, grapschte sich das Handy und blinzelte aufs Display, auf dem PUDDING RUFT AN stand, und drüber als Uhrzeit 7:01.

Sie drückte das Gegacker weg und stöhnte ins Handy: »Bist du des Teufels? Es ist Samstag und noch nicht einmal richtig hell draußen!«

»Weiß ich doch, Süße!« Die Stimme vom Pauli klang putzmunter. »Aber der Irre über mir rückt seit sechs Uhr seine Möbel im Kreis herum. Und ich will ja nur schnell wissen, ob du gestern noch irgendetwas erfahren hast.«

»Ruf mich um zehn wieder an, ich schlafe noch eine Runde!« Die Rosi war fest entschlossen, das Gespräch zu beenden. Aber der Pauli schnurrte sanft: »Rosilein, Süße, für die arme Frau Mader ist jede Stunde ohne ihren Karli schrecklich, wir müssen ihr doch schnell helfen!«

Der sanft schnurrenden Pauli-Stimme kann die Rosi nie widerstehen. »Na gut, Pudding«, seufzte sie und schwang die Beine aus dem Bett. »Bei mir oder bei dir?«

»Gibt es bei dir drüben ein richtig schönes Frühstück?«, fragte der Pauli.

»Eher nicht«, vermutete die Rosi. »Außer du bringst was vom Bäcker mit.«

»Dann komm zu mir rüber«, schlug der Pauli vor, »ich mach uns was Schnuckeliges.«

Die Rosi wohnt in derselben Straße wie der Pauli, bloß fünf Quergassen entfernt. Rennt man schnell, schafft man den Weg in drei Minuten. Die Rosi zockelte so verschlafen dahin, dass sie dreimal so lang brauchte. Aber der Pauli hatte das Frühstück ohnehin noch nicht fertig.

»Gibt es heute zum Frühstück Erdäpfelschmarren?«, fragte die Rosi entsetzt, weil sich der Pauli, nachdem er sie in die Küche geführt hatte, daranmachte, Erdäpfel zu reiben. Auf der Seite vom »Laterndel-Reibeisen«, wo die großen Löcher sind.

»Erdäpfelschmarren macht man aus gekochten Erdäpfeln, du Deppenkind«, schnaufte der Pauli emsig reibend, »das sind rohe Erdäpfel. Du kriegst Super-Erdäpfel-Blinis. Und dazu selbst gemachtes Apfelmus!«

»Toll!« Die Rosi setzte sich zum Küchentisch. »Dafür lohnt es sich, das Bett zu verlassen! Weil wegen dem bissl, was ich erfahren hab, hätte es sich nicht gelohnt, herzukommen.«

»Berichte«, verlangte der Pauli.

»Also, der Merny-Hund war fünf Tage weg, plötzlich war er wieder da, und meine Mama hat die Frau Merny gefragt, wer die Peggy gefunden hat, aber die Frau Merny hat ihr drauf keine Antwort gegeben, obwohl sie sonst eine Tratschen ist, die jeden dauernd anquatscht!«

Der Pauli stellte zwei Schüsseln auf die Arbeitsplatte, nahm die Hälfte der geriebenen Erdäpfel zwischen die Handflächen und drückte sie über einer Schüssel aus. Als zwischen seinen Fingern kein Saft mehr raustropfte, warf er die trockenen Schnipsel in die andere Schüssel. Dann machte er es mit dem Rest der geriebenen Erdäpfel genauso.

»Und der Hund vom Pollak?«, fragte er, während er zwei Eier am Rand der Schüssel aufschlug und auf die gepressten Schnipsel plumpsen ließ.

»Mit dem Herrn Pollak redet meine Mama nie«, sagte die Rosi. »Über den weiß sie gar nichts.«

Der Pauli rührte den Gatsch ordentlich durch, stellte eine Pfanne auf den Herd, schüttete ein paar Löffel Öl rein und schaltete die Kochstelle unter der Pfanne an.

Dann hielt er eine Hand prüfend über die Pfanne. So testet er, ob das Fett schon heiß genug zum Braten ist. Wenn es seiner Hand, fünf Zentimeter über dem Fett, zu heiß wird, kann er zu braten anfangen.

»Meine Mama kennt auch keinen«, sagte die Rosi, »der öfter mit dem Herrn Pollak redet. Der ist angeblich ein Eigenbrötler.«

Der Pauli zog die Hand von der Pfanne, klatschte mit einem Löffel Häufchen vom Schnipsel-Gatsch ins Öl und drückte sie mit dem Löffel breit.

»Meine Schwester meint, dass es Hundefänger gibt«, sagte die Rosi. »Die stehlen Hunde für Tierversuche von Kosmetikfabriken.«

»Dann wären der Merny-Hund und der Pollak-Hund nicht wieder aufgetaucht!« Der Pauli hob mit einer Gabel ein Blini, um zu sehen, ob es auf der Unterseite schon knusprig war. Es war noch zu hell.

»Vielleicht waren sie der Firma, die Tierversuche macht, viel zu alt und viel zu mickrig«, sagte die Rosi. »Und drum hat man sie laufen lassen.«

Der Pauli deutete auf eine Kanne und sagte, da drin sei Zitronentee, die Rosi solle sich eine Tasse einschenken. Dann wendete er die Blinis mit zwei Gabeln.

Die Rosi schenkte sich eine Tasse vom Tee ein. Kakao wäre ihr lieber gewesen. Aber höflich wie die Rosi nun mal ist, sagte sie das nicht.

Die Rosi mampfte schneller, als der Pauli braten konnte. Zwei Pfannen Blinis hatte sie im Nu verputzt, und schmollte auch noch, als der Pauli die letzten sieben Blinis, die in der Pfanne brutzelten, für sich beanspruchte.

Doch bevor sich der Pauli über den kargen Blini-Rest hermachen konnte, kam seine Mama schnuppernd in die Küche. Sie war noch im Nachthemd und hatte vom Schlaf verwurstelte Haare.

»Reiberdatschi!«, frohlockte sie. »Das nenn ich einen Luxus am frühen Morgen!«

Sie schnappte sich den Teller mit den sieben Blinis und rief: »Aber doch nicht mit Apfelmus! Da gehören saurer Rahm und geräucherter Lachs dazu. Ist nicht noch ein bissl was vom gestrigen Lachs im Kühlschrank, Sohnemann?«

Der Pauli holte entsagend seufzend einen Teller aus dem Kühlschrank, auf dem unter Frischhaltefolie zwei Scheiben Lachs lagen.

»Mit saurem Rahm kann ich leider nicht dienen, gnä' Frau!«, sagte er.

Die Pauli-Mama war es auch so zufrieden. »Täte direkt nach mehr schmecken«, meinte sie, als sie den letzten Bissen geschluckt hatte.

»Mehr täte es aber nur geben, wenn es noch Erdäpfel geben täte«, sagte der Pauli, schmierte sich ein Butterbrot und kleckste Apfelmus drauf. Dann fragte er seine Mama: »Sag mal, kennst du den Herrn Pollak näher?«

»Na sicher, seit ich auf der Welt bin, also seit vierzig Jahren. Was ist mit ihm?«, fragte die Pauli-Mama besorgt.

»Wegen seinem Hund.« Näher wollte der Pauli sein Interesse für den Herrn Pollak nicht erklären.

»Den hat er gottlob wieder«, sagte die Pauli-Mama. »Wäre eine Katastrophe gewesen, wenn dem was passiert wäre. Er hat sonst niemanden mehr, seit seine Frau tot ist.«

»Der ist doch angeblich ein Eigenbrötler«, sagte der Pauli. »Und redet mit niemandem.«

Die Pauli-Mama schüttelte den Kopf. »Er redet nur mit Leuten, die er mag. Und mich mag er. Mit mir plaudert er immer, wenn er mich trifft.«

»Könntest du von ihm rauskriegen, wie das mit seinem Hund gewesen ist?«, fragte der Pauli. »Wie er ihn zurückbekommen hat? Und von wem?«

Das, sagte die Pauli-Mama, habe sie vom Herrn Pollak selber schon wissen wollen. Aber er hat es ihr nicht erzählt. Er hat bloß gesagt, dass es ihn »allerhand Geld gekostet hat«. Das hat sie natürlich gewundert, und sie hat ihn gefragt, wieso das allerhand Geld gekostet hat, doch mehr als »Lassen wir das!« hat er nicht geantwortet. Und wie sie den Herrn Pollak kennt, würde er ihr auch nicht mehr sagen, wenn sie ihn noch zehnmal fragen würde.

»Warum willst denn das wissen? Hat das vielleicht irgendetwas mit dem Karli von der Frau Mader zu tun?« Die Pauli-Mutter pickte mit dem Zeigefinger das letzte knusprige Erdäpfel-Brösel vom Teller. »Ist mein kriminalistischer Sohnemann am Ende wieder mal auf Verbrecherjagd?«

Der Pauli gab ihr keine Antwort.

»Keine Antwort ist auch eine Antwort«, sagte die Pauli-Mutter. »Dann wünsche ich jedenfalls viel Glück, bei was auch immer!«

Sie stand auf, erklärte, dass sie das Bad für die nächste halbe Stunde beanspruche, und dampfte aus der Küche ab.

»Jetzt ist ja wohl alles klar«, sagte der Pauli zur Rosi. »Er hat bezahlt, damit er den Hund zurückkriegt.«

»Wem hat er das Geld bezahlt?« Der Rosi war überhaupt nichts klar.

»Na, dem, der den Hund entführt hat«, sagte der Pauli. »Und ich traue mich wetten, dass es bei der Frau Merny genauso gewesen ist und bei der Frau Mader auch so sein wird.«

Die Rosi meinte, wenn das so wäre, wären der Herrn Pollak und die Frau Merny zur Polizei gegangen. Erpresser muss man anzeigen. Doch der Pauli erklärte ihr, dass jemand, der Angst um seinen geliebten Hund hat, das möglicherweise bleiben lässt. Und lieber das Geld zahlt, als die Polizei einzuschalten. Falls er sich das leisten kann.

Die Rosi war beeindruckt, aber nicht überzeugt.

»Und wie kriegen wir raus, ob du recht hast?«, fragte sie.

»Wir knöpfen uns die Merny vor«, sagte der Pauli. »Wenn der Pollak meiner Mama nichts erzählt hat, erzählt er uns garantiert auch nichts. Also musst du dein Glück bei der Merny versuchen!«

»Wieso ich?«, protestierte die Rosi.

»Weil sie näher bei dir als bei mir wohnt«, sagte der Pauli.

Das war zwar so ziemlich das allerdümmste Argument, das die Rosi je gehört hatte, aber sie murmelte trotzdem: »Okay, ich versuche es halt.«

Wahrscheinlich hatten sie die vierzehn Blinis, die in ihrem Magen lagerten, träge gemacht und aller Widerstandskraft beraubt.

Aber einfach an der Tür der Frau Merny zu klingeln, um sie sich »vorzuknöpfen«, fand die Rosi zu aufdringlich. Dazu kannte sie die alte Frau nicht gut genug.

»Ich müsste sie rein zufällig treffen«, sagte sie zum Pauli. »Wo kann man denn eine alte Frau am Samstagvormittag treffen?«

Der Pauli hatte keine Ahnung, wo man eine alte Frau am Samstagvormittag treffen könnte.

»Schon komisch!« Die Rosi räumte das Geschirr in die Spülmaschine. »Ich weiß nicht mal, was meine Omas den ganzen Tag lang so tun.«

»In fünfzig Jahren wirst es wissen!« Der Pauli schrubbte die

Blini-Pfanne sauber. »Sei nicht so zickig, klingle einfach an ihrer Tür und sag ihr, was Sache ist.«

»Jetzt gleich?«, fragte die Rosi.

»Falls dir nicht noch eine Ausrede einfällt, dann würde ich darum bitten«, sagte der Pauli. Und die Rosi seufzte und machte sich brav auf den Weg.

In welchem Haus die Frau Merny wohnt, wusste die Rosi. Es ist ein Haus ohne Gegensprechanlage. Das Haustor ist untertags nicht versperrt. Die Rosi ging von Wohnungstür zu Wohnungstür und suchte nach einem Türschild, auf dem »Merny« stand. Im Parterre. Im ersten Stock. Im zweiten Stock. Im dritten Stock fand sie es. Richtiges Herzklopfen hatte sie, als sie die Klingel am Türstock drückte. Hinter der Tür fing ein Hund mit Fistelstimme zu kläffen an und eine Frauenstimme fragte: »Was ist denn? Was willst du denn?«

Woraus die Rosi schloss, dass sie von der Frau Merny durch den Türspion beäugt wurde. Sonst hätte die nicht »du« zu ihr gesagt.

»Ich bin die Rosi Rieder und wohne gleich nebenan, zwei Häuser weiter«, sagte die Rosi zum Türspion rauf. »Es ist wegen dem Karli von der Frau Mader. Dem Dackel. Weil der verschwunden ist. Und mein Freund und ich wollen ihr helfen.«

Ziemlich blöde kam der Rosi ihre Stotterei vor. Aber die Tür öffnete sich einen Spalt und die Frau Merny, mit der kläffenden Peggy in den Armen, musterte sie von oben bis unten und wieder retour.

»Weil doch Ihre Peggy auch wieder da ist«, stotterte die Rosi weiter drauflos. Da ging die Wohnungstür ganz auf und die Frau Merny sagte: »Na, dann komm halt rein, Kleine!«

Ein paar Minuten vor elf Uhr wankte die Rosi aus der Wohnung der Frau Merny. Wer vierzehn Blinis im Magen hat und zwei Stück

Malakofftorte hinterherstopfen muss, fühlt sich eben nicht besonders fit. Nichts wie schnellstens heim und ein Stunderl auf dem Sofa liegen und verdauen wollte sie!

Doch vor dem Haustor der Frau Merny wartete der Pauli und rief: »Na endlich! Ich steh mir schon die Haxen in den Bauch und frier mir die Nase ab! Also, was hast erfahren?«

Natürlich hätte die Rosi dem Pauli in aller Kürze Bericht erstatten und hernach heim auf das ersehnte Sofa wanken können. Aber sie fand, wenn ihr der Pauli die unangenehmen Aufgaben aufhalste, dann war es nur gerecht, ihn ein bisschen zappeln zu lassen.

Also sagte sie: »Rausgekriegt habe ich allerhand, aber das erzähle ich dir später, ich hab zwei Stück fette Malakofftorte essen müssen, ich muss heim und abliegen!«

»Darf ich mitkommen?«, fragte der Pauli.

Die Rosi nickte und dachte: So gefällt er mir. Schön hübsch höflich und nett, mein Mini-Macho!

Auf dem Weg zu Rosis Wohnung bat der Pauli gut zehnmal: »So red doch schon!«

Doch die Rosi schwieg beharrlich, bis sie im Wohnzimmer auf dem Sofa lag. Dann fragte sie: »Soll ich dir der Merny ihre Kindheit auch erzählen? Und ihre drei Ehen samt zwei Scheidungen? Und von welchem Fressi die Peggy Durchfall kriegt? Oder nur das Wesentliche?«

Der Pauli war für Letzteres. Und die Rosi erzählte ihm – kurz gefasst – Folgendes: Vier Tage suchte die Frau Merny die Gegend nach ihrer Peggy, die vom Hundehaken vor der Apotheke entführt worden war, erfolglos ab. Am Morgen des fünften Tages klebte an ihrer Wohnungstür ein schwarzes Kuvert. Drin war ein Brief, in dem stand, dass sie 300 Euro in eine Zeitung legen und die Zeitung falten und Punkt achtzehn Uhr in den Abfallkübel an der Straßenbahn-Haltestelle vor dem Mini-Maxi-Supermarkt in der Jagdstraße stecken soll. Dann wird sie am nächsten Tag ihre Peggy wiederhaben. Aber wenn sie die Polizei einschaltet, ist ihre Peggy tot! Die Frau Merny tat brav, was in dem Brief verlangt wurde, und am nächsten Morgen war die Peggy wieder am Hundehaken vor der Apotheke festgemacht. Von ihrem Halsband baumelte eine Schnur mit einem Kärtchen dran, auf dem standen die Telefonnummer und die Adresse der Frau Merny. Und der Apotheker rief die Frau Merny an und die holte die Peggy ab.

»Hat sie dir den Brief gezeigt?«, fragte der Pauli.

»Nein, den Brief hat sie verbrannt«, sagte die Rosi. »Dass sie das tun muss, ist auch in dem Brief gestanden. Und unterschrieben war er mit ›Der große Hexenmeister‹. Es war übrigens ein gedruckter Brief mit sehr großen Buchstaben. Also garantiert auf einem PC gemacht.«

Der Pauli schwieg ziemlich lange. Die Rosi verdaute vor sich hin und wartete. Endlich sagte der Pauli: »Einer, der nur dreihundert Euro haben will und sich ›großer Hexenmeister‹ nennt, der ist doch kein Erwachsener, oder?«

»Pudding, da dürftest du richtig liegen«, murmelte die Rosi und rülpste.

»Aber egal, wie alt der Kerl ist«, sagte der Pauli, »er wohnt jedenfalls direkt hier bei uns, sonst wären ja nicht alle drei Hunde aus unserer Straße.«

»Sowieso!« Die Rosi rülpste wieder. Diesmal zweimal. »Aber wieso reden wir eigentlich immer von einem ›er‹? Es könnte genauso gut auch eine Frau sein, also ein Mädchen.«

»Da wett ich mit dir um drei Wochen Taschengeld, dass da kein Mädchen dahintersteckt«, sagte der Pauli.

»Du hast ja keine Ahnung«, sagte die Rosi. »Mädchen können sehr satanisch sein.«

Der Pauli schüttelte den Kopf. Mädchen, meinte er, könnten

zwar sehr satanisch sein, aber nur zu Menschen, nicht zu kleinen Hunderln.

Die Rosi rülpste dreimal und schloss die Augen.

»Hast denn auch Gurkensalat bei der Merny essen müssen?«, fragte der Pauli.

Da er von der Rosi keine Antwort bekam, stand er auf, murmelte »Tschüss dann« und marschierte ab.

Rezept Seite 268 bis 270

3. Kapitel,

in welchem Gulasch vor sich hin köchelt,
die Frau Mader beruhigt werden muss und
ein schwarzes Kuvert zu Boden flattert.

Auf dem Heimweg fiel dem Pauli ein, dass der »große Hexenmeister« der Frau Mader nicht so einfach ein Kuvert an die Tür stecken konnte wie der Frau Merny, denn die Haustür ist immer versperrt. Also muss der Kerl den Brief mit der Post schicken, dachte er. Oder er schickt diesmal gar keinen Brief, sondern telefoniert mit der Frau Mader. Da wäre es jetzt gut zu wissen, wie er das beim Herrn Pollak gemacht hat, denn dem sein Haustor ist auch immer versperrt!

Der Pauli überlegte, ob es nicht doch etwas bringen könnte, den Herrn Pollak zu fragen. Seine Mama musste nicht recht haben, die schätzte Menschen oft falsch ein.

Gerade holte der Pauli seinen Haustorschlüssel aus der Jackentasche, da bog der Hubsi um die Ecke und hinter ihm, an der Leine, der Herr Pollak. Mit Leuten zu reden, die er nicht kennt, fällt dem Pauli ziemlich schwer. Gern hätte er das der Rosi überlassen. Aber die Rosi hatte schon die Frau Merny besucht, und sich von ihr nachsagen lassen, dass er sich immer vor der unangenehmen Arbeit drückt, wollte er auch nicht. So stellte er sich dem Herrn Pollak in den Weg und sagte: »Grüß Gott, Herr Pollak, ich bin der Pauli Pistulka.«

»Weiß ich!« Der Herr Pollak schaute nicht gerade erfreut. Aber stehen blieb er.

»Ihr Hubsi ist nicht der einzige Hund, der entführt worden ist, der Karli von unserer Nachbarin ist auch weg und mindestens noch ein anderer Hund.« Der Pauli redete so schnell er nur konnte, weil er den Verdacht hatte, der Herr Pollak werde ihm nicht lange zuhören.

»Weiß ich!«, sagte der Herr Pollak.

»Und da würde unsere Nachbarin gern wissen, wie viel sie zahlen haben müssen und wie sie das erfahren haben. Damit sie drauf vorbereitet ist!«

Der Pauli kennt schließlich die Erwachsenen! Einen Buben, der einen Erpresser finden will, nehmen sie nicht ernst, den lachen sie aus.

»Wieso glaubst, dass ich für den alten Deppen was zahlt hab?« Der Herr Pollak deutete auf den Hubsi, der weiterzockeln wollte und an der Leine zerrte.

»Weil sie ihn gernhaben«, sagte der Pauli freundlich.

»Könnte hinhauen«, sagte der Herr Pollak. Und dann: »Dreihundert Euro haben sie verlangt. In einem Brief, den sie mir an die Tür gesteckt haben.«

»Aber Ihre Haustür ist doch immer versperrt, da kann niemand Fremder reinkommen«, sagte der Pauli.

»Schön wär's!« Der Herr Pollak schüttelte grantig sein weißes Lockenhaupt. »Hat doch heutzutag' jeder Dahergelaufene so einen Schlüssel wie der Briefträger, wo man überall reinkommt.«

Dann ging er grußlos weiter, brav hinter seinem »alten Deppen« her.

Verdammt, dachte der Pauli, jetzt hab ich ihn nicht gefragt, wohin er das Geld bringen hat müssen! Er überlegte, ob er dem Herrn Pollak nachlaufen und ihn danach fragen sollte. Er beschloss, es bleiben zu lassen, weil man mundfaule, schrullige alte Männer nicht überfordern soll.

Die Frau Mader stand bei der Mama im Vorzimmer, als der Pauli heimkam. Ihre Augen waren noch immer rotgeweint.

»Gibt es was Neues?«, fragte der Pauli.

Die Frau Mader schnäuzte sich in ihr großes, kariertes Taschentuch, und die Mama sagte für sie: »Nein, es hat sich leider niemand gemeldet.«

»Es wird sich garantiert bald wer melden, ganz sicher, Frau Mader!« Mehr wollte der Pauli vor seiner Mama nicht sagen.

»Hoffentlich hast recht«, schluchzte die Frau Mader. »Dann geh ich halt wieder rüber, falls wirklich wer anruft, damit ich den nicht noch verpass.«

»Die Hoffnung stirbt zuletzt«, seufzte die Mama hinter der Frau Mader her, dann fragte sie den Pauli, ob er an einem Supermarkt-Großeinkauf mit ihr Interesse habe. Er hatte! So kleinkariert war seine Mama nicht, dass sie ihn im Supermarkt für Sachen bezahlen ließ, die er für die Mittagessen in den Einkaufswagen legte, daher entlasteten samstägliche Großeinkäufe den Steingut-Topf ungemein. Dafür nahm es der Pauli sogar in Kauf, dass ihn die Mama davor immer noch in ein paar Boutiquen schleppte, wo er ihr beim Klamotten-Probieren zusehen und seine Meinung abgeben musste.

In modischen Angelegenheiten ist der Pauli ein guter Berater, aber diesmal war er nicht bei der Sache. Wodurch seine Mama zu einem quietschgrünen Seidenkleid mit Rüschen am Saum kam, in dem sie etwas abwegig aussah. Aber der Pauli hatte, während er in der Boutique gehockt war, dauernd daran denken müssen, dass der Erpresser eigentlich einfach zu fassen wäre. Man müsste bloß den Gang vor der Tür der Frau Mader in den nächsten Tagen lückenlos überwachen. Und durch den Türspion an seiner Wohnungstür wäre das auch gut möglich. Aber er konnte doch nicht rund um die Uhr im Vorzimmer auf der Lauer stehen! Also würde er – und das war zum Haareraufen – wahrscheinlich ahnungslos und friedlich in seinem Bett liegen oder in der Küche beim Herd stehen oder vor dem Fernseher rumlümmeln, während der miese Kerl zur Tür der Frau Mader schleicht und den Brief reinsteckt!

Um sich von diesen trüben Gedanken ein wenig abzulenken, beschloss der Pauli, als er wieder daheim war, das für Montag geplante Mittags-Gulasch zu kochen. Gulasch wird angeblich beim Aufwärmen noch besser.

Das Rindfleisch fürs Gulasch hatte sich der Pauli schon vom Fleischhauer im Supermarkt auf Würfel schneiden lassen. Er musste bloß noch ein paar Fettflankerln wegschnipseln, weil die Rosi immer greint, wenn das Fleisch nicht total mager ist.

Mit den Zwiebeln machte er sich keine Mühe, schälte sie, schnitt sie auf Scheiben und röstete sie in reichlich Öl, wobei er brav im Topf rührte, damit sie halbwegs einheitlich hellbraun wurden. Als er das geschafft hatte, drückte er Paradeismark drauf, schüttete zwei Esslöffel Paprikapulver drüber und goss ein Krügel Wasser hinterher.

Zwanzig Minuten mussten die Zwiebeln jetzt sanft köcheln.

Der Pauli setzte sich zum Küchentisch, dumpfte vor sich hin und wartete.

Seine Mama kam in die Küche. »Ist was mit dir?«, fragte sie besorgt. »Schaust ja drein, als ob dir die Hendln das Brot weggefressen hätten?«

»Mir tut halt die Frau Mader leid«, wich der Pauli aus.

Die Mama schnappte sich einen Apfel aus dem Obstkorb, rieb ihn an ihrer Hose blank und sagte: »Wie ihr Mann gestorben ist, hat sie weniger geweint.«

»Wie meinst denn das?«, fragte der Pauli.

Die Mama biss vom Apfel ab, zuckte mit den Schultern und sagte: »Das war eine simple Feststellung der Tatsachen.«

Der Pauli ging zum Herd und rührte seufzend im blubbernden, roten Zwiebel-Mischmasch. »Ihre Liebe zum Karli ist eben sehr groß«, sagte er.

»Oder ihre Liebe zum Herrn Gemahl war sehr gering.« Die Mama verließ kauend die Küche.

Der Pauli schaute ihr nach und dachte: Manchmal kann die Frau kalt wie eine Knackwurst sein!

Als hätte sie es gehört, drehte sich seine Mama um und sagte: »Ich mag Menschen halt mehr als alte Dackelviecher!«

Paulis Mama liebt Hunde nicht besonders, und den Karli mag sie schon gar nicht. Was auf Gegenseitigkeit beruht. Sooft ihr der Karli begegnet, fletscht er die gelben Wackelzähne und knurrt sie böse an.

Die Zwiebelscheiben waren nun, fand der Pauli, weich genug. So griff er zum Pürierstab, mixte den roten Gatsch zu einem sämigen Brei und warf die gesalzenen Fleischwürfel rein. Womit die Arbeit fast geschafft war.

Zwei Stunden musste das Gulasch nun auf kleiner Flamme kochen. Und jede Viertelstunde musste es ordentlich durchgerührt werden. Weggehen konnte der Pauli also nicht. Er zockelte in sein Zimmer, setzte sich zum Schreibtisch und schrieb seinen Deutschaufsatz, obwohl er den erst am kommenden Mittwoch abgeben musste. Alle fünfzehn Minuten unterbrach er die Arbeit, jappelte in die Küche und rührte das Gulasch durch. Und auf dem Rückweg schaute er jedes Mal durch den Türspion, in der vergeblichen Hoffnung, der Erpresser könnte zufällig gerade jetzt den Brief abliefern.

Der Aufsatz und das Gulasch waren gleichzeitig fertig. Der Pauli nahm sich eine kleine Probeportion vom Gulasch und war sehr zufrieden damit. Den Aufsatz fand er weniger gelungen, als er ihn durchlas. Aber das bedrückte ihn nicht sehr. Paulis Ehrgeiz ist, was die Schule angeht, nicht sehr ausgeprägt.

Am Abend war der Pauli mit seiner Mama bei der Oma zu Besuch. Seine Tante und seine Cousine Amelie waren auch dort. Die Amelie langweilte den Pauli mit ihren endlosen Pferdegeschichten und Schilderungen von tollen Partys unsäglich und die Tante stritt sich mit seiner Mama über Politik. Ziemlich unfein. Die Tante nannte die Mama eine »linke Bazille«, die Mama nannte die Tante eine »reaktionäre Schnepfe«. Und die Oma zeterte unentwegt: »Mädels, vertragt euch doch, wenn ihr bei mir seid!«

Der Pauli war an die Mama-Tante-Streite gewöhnt. Die gab es immer, wenn die zwei zusammen waren. Sogar zu Weihnachten. Er kapierte bloß nicht, warum sich die beiden trotzdem immer wieder gemeinsam bei der Oma trafen. Aber er ist eben ein Einzelkind und versteht von geschwisterlicher Liebe nichts.

Es war Mitternacht, als der Pauli vor dem Haus aus dem Auto stieg. Hinter den Fenstern der Frau Mader brannte kein Licht mehr. Es war also zu spät, um bei ihr zu klingeln und zu fragen, ob sie einen Brief bekommen hatte.

Das tat der Pauli dann am Sonntagvormittag.

»Wieso einen Brief?« Die Frau Mader schaute erstaunt. »Wenn den Karli wer gefunden hätte, tät er doch anrufen. Außerdem kommt am Wochenende doch gar keine Post.«

Der Pauli fand, dass es an der Zeit sei, die Frau Mader aufzuklären. »Darf ich reinkommen?«, fragte er. »Das dauert nämlich ein bissl länger.«

Die Frau Mader führte den Pauli ins Wohnzimmer und der Pauli erklärte ihr, was Sache ist.

»O Gott, o Gott, was ist denn das für eine Welt!«, wehklagte die Frau Mader. »Ein unschuldiges Hunderl zu entführen, da hört sich doch alles auf!«

Aber getröstet war sie doch ein bisschen. Weil sie eine gute Chance sah, ihren Karli für dreihundert Euro, gesund an Leib und Seele, wiederzusehen.

»Sie könnten natürlich auch zur Polizei gehen, wenn Sie den Brief haben.« Der Pauli sagte es nicht gern, aber er hielt es für seine Pflicht.

»Nein, nein, nein!«, rief die Frau Mader. »Da zahl ich lieber, bevor am Ende noch was schiefgeht. Und wenn der Pollak gezahlt hat, dann zahl ich auch. Der ist ein Studierter, der kann so was besser einschätzen als ich!«

Der Pauli nahm es zufrieden zur Kenntnis. Dann schraubte er noch zwei neue Glühbirnen in den altmodischen Kronleuchter, weil sich die Frau Mader nicht mehr auf eine Leiter zu steigen traute, und holte, weil er schon oben auf der Leiter stand, auch noch mit dem Staubwedel ein paar Spinnweben von der Decke. Dafür wollte ihm die Frau Mader unbedingt zehn Euro aufdrängen, und er brauchte ziemlich lange, ihr das auszureden. Als er es endlich geschafft hatte, schlug die alte Pendeluhr im Wohnzimmer zwölfmal, und der Pauli verabschiedete sich hurtig, denn für zwölf Uhr hatte sich sein Herr Vater angesagt. Der wollte ihn zu einem Papa-Sohn-Nachmittag abholen.

»Ich melde mich dann noch mal bei Ihnen, wenn ich nach Hause komme«, versprach der Pauli der Frau Mader.

»Du bist ein gutes Kind!«, sagte die Frau Mader und drückte den Pauli an ihre gut gepolsterte Vorderfront. Da ihre Stimme schon wieder verdächtig nach Schluchzen klang, befreite sich der Pauli schnell und wollte zur Tür raus. Schluchzende Frauen, egal ob zwölf oder siebzig Jahre alt, nerven den Pauli, weil er nie weiß, wie man sie behandeln muss.

Als der Pauli die Tür aufmachte, flatterte ein schwarzes Kuvert dem Fußabstreifer zu. Der Pauli hatte es geschnappt, bevor es gelandet war. Mit zittrigen Fingern riss er es auf und zog einen weißen Zettel heraus. In diesem Moment knallte zwei Stockwerke tiefer das Haustor ins Schloss.

Mit dem Zettel in der Hand raste der Pauli wie der geölte Kugelblitz durch das Vorzimmer und das Wohnzimmer, riss eines der Fenster auf und beugte sich raus. Er sah seine Mama unten auf der Straße, die gerade den Kofferraum ihres Autos öffnete und ihre

Regenjacke holte. Sonst war weit und breit kein Mensch zu sehen. Es musste also seine Mama gewesen sein, die das Haustor zugeknallt hatte.

Enttäuscht schloss der Pauli das Fenster. Dann setzte er sich in den wackligen Lehnstuhl, auf dem immer der Karli vor sich hin gedöst hatte, und las der Frau Mader vor, was auf dem Zettel stand: »Habe Ihren Hund gefunden. Bin bereit, ihn gegen 300 Euro Aufwandsentschädigung abzugeben. Legen Sie das Geld in eine Zeitung, falten Sie die Zeitung, stecken Sie die Zeitung am Montag, Punkt 18 Uhr, in den Abfallkorb bei der Haltestelle der Linie 5 in der Jagdstraße und gehen Sie dann sofort weiter. Verbrennen Sie diesen Brief und reden Sie mit niemandem darüber, sonst ist Ihr Hund tot. Tun Sie wie angeordnet, erhalten Sie Ihren Hund am Dienstag zurück. Der große Hexenmeister.«

»Jesus und Maria!«, kreischte die Frau Mader. »Wenn der Verbrecher merkt, dass du den Brief kennst, bringt er mir doch glatt meinen Karli um!«

»Das merkt er garantiert nicht«, beruhigte der Pauli die Frau Mader. »Da können Sie ganz sicher sein.«

»Na hoffentlich«, seufzte die Frau Mader. Und dann jammerte sie, dass ihr jetzt schon die Knie zittern, wenn sie sich vorstellt, wie sie morgen um achtzehn Uhr mit dem Geld in einer Zeitung zur Haltestelle geht. Und garantieren, dass sie vor Aufregung auf dem Weg dorthin nicht ohnmächtig wird, kann sie auch nicht. Weil ihre Nerven sind sowieso sehr schwach. Ob ihr der Pauli nicht den Weg abnehmen könnte?

»Aber dann wüsste dieser große Hexenmeister doch, dass Sie mit mir drüber geredet haben«, sagte der Pauli.

»O Gott, o Gott, so was Blödes von mir, da hast natürlich völlig recht!« Die Frau Mader griff sich mit beiden Händen an den Kopf. »Ich bin schon so durcheinander, dass ich gar nimmer richtig denken kann.«

»Sie brauchen wirklich keine Angst zu haben«, sagte der Pauli. »Was der Herr Pollak und die Frau Merny geschafft haben, schaffen Sie doch auch. Ich schwöre Ihnen, alles wird gut. Aber jetzt muss ich rüber, mein Papa holt mich nämlich gleich ab.«

Ganz richtig fand es der Pauli nicht, dass er die Frau Mader allein ließ. Wer weiß, ob die nicht durchdrehte? Aber den Nachmittag hatte er fix seinem Vater versprochen, und den durfte er nicht schon wieder so enttäuschen wie vorige Woche, wo er lieber mit ein paar anderen aus der Klasse in den Prater als mit seinem Vater ins Kaffeehaus gegangen war. Und bis morgen um achtzehn Uhr konnte er ja sowieso nicht bei der alten Frau bleiben und ihr Mut zusprechen. So sagte er sich zur Beruhigung eine Spruchweisheit seiner Oma vor, nämlich: Wer viel jammert, hält viel aus!

Eine echt tolle Beziehung hat der Pauli zu seinem Vater nicht. Obwohl sich der redlich bemüht. Aber der Pauli hält Abstand. Seine Mama hat sich von seinem Vater scheiden lassen, weil sich der in eine andere Frau verliebt hat. Der Pauli ist fest davon überzeugt, dass sich seine Mama nicht hätte scheiden lassen, wenn sein Vater mit der anderen Frau Schluss gemacht hätte. Also, sagt er sich, war ihm diese andere Frau wichtiger als ich, weil er hat sich ja nicht nur von der Mama, sondern auch von mir scheiden lassen. Und diese Frau war ihm auch nicht sehr wichtig, denn nach einem Jahr hat er sie verlassen. Daher bin ich ihm noch weniger wichtig als eine Frau, mit der er es nur ein Jahr lang ausgehalten hat.

Paulis Mama hält das für Plunder. Sie meint, ihr Sohn wirft da zwei ganz verschiedene Arten von Liebe in einen Topf. Ein Mann kann sehr wohl seinen Sohn durch dick und dünn auf ewig lieben, aber bei den Frauen »äußerst flatterhaft« sein. Doch der Pauli hält das für ein Trostpflaster, das er nicht braucht, weil er ja nicht leidet. Er sieht seinen Papa als so etwas Ähnliches wie einen netten Onkel, mit dem man sich gern zweimal im Monat trifft und ein bisschen Spaß hat und ordentlich Taschengeld kassiert. Das behauptet er jedenfalls, wenn ihn seine Mama fragt, warum er seinen Vater nicht öfter sehen will. Jemand anderer darf ihm solche Fragen gar nicht stellen. Auch die Rosi nicht. Wie sie einmal zu ihm gesagt hat, dass sie ihren Vater, würde er nicht mit ihr zusammen wohnen, so oft als möglich sehen wollte und nicht versteht, dass der Pauli das nicht will, ist er stocksauer geworden und hat geknurrt: »Red keine Löcher in die Luft!«

Und knurrt der Pauli den Löcher-in-die-Luft-Spruch, weiß die Rosi, dass sie das Thema wechseln muss, wenn sie seine beste Freundin bleiben will.

Rezept Seite 271

4. Kapitel,

in welchem sich die Rosi verkleidet und der Pauli nicht bedacht hat, dass Straßenbahnhaltestellen zum Einsteigen taugen.

Meistens sprintet der Pauli beim Acht-Uhr-Läuten in die Klasse rein. Oder kurz danach. Aber dass er zehn Minuten nach Beginn der ersten Schulstunde noch nicht neben ihr am Pult saß, beunruhigte die Rosi. Wäre er krank geworden, dachte sie, hätte er mich doch angerufen. Wo treibt er sich denn herum? Und warum informiert er mich nicht darüber, dass er etwas Besseres zu tun hat, als den Montag in der Schule zu versitzen?

Der Pauli erschien in der Pause zwischen der ersten und der zweiten Stunde und erklärte der Rosi: »Ich habe die Frau Mader beruhigen müssen, die packt die heutige Geldübergabe ohne Zuspruch nicht!« Und dann erzählte er der Rosi alles, was sie noch nicht wusste.

»Und wie geht es jetzt weiter?«, fragte die Rosi.

Wie es jetzt weitergeht, konnte der Pauli der Rosi nicht mehr erklären, weil die Pause um war und die Dr. Krautsack in die Klasse kam. Der Pauli meldete sich bei ihr, damit sie sein verspätetes Eintreffen im Klassenbuch vermerkt. Die Entschuldigung für die versäumte Stunde, sagte er ihr, wird er morgen bringen.

»Aber eine mündliche Erklärung wirst du mir doch jetzt schon geben können«, sagte die Dr. Krautsack.

»Na klar!« Der Pauli beschloss, sich so dicht als möglich an die Wahrheit zu halten. »Gerade wie ich weggehen will, kommt unsere alte Nachbarin zu mir. Und hat einen total hohen Blutdruck. Über zweihundert. Und meine Mama ist schon ins Büro gefahren, und sonst war auch niemand mehr im Haus. Und der Nachbarin sind die Blutdruck-Pillen ausgegangen und ich habe für sie in die Apotheke gehen müssen, und dann habe ich ihr noch einen Baldriantee gekocht.«

Bis darauf, dass sonst niemand im Haus gewesen war, stimmte alles. Und bei der Höhe des Blutdrucks hatte er auch ein bisschen übertrieben. Die Frau Mader hatte einfach betreut werden wollen, und der Pauli hatte sich gedacht, dass es nicht schaden kann, nett zu ihr zu sein, damit sie um achtzehn Uhr dann auch wirklich richtig tickt.

Die Dr. Krautsack glaubte dem Pauli und trug ihn als »anwesend« ins Klassenbuch ein.

»Bitte«, sagte der Pauli zu ihr, »muss mir unsere Nachbarin die Entschuldigung schreiben?«

Reichlich entgeistert schaute die Dr. Krautsack den Pauli an.

»Na, weil sie doch die Einzige ist, die weiß, warum ich zu spät gekommen bin.« Der Pauli lächelte so unschuldig wie ein neu geborenes Baby.

»Entschuldigungen schreibt der Erziehungsberechtigte!«, belehrte ihn die Dr. Krautsack.

»Aber meine Erziehungsberechtigte hat ja keine Ahnung vom Sachverhalt«, sagte der Pauli, »die könnte bloß hinschreiben, was ich ihr diktiere.«

Die Dr. Krautsack wachelte den Pauli zu seinem Pult. Doch er blieb vor ihr stehen und fragte: »Also was jetzt?«

»Ich akzeptiere deine Absenz ohne Entschuldigung«, sagte die Dr. Krautsack und wachelte weiter.

Der Pauli nickte ihr zufrieden zu und ging zu seinem Pult.

»Musst du sie denn immer reizen?«, flüsterte die Rosi.

»Wenn's so leicht geht, gern«, flüsterte der Pauli zurück.

In der Zehn-Uhr-Pause ging der Pauli, seine telefonbuchgroße Proviantdose unter dem Arm, mit der Rosi auf den Gang raus, um ungestört zu sein. Sie setzten sich auf ein breites Fensterbrett, und der Pauli packte aus, was er daheim alles hergerichtet hatte: zwei Sandwiches der deftigen Art, Vollkornbrot-Butter-Kalbsleberpastete-Rucola-Butter-Vollkornbrot. Und dazu zwei Papierservietten.

»Sehr ausgewogen«, sagte er kauend, »Brot und Grünzeug gesund, Butter und Pastete weniger gesund, aber gut.«

Die Rosi war an Kommentaren zum Pausenbrot nicht sehr interessiert. »Wie geht's weiter?«, drängte sie. »Hast schon einen Plan?«

Der Pauli zögerte, denn er hatte sich einen Super-Plan ausgedacht, den er der Rosi erst schmackhaft machen musste, und das war nicht so einfach, da musste er oberschlau taktieren.

»Du willst doch immer«, fing er an, »dass wir in der Schule eine Theatergruppe als Freifach bekommen, weil du gern Theater spielen würdest.«

Die Rosi biss in ihre Kalorienbombe und fragte sich, was das jetzt sollte.

»Und nun hast du eine super Gelegenheit, Theater zu spielen«, fuhr der Pauli fort.

»Pudding, schwadronier nicht herum, rede gefälligst Tacheles«, verlangte die Rosi.

»Okay«, sagte der Pauli. »Wir müssen die Geldübergabe beobachten, und der große Hexenmeister wird ja nicht stundenlang warten, bis er die Zeitung rausholt, der kommt sicher gleich nach der Frau Mader. Sonst schnappt sich die Zeitung vielleicht noch wer anderer, der in der Straßenbahn was zum Lesen braucht.«

»Und dann schnappen wir ihn!«, sagte die Rosi.

»Eben das tun wir nicht!« Der Pauli schüttelte den Kopf. »Der Zugriff erfolgt erst, wenn der Karli wieder da ist, da dürfen wir kein Risiko eingehen. Wenn der große Hexenmeister auf stur schaltet und schweigt, erfahren wir doch nie, wo der Karli ist.«

»Was tun wir also?« Die Rosi war schon ziemlich ungeduldig.

»Ich verfolge ihn unauffällig«, sagte der Pauli. »Aber da er ziemlich sicher aus unserem Grätzl ist, wird das vielleicht gar nicht nötig sein, wenn du ihn nämlich erkennst.«

»Ich?« Die Rosi verschluckte sich fast am letzten Bissen vom Sandwich. »Wo bin ich denn bei der Sache?«

Nun, fand der Pauli, musste er mit seiner Super-Idee rausrücken. »Bei der Haltestelle vom Fünfer kann man sich nirgendwo verstecken, nicht mal eine Tornische gibt's dort. Und wenn wir im Supermarkt lauern, dauert es viel zu lange, bis wir zur Tür raus sind. Aber vor dem Supermarkt ist oft ein Bettler.«

»Und den Bettler willst mit ins Team nehmen?« Die Rosi bekam kugelrunde Staunaugen.

»Nein, du könntest den Bettler spielen«, erläuterte der Pauli. »Kinder, die betteln, gibt es viele. Aber meistens Mädchen. Sonst würde ich es ja selber machen.«

Der Pauli hätte sich die lange Herumrederei sparen können.

»Toll!«, rief die Rosi. »Ich geh betteln, wie in Pünktchen und Anton!«

»Wie wo?« Der Pauli ist nicht sehr belesen. Nicht mal Kästner-Bücher kennt er.

Die Rosi hielt sich nicht damit auf, dem Pauli die Geschichte von Pünktchen und Anton zu erzählen, sondern fragte: »Und wo krieg ich die passenden Klamotten her? Bettlermäßig hab ich nichts im Kasten. Und eine Perücke wäre auch nicht schlecht. Kinder, die betteln, haben immer schwarze Haare.«

»Perücke haben wir keine. Du setzt einfach eine Haube auf, es ist eh schon kalt«, sagte der Pauli. »Und das mit den Klamotten kriegen wir hin, so richtig abgefuckt sind die Bettler gar nicht, die kriegen Sachen von der Caritas.«

Dann mussten sie in die Klasse zurück, weil die Pausenglocke längst geklingelt hatte und die Englisch-Lady auf die Klasse zumarschierte.

Sehr aufmerksam folgte die Rosi an diesem Vormittag dem Unterricht nicht. Sogar in Mathematik machte sie an der Tafel Fehler über Fehler, obwohl sie doch die Klassenbeste in diesem Gegenstand ist. Aber der Buntspecht nahm es ihr nicht übel. Lehrer-Darlings können sich eben alles leisten. Der Buntspecht tröstete sie sogar. »Mach dir nichts draus, Rosi«, sagte er. »Jeder hat mal einen schlechten Tag. Bist halt mit dem linken Fuß zuerst aufgestanden!«

Auf dem Heimweg von der Schule fragte die Rosi: »Sag mal, Pudding, und wo bist du eigentlich?«

»Einen Häuserblock weiter unten, auf der gegenüberliegenden Straßenseite, vor dem Video-Shop«, sagte der Pauli. »Und ich geh dann hinter dem Kerl her. Um sechs Uhr ist es schon dunkel. Da falle ich ihm nicht auf, wenn ich genug Abstand halte.«

»Soll ich beim Betteln sitzen oder stehen?«, wollte die Rosi wissen.

»Wie du die Rolle anlegst, ist deine Sache«, antwortete der Pauli großzügig. »Aber die Frau Mader darf nicht erfahren, was wir vorhaben. Vor ihr gilt: Geld hinterlegen, Karli zurückkriegen! Mehr zu wissen, tut ihrem Blutdruck nicht gut.«

Der Rosi war egal, was der Frau Mader gut oder nicht gut tut, sie war intensiv damit beschäftigt, ihr Bettler-Outfit zu planen.

Kochen musste der Pauli heute nicht, weil das Gulasch fix und fertig im Kühlschrank wartete. Und die Spätzle, die er zum Gulasch geplant hatte, wollte er durch aufgebackene Semmeln ersetzen. Er fühlte sich zu aufgeregt und zu nervös zum Kochen. In der Verfassung, fürchtete er, würden ihm die Spätzle garantiert missglücken. Aber die Rosi ließ das nicht zu! Spätzle mochte sie besonders gern, auf die wollte sie nicht verzichten. Also tat der Pauli Mehl in eine Rührschüssel, darüber etwas Salz und ein paar aufgeschlagene Eier, und rührte alles mit den Knethaken vom Handmixer ordentlich durch.

Die Rosi füllte einen großen Topf mit heißem Wasser und stellte ihn auf den Herd. Der Pauli legte den Spätzle-Hobel quer über den Topf und wartete, bis das Wasser im Topf brodelte. Als es soweit war, putzte er den Spätzle-Teig aus der Rührschüssel in den Hobel rein und hobelte Spätzle ins Wasser. Er hatte den Teig ein bisschen zu dünn gemacht, die Spätzle wurden keine kleinen, runden, festen Knöpfe, wie sie die Rosi gern mochte, sondern eher kurze, dicke, weiche Nudeln. Aber die Rosi beschwerte sich nicht. Kritik an seiner Kochkunst nimmt der Pauli übel.

Die Rosi stellte zwei Teller auf den Tisch. Der Pauli tat noch einen dazu. »Ich lade die Frau Mader zum Essen ein!«

Gegen alte Frauen hat die Rosi wirklich nichts. Aber Paulis Fürsorge für die Nachbarin erschien ihr reichlich übertrieben. Sie zog ein Gesicht und verdrehte die Augen.

»Ich muss sie unter Kontrolle halten«, erklärte ihr der Pauli. »Sie flippt. Wenn ich sie nicht betreue, werden ihr auf dem Weg zur Haltestelle die Knie schwach.«

Also verputzte die Rosi in Gesellschaft der Frau Mader eine gewaltige Portion Gulasch mit zu weichen Spätzle und hörte sich an, wie der Pauli der Frau Mader unentwegt versicherte, dass sie keine Angst zu haben braucht und alles gutgehen wird, und die Frau Mader darauf ebenso unentwegt mit vollem Mund murmelte: »Aber ich hab so was ja noch nie gemacht!«

Den Appetit verdarb ihr die Aufregung allerdings keineswegs, sie langte tüchtig zu.

»Die stellt sich vielleicht an!«, flüsterte die Rosi, als sie mit dem Pauli das Geschirr in die Spülmaschine räumte.

»Motz nicht herum!«, zischelte ihr der Pauli zu. »Sie geht ja eh gleich.«

Dann empfahl er der Frau Mader einen Mittagsschlaf zur Stärkung ihrer strapazierten Nerven, und die Frau Mader hielt das für eine sehr gute Idee. Der Pauli geleitete sie noch fürsorglich bis zu ihrer Wohnungstür und versprach, vor sechs Uhr wieder bei ihr reinzuschauen. Erleichtert kehrte er zur Rosi zurück und hielt ihr einen kurzen Vortrag über die Geduld, die man mit alten Menschen haben soll, weil man selber auch einmal alt wird und sich dann freuen wird, wenn Kinder nett zu einem sind.

Unbeeindruckt fragte die Rosi: »Hat deine Mama eine alte Wollstrumpfhose?«

»Na sicher, etliche«, sagte der Pauli. »Aber die sind dir doch alle viel zu groß!«

»Sie soll ja auch zu groß sein, Pudding, damit sie hübsch ordentlich Schrumpelfalten wirft, das macht sich super für meinen Auftritt«, erklärte die Rosi.

Der Pauli deutete auf die kleine Tür im Vorzimmer. »Bediene dich! Da drin sind sämtliche Klamotten von mir und meiner Frau Mutter! Ein voller Sack für die Altkleidersammlung müsste auch wo drunter sein.«

Die Rosi war noch nie in dem kleinen Zimmer gewesen, das die Mama vom Pauli »begehbarer Kleiderschrank« nennt. Und sie staunte nicht schlecht! An allen Wänden waren Regale und Stangen voll liegender und hängender Klamotten und Schuhe und Taschen und Gürteln. Und die Innenseite der Tür war ein riesiger Spiegel.

»Da lagert ja mehr als in einer kleinen Boutique!«, rief die Rosi zur Tür raus.

»Neun Zehntel gehören meiner Mama, die hat die Kaufsucht. Ist aber angenehmer als Alkohol, Rauchen oder Kokain.«

Lust, der Rosi beim Suchen nach passenden Sachen zu helfen, hatte der Pauli sichtlich nicht. Er ging ins Wohnzimmer und drehte den Fernseher auf.

Eine geschlagene Stunde blieb die Rosi im »begehbaren Kleiderschrank«, und als sie dann ins Wohnzimmer kam und wie ein

Topmodel vor dem Sofa auf und ab stolzierte, sagte der Pauli voll Anerkennung: »Fast perfekt!«

»Wieso nur fast?«, fragte die Rosi empört. »Ich finde mich hundertpro perfekt gelungen.«

Der Pauli zeigte auf die schwarze Pullmankappe, die Rosis Kopf zierte. »Eine alte Wollhaube wäre besser.«

Er ging ins Vorzimmer und kehrte mit einer verwaschenen, hellgrauen Strickmütze zurück, auf der ein paar braune Flecken waren.

»Die habe ich zum Schuheputzen zweckentfremdet, aber die Schuhpasta ist eh nur außen, die geht nicht bis auf die Innenseite durch.«

Er zog der Rosi die Pullmankappe von den Haaren und stülpte ihr die fleckige Strickmütze aufs Haupt. Bis über die Ohren und tief in die Stirn rein. »Sonst könnte dich nämlich noch glatt wer erkennen und dann hättest du allerhand Erklärungsbedarf!«

Die Rosi lief zum großen Spiegel. Von oben nach unten betrachtet, bot sich ihr ein tolles Abbild: Am Kopf die eingedreckte Strickhaube, um den Hals ein fetziger Seidenschal, die obere Hälfte des Rumpfes in einen abgelegten, viel zu engen Anorak vom Pauli gezwängt, aus dem, die untere Rumpfhälfte bedeckend, ein labbriges T-Shirt von Paulis Mama hing, das die wollene Strumpfhose, die Ziehharmonikafalten schlug, bis fast zu den Knien bedeckte.

An den Füßen hatte die Rosi ihre eigenen Schuhe. Alte Latschen vom Pauli gab es nicht und ihre eigenen Schuhe waren sowieso ziemlich ramponierte Treter mit schiefen Absätzen.

»So erkennt mich nicht einmal meine eigene Mutter!«, sagte die Rosi grinsend.

Der Pauli bat sie, sich von ihrem Spiegelbild loszureißen und mit ihm den »genauen Ablauf der Aktion« noch einmal durchzugehen, damit auch ja nichts schiefgeht.

»Ich bin doch kein Depp!«, rief die Rosi. »Ich gehe um halb sechs zur Haltestelle und beziehe beim Supermarkt Posten, du wartest bei der Frau Mader bis kurz vor sechs, dann geht ihr zusammen zur Jagdstraße und sie geht mit der Zeitung nach links zum Abfallkorb und du nach rechts zum Video-Shop.«

Der Pauli nickte zufrieden.

»Und was mache ich eigentlich, wenn ein Polizist kommt?«, fragte die Rosi.

»Hast schon mal bei uns in der Gegend einen Polizisten rumlatschen gesehen?«, fragte der Pauli retour. »Außerdem ist das Betteln, glaube ich, gar nicht verboten.«

Der Pauli ging in die Küche und brachte der Rosi einen leeren Joghurtbecher. »Fürs Geld«, sagte er. »Der Bettler, der früher vor dem Supermarkt gestanden ist, hat den Leuten immer einen hingehalten.«

Um halb sechs schlüpfte der Pauli in seine Jacke, sagte »Los geht's!«, schob die Rosi zur Wohnungstür raus und zog die Tür hinter sich zu.

»Wird schon schiefgehen«, murmelte die Rosi und lief die Treppe runter. Und der Pauli klingelte an der Mader-Tür.

Als die Rosi im Hausflur war, ging die Haustür auf und Paulis Mama kam rein. Die Rosi huschte hurtig grußlos an ihr vorbei. Ob die Pauli-Mama sie erkannt hatte, war ihr nicht klar.

Langsam schlenderte die Rosi zur Jagdstraße runter. Ganz wohl in ihrer sonderbaren Montur fühlte sie sich – so allein ohne Pauli – nun doch nicht. Außerdem juckte die Strickmütze auf der Stirn und an den Ohren gewaltig. Und mit der viel zu großen Strumpfhose hatte sie ein Problem. Die machte nämlich nicht nur über den Beinen Ziehharmonikafalten, sondern auch an den Füßen. Als ob sie viel zu kleine, zu enge Schuhe anhätte, fühlte sich das an.

An der Ecke zur Jagdstraße kam der Rosi die Evi aus ihrer Klasse entgegen. Die Rosi senkte den Kopf und dachte: Jetzt stellt sich gleich heraus, was meine Verkleidung wert ist!

Die Evi lief an der Rosi vorbei, ohne sie eines Blickes zu würdigen.

»Bingo!«, murmelte die Rosi, bog in die Jagdstraße ein, ging zur Haltestelle runter und lehnte sich neben dem Eingang vom Supermarkt an die Hausmauer. Eigentlich hatte sie vorgehabt, den Leuten, die aus dem Supermarkt kommen, flehentlich bittend den Joghurtbecher entgegenzustrecken. Aber das schaffte sie nicht. Leute anzubetteln war eben doch nicht so kinderleicht, wie sie sich das vorgestellt hatte. So lehnte sie bloß gesenkten Hauptes an der Hausmauer, den Becher vor dem Bauch.

Zwei Minuten vor sechs Uhr hatte sie im Becher trotzdem einen Bodensatz aus kupfernen Cent-Münzen und dazwischen ein Zwei-Euro-Stück und ein Fünfzig-Cent-Stück. Eine Banane und eine Mandarine hatte sie auch bekommen und in die Anoraktaschen gestopft. Drei Leute aus der Nachbarschaft, die sie gut kannte, waren an ihr vorbeigegangen. Vielleicht hätten sie die Rosi erkannt, wenn sie sie angeschaut hätten. Aber die meisten Leute, merkte die Rosi, schauten sie nicht an, die schauten weg, die wollten sie nicht sehen.

Dann schlug die Kirchturmuhr sechsmal und beim sechsten Schlag kam die Frau Mader um die Ecke gewieselt, eilte auf den Abfallkorb zu, steckte die gefaltete Zeitung rein, machte kehrt, wieselte zurück und war auch schon verschwunden.

Die Rosi bekam rasantes Herzklopfen. Eine Minute verging. Und noch eine. Leute kamen aus dem Supermarkt raus, Leute gingen in den Supermarkt rein, rund um den Abfallkorb warteten etliche Leute auf die Straßenbahn, auf der gegenüberliegenden Seite, ein paar Häuser weiter, sah sie den Pauli vor einem Schaufenster des Video-Shops stehen. Dann kam eine Straßenbahn in die Haltestelle gefahren, und in diesem Moment lief ein Bub mit einer Baseballkappe in fleckigem Tarnmuster und einer schwarzen Jacke mit einem Totenkopf auf dem Rücken zum Abfallkorb, holte die

Zeitung raus und sprang, bevor die Türen zuklappten, in die Straßenbahn. Und die Straßenbahn fuhr ab.

Mauloffen starrte die Rosi hinter ihr her. Als sie nicht mehr zu sehen war, riss sie sich die juckende Mütze vom Kopf, zog den Zippverschluss vom Anorak auf und humpelte über die Straße auf den Pauli zu. Der schaute ihr verwirrt entgegen.

»Was ist los? Warum bist denn weg? Sind kaum drei Minuten um!«, fragte der Pauli vorwurfsvoll, als sie beim Video-Shop war.

»Weil er futsch ist! In die Bim rein«, seufzte die Rosi.

»So ein Shit! Hast ihn wenigstens erkannt?«, fragte der Pauli hoffnungsvoll.

Die Rosi schüttelte den Kopf. Das war alles viel zu schnell gegangen.

»Steigt der in die Bim!« Der Pauli konnte es nicht fassen. »Damit hat wirklich keiner rechnen können!«

Die Rosi ersparte sich jeglichen Kommentar. Obwohl sie der Meinung war, dass man sehr wohl damit hätte rechnen können. Haltestellen sind schließlich zum Einsteigen in die Straßenbahn da! Aber sie wollte so schnell wie möglich aus der blöden Schrumpel-Strumpfhose raus. Garantiert hatte sie schon auf jeder Ferse eine Blase! Außerdem musste sie angestrengt nachdenken. So eine tarnfleckige Baseballkappe und so eine Totenkopf-Jacke, das war keine Dutzendware. Sie war sich sicher, dass sie die beiden potthässlichen Teile schon gesehen hatte. Bloß wo und an wem, wollte ihr nicht einfallen.

Rezept
Seite 272

5. Kapitel,

in welchem die Rosi auf Kommissar Zufall hofft,
Nudeln zu weich werden und der Rosi einfällt,
wo sie die tarnfleckige Baseballkappe gesehen hat.

Genauso niedergeschlagen wie er die Rosi am Abend zuvor verlassen hatte, kam der Pauli am Dienstag in die Schule. Diesmal sogar ein paar Minuten vor dem Acht-Uhr-Läuten.

»Der Karli ist wieder da«, informierte er die Rosi. »Um sieben hat die Trafikantin aufgeregt bei der Frau Mader angerufen, dass er am Hundehaken gehängt ist und erbärmlich gejault hat, wie sie zum Geschäft gekommen ist.«

»Super!«, frohlockte die Rosi. »Das ist doch gut!«

»Das ist überhaupt nicht gut.« Der Pauli kramte sein Schreibzeug und einen Notizblock aus dem Rucksack. »Weil jetzt alle Chancen komplett dahin sind, den großen Hexenmeister zu schnappen.«

»Vielleicht hilft uns Kommissar Zufall weiter«, sagte die Rosi tröstend. Weil der Pauli oft erklärt, dass Detektive meistens gar nicht so superschlau sind, sondern ihnen einfach »Kommissar Zufall« hilft. Doch der Pauli wollte nicht getröstet werden, der wollte sich lieber Vorwürfe machen. »So einem Deppen wie mir hilft Kommissar Zufall nicht! Ich hätte die Straßenbahn einkalkulieren und dran denken müssen, dass Punkt achtzehn Uhr der Fünfer kommt.«

»Kann doch jedem passieren«, sagte die Rosi.

»Jedem, aber nicht mir!«, sagte der Pauli.

Trotz des großen Mitgefühls, das sie für ihn hatte, dachte die Rosi: Echt, so einen eingebildeten Kerl wie ihn gibt es kein zweites Mal!

Liebe macht die Rosi eben nicht blind.

Den ganzen Vormittag über versuchte die Rosi den Pauli ein wenig aufzuheitern. Sie hatte keinen Erfolg. Im Gegenteil. Als ihr der Pauli in der Pause statt eines hübsch eigenhändig belegten Brotes eine gekaufte Topfenkolatsche hinschob und sie, um höflich zu sein, »Super« sagte, murmelte er: »Kann ich mir das Selbermachen in Zukunft ja sparen, wenn du den gekauften Schmarren super findest!«

Die Kollegen durften den Pauli überhaupt nicht anreden. Versuchten sie es, bekamen sie ein geknurrtes »Lass mich in Kraut!« zu hören. Den Lehrern ging es nicht besser. Fragten sie den Pauli etwas, sagte er: »Keine Ahnung!« Auch wenn sich die Rosi sicher war, dass er die Antwort gewusst hätte. Und in der letzten Stunde, in Musik, wo sie für den nahenden Advent zweistimmig ein Liedlein einübten, ersuchte ihn der Musiklehrer gut ein Dutzend Mal, doch bitte bitte mitzusingen, weil er auf die schöne Singstimme vom Pauli nicht verzichten wollte. Aber der Pauli blieb stumm und stur.

Auf dem Heimweg von der Schule wagte die Rosi zu fragen, was es denn zu Mittag zu essen geben wird.

»Wenn du etwas essen willst, musst du selber kochen«, sagte der Pauli. »Ich bin indisponiert.«

»Okay, okay!« Die Rosi streckte dem Pauli die Handfläche hin. »Gib mir Moneten.«

»Hab vergessen, genug Geld einzustecken«, sagte der Pauli. »Habe meine letzten Euro für die grauslichen Topfenkolatschen ausgegeben.«

Die Rosi durchsuchte ihre Jackentaschen und ihre Hosentaschen. Mehr als ein paar lumpige Cent-Münzen fand sie nicht. Aber beim Pauli daheim gibt es immer einen gut gefüllten Kühlschrank und einen nicht minder gut gefüllten Vorratsschrank. Da würde sich schon etwas Brauchbares für ein simples Mahl finden lassen! Und simpel, sagte sich die Rosi, wird das Mittagessen sein, denn im Kochen ist sie keine Meisterin.

Die Frau Mader musste hinter ihrer Wohnungstür auf den Pauli gewartet haben. Kaum waren er und die Rosi die Treppe raufgekommen, kam sie – wie der Kuckuck aus der Uhr – zu ihrer Tür raus. Den Karli hatte sie fest an die Brust gedrückt und wiegte ihn wie ein Baby hin und her. Was dem Karli überhaupt nicht gefiel. Der wollte festen Boden unter den Haxen haben. Aber die Frau Mader ignorierte das und dachte gar nicht daran, ihn freizugeben.

»Wenn so ein kleines Viecherl doch nur reden könnte«, sagte sie. »Dann täte die Polizei den Verbrechern schon das Handwerk legen.«

Wahrscheinlich hätte sie nichts dagegen gehabt, vom Pauli wieder zum Mittagessen eingeladen zu werden. Doch der Pauli hatte heute sichtlich drauf vergessen, dass man mit alten Leuten sehr viel Geduld haben muss. Er nickte der Frau Mader bloß kurz zu und verschwand mit der Rosi hurtig in der Wohnung.

Der Pauli war nicht einmal bereit, der Rosi beim Kochen Gesellschaft zu leisten. Er legte sich im Wohnzimmer auf das Sofa und schaltete den Fernseher ein.

Die Rosi ging in die Küche und fragte sich, welche Speise ihr am ehesten gelingen könnte. Nudeln mit was drüber, sagte sie sich, sind am einfachsten zu machen, da kann wirklich nicht viel schiefgehen.

Im Vorratsschrank gab es Pasta aller Sorten. Die Rosi entschied sich für Penne. Und da ein Bund Jungzwiebeln und ein Büschel Basilikum im Gemüsefach vom Kühlschrank lagen und im Vorratsschrank eine Dose Filetti di Pomodori stand, beschloss sie »Penne al Pomodoro« zu machen.

Während die Penne im sprudelnden Salzwasser schwammen, schnitt die Rosi das Weiße und das Hellgrüne vom Jungzwiebel auf Ringerln und dünstete die Ringerln in ein bisschen Olivenöl an.

Als die Ringerln schön glasig glänzten, schüttete sie den Inhalt einer Dose Filetti di Pomodori drüber, tat ein bisschen Salz dazu und einen Hauch Cayenne-Pfeffer, wartete, bis das rote Soßerl sanft vor sich hin schmurgelte, und machte sich dann ans Parmesan-Reiben und Basilikumblättchen-Zupfen. Dabei überlegte sie, ob es Paulis saumiese Stimmung verbessern wird, wenn ihr das Mittagessen gut gelingt, oder ob er dann vielleicht keifen wird, dass sie ja ab jetzt immer kochen kann und er dafür nicht mehr nötig ist. Wie sich der Pauli verhält, wenn er in schlechter Laune ist, kann nicht einmal die Rosi vorhersagen.

Als die Penne ein bisschen weicher als al dente waren, tat die Rosi ein großes Sieb in die Abwasch, leerte den Topf über dem Sieb aus und beutelte das Sieb, bis ihr die Penne trocken vorkamen. So richtig kernig al dente mag die Rosi Nudeln nämlich nicht. Dann ließ sie noch das zerzupfte Basilikum auf das Pomodori-Breichen rieseln, stellte die Pfanne und das Sieb mit den Nudeln und den Teller mit dem geriebenen Parmesan auf den Küchentisch und brüllte zum Wohnzimmer hin: »Pudding, essen kommen, sonst wird alles kalt!«

Dreimal musste die Rosi brüllen, bis der Pauli endlich kam. Er setzte sich wortlos zum Tisch, schöpfte sich eine Miniportion von den Penne auf den Teller, kleckste rote Soße drauf, streute einen Hauch Parmesan drüber und vermatschte lustlos, was auf dem Teller war.

Die Rosi nahm das Streuglas mit dem Cayenne-Pfeffer, weil sie es gern scharf pfeffrig mag, und überpuderte den gewaltigen Penne-Berg auf ihrem Teller. Und plötzlich, ganz ohne darüber nachzudenken, fiel ihr ein, wo sie die tarnfleckige Kappe und die Jacke mit dem Totenkopf gesehen hatte! Im Eissalon! Und unter der Kappe, in der Jacke, war der Kevin gewesen! Mit dem waren sie und der Pauli in den Kindergarten und in die Volksschule gegangen. Das Gesicht von dem Buben, der sich die Zeitung geschnappt hatte, war vom Standort der Rosi nicht gut zu sehen gewesen. Aber so groß und so dünn wie der Kevin war der Kerl auch gewesen!

»Pudding!«, strahlte die Rosi. »Ich glaube, ich weiß, wer der Kerl war. Es war der Kevin.«

»Welcher Kevin?« Der Pauli ließ die Gabel sinken und starrte die Rosi an.

»Der Schistal Kevin!«, sagte die Rosi.

»Du spinnst ja!« Der Pauli legte die Gabel weg. »Das geistige Nackerbatzl aus der Volksschule? Der immer mit den Fingernägeln an den Wänden gekratzt hat? Und in der ersten Klasse noch in die Hose gemacht hat?«

Die Rosi nickte.

Der Pauli wollte das nicht glauben. Nie im Leben war dieser Schistal Kevin schlau genug, der große Hexenmeister zu sein. Allein schon ein Wort wie »Aufwandsentschädigung« war doch dem viel zu hoch! Und fehlerfrei schreiben konnte er es garantiert nicht.

»Kommt mir ja selber komisch vor«, sagte die Rosi. »Aber ich habe diesen hässlichen Janker und diese grausliche Mütze nur zweimal in meinem Leben gesehen. Einmal am Kevin im Eissalon, am letzten Tag, wie es alles zum halben Preis gegeben hat, und einmal gestern, wie der Typ in die Straßenbahn gesprungen ist.«

Der Pauli griff wieder nach der Gabel und stocherte in den Nudeln. »Na ja, ich glaub dir ja. Aber es muss trotzdem ein blöder Zufall sein!«

»Und wenn der Schistal Kevin nur …«, die Rosi zögerte.

»Nur was?«, fragte der Pauli gespannt.

»Wenn der nur so etwas wie der Zauberlehrling vom großen Hexenmeister wäre?«, fragte die Rosi.

»Süße, du bist direkt ein Genie!«, rief der Pauli, und dann futterte er zwei große Portionen Penne. Und lobte sie, obwohl sie schon fast kalt und für seinen Geschmack zu weich gekocht waren.

Niedergeschlagen war der Pauli nicht mehr, als er den leer geputzten Teller in die Spülmaschine stellte. Tatendurstig funkelten seine Augen. »Wir müssen jetzt alle Informationen über den Schistal Kevin sammeln. Der muss für uns zum gläsernen Menschen werden!«

»Jetzt«, sagte die Rosi gelassen, »mache ich die Mathe-Hausübung. Und weil ich ein gutes Kind bin, auch die deine, obwohl du mir nichts gekocht hast.«

Der Pauli meinte zwar, dass es viel wichtiger sei, den großen Hexenmeister zu schnappen, als total öde Gleichungen mit zwei Unbekannten zu lösen, aber die Rosi sah das nicht so. Sie räumte den Küchentisch ab, holte die Mathe-Hefte aus den Rucksäcken und machte sich ans Rechnen. Ungestört schaffte sie die Arbeit nicht. Dauernd wollte der Pauli von ihr irgendetwas wissen. Wo der Schistal Kevin wohnt. Und in welche Schule er geht. Und mit wem er befreundet ist.

Und die Rosi gab ihm immer zur Antwort: »Woher soll ich das besser wissen als du? Ich hab den im Eissalon zum ersten Mal, seit wir aus der Volksschule sind, wiedergesehen.«

Also nahm der Pauli das dicke Telefonbuch und blätterte sich zu »Schistal« durch. Nur drei Schistals standen drin, aber keiner von ihnen wohnte in der Gegend vom Pauli und von der Rosi. Der Pauli probierte die drei Telefonnummern trotzdem aus und fragte, ob er den Kevin sprechen könne. Dreimal sagte jemand am anderen Ende der Leitung, dass es bei ihm leider keinen Kevin gibt. Nicht jeder, der ein Telefon hat, lässt sich eben ins Telefonbuch eintragen!

Der Pauli versuchte sein Glück bei der Telefonauskunft. Dort erklärte ihm eine Frauenstimme, sie muss die Adresse von diesem Schistal wissen, um Auskunft zu geben. Der Pauli bat sie, ihm die Adressen aller Wiener vorzulesen, die Schistal heißen. Das lehnte die Frauenstimme entschieden ab und beendete das Gespräch.

Der Pauli war wütend! Ganz sicher war er sich, dass die Frau nur deswegen so unfreundlich gewesen war, weil sie an seiner Stimme gemerkt hatte, dass sie mit einem Kind redete.

Da die Rosi nun schon beim Abschreiben ihrer Mathe-Hausübung in Paulis Heft war und sich nicht mehr konzentrieren musste, erlaubte sie dem Pauli, mit ihr zu reden.

»Wir müssen rauskriegen, in welche Hauptschule er geht«, sagte der Pauli. »Bei uns in der Gegend kommen drei Hauptschulen infrage.«

»Falls er nicht in ein anderes Gymnasium geht«, wandte die Rosi ein.

Der Pauli tippte sich an die Stirn. »Der und ein Gymnasium! Dass ich nicht lach!«

»Mein Cousin Anatol hat in der Volksschule auch lauter urmiese Noten gehabt«, sagte die Rosi. »Und voriges Jahr hat er die Matura mit Auszeichnung gemacht.«

Dass das für den Schistal Kevin ebenfalls zutreffen könnte, glaubte die Rosi nicht wirklich. Sie hatte es bloß gesagt, weil der Pauli schon wieder mal so hochnäsig dahergeredet hatte. Als ob er, nur weil er ins Gymnasium geht, etwas Besseres wäre! Das mag die Rosi nicht. Und der Pauli hatte schon überhaupt keinen Grund, auf Hauptschüler arrogant runterzuschauen. Hätte sie ihm nicht schon in der Volksschule beim Rechnen geholfen, wäre er garantiert nicht ins Gymnasium aufgenommen worden.

»Wir müssen einfach in der Früh vor den Hauptschulen lauern, dann werden wir ihn sicher finden«, sagte der Pauli.

Die Rosi protestierte. Sie wollte nicht drei Tage zu spät in die Schule kommen.

»Vielleicht geht er ohnehin schon in die erste, die wir uns vornehmen«, sagte der Pauli.

Aber die Rosi wollte nicht mal einen Tag zu spät in die Schule kommen.

»Okay«, sagte der Pauli. »Dann ziehe ich es eben allein durch!«

»Und wenn er ab morgen die Grippe hat?«, fragte die Rosi. »Oder die Schule schwänzt?«

»Hast vielleicht eine bessere Idee?« Der Pauli schaute die Rosi grantig an.

»Möglicherweise, wenn du mir Zeit zum Nachdenken lässt!« Die Rosi nahm eine Mandarine aus dem Obstkorb und schälte sie.

»Friss nicht, denk nach!«, knurrte der Pauli.

»Laut oder leise?« Ein bisschen pflanzen, fand die Rosi, durfte man den Pauli schon, wo er jetzt wieder guter Laune war.

»Ganz wie Gnädigste wollen!«, sagte der Pauli.

Die Rosi war für »leise denken« und tat es, langsam Spalte um Spalte von der Mandarine essend, ausführlich. Der Pauli wartete und trommelte mit den Fingern im Dreivierteltakt auf den Küchentisch, um seine Ungeduld zu demonstrieren.

Endlich sagte die Rosi: »Mit der Emily Berger und der Laura Horvath aus der Volksschule bin ich noch gut. Wir reden immer, wenn wir uns wo treffen. Und ich weiß auch, wo die beiden wohnen.«

»Ja, und?«, fragte der Pauli.

»Die Emily geht in die Hauptschule in der Steingasse und die Laura geht in die Hauptschule auf dem Wagnerplatz. Die wissen sicher, ob der Schistal Kevin in ihre Schule geht.«

Da wurde der Pauli sofort wieder vergnügt. »Und wenn er nicht in eine der zwei Schulen geht, dann muss er in die Hauptschule auf der Jagdstraße gehen.«

»Bingo!«, rief die Rosi und nickte zufrieden.

Der Pauli wollte gleich losziehen. »Zu wem schauen wir zuerst? Zur Emily oder zur Laura?«

»Sorry, Pudding!«, sagte die Rosi. »Aber ich muss jetzt heim. Meine Oma kommt, und ich habe meiner Mama versprochen, daheim zu sein, wenn ihre Schwiegermutter andampft. Sonst ist die wieder beleidigt. Außerdem reicht es doch, anzurufen und zu fragen.«

»Hingehen ist besser!«, beharrte der Pauli. »Da können wir uns dann gleich genauer über ihn informieren, das geht am Telefon nicht so gut.«

Der Pauli versuchte der Rosi einzureden, dass sie wenigstens schnell bei der Laura zusammen vorbeischauen könnten und dass das doch in ein paar Minuten erledigt ist.

Aber die Rosi blieb hart. »Zwei sind dazu sowieso nicht nötig.« Sie nahm einen Zettel und schrieb dem Pauli die Adressen von der Emily und der Laura auf.

»Ich? Allein?« Der Pauli verzog das Gesicht. »Du kennst die beiden doch viel besser als ich.«

»Du bist mit ihnen vier Jahre in die Schule gegangen, neben der Emily bist sogar ein Jahr lang gesessen.« Die Rosi zog sich die Jacke an und knöpfte sie zu.

»Aber äußerst ungern«, sagte der Pauli. »Das war eine miese Strafaktion von der alten Lehrer-Schnepfe, weil du immer so viel mit mir getratscht hast!«

Die Rosi holte ihren Rucksack aus der Küche. »Baba, Pudding, und grüß die beiden schön von mir!«

Der Pauli wartete, bis die Rosi die Tür hinter sich zugezogen hatte, dann legte er sich im Wohnzimmer aufs Sofa. Ich muss mir ja, redete er sich ein, einen Grund ausdenken, warum ich so plötzlich vor der Tür stehe und nach dem Schistal Kevin frage. Und wohin ich zuerst gehe, muss ich mir auch noch überlegen. Wäre er ehrlich zu sich gewesen, hätte er eingestehen müssen, dass er sich vor dem Besuch bei der Emily und der Laura drücken will. Er redet eben nicht nur ungern mit Menschen, mit denen er noch nie geredet hat, sondern auch mit ehemaligen Schulkolleginnen, zu denen er nie besonders nett gewesen ist. Mit der Emily hatte er sich sogar ein paarmal geprügelt. Weil ihn die immer hinterfotzig gezwickt hatte. Unschuldig wie ein Engelchen hatte sie zur Tafel geschaut und ihn unter dem Pult in den Schenkel gezwickt. Und der Laura hatte er den Spitznamen »Rotzglocke« verpasst. Wenn er sich recht erinnerte, ist sogar ein paarmal die Mutter von der Emily in der Schule gewesen, um sich über ihn bei der Lehrerin zu beschweren.

Eine halbe Stunde brauchte der Pauli, um sich selbst davon zu überzeugen, dass es besser ist, bis morgen zu warten und dann zusammen mit der Rosi zur Emily und zur Laura zu gehen. Sie waren schließlich ein Team und zu zweit erfährt man immer mehr als im Alleingang!

Rezepte Seite 274 und 276

6. Kapitel,

in welchem es Palatschinken gibt und die Rosi Kontakt zu Emily und zu Laura aufnimmt.

Am Mittwoch ist die 3a in den ersten zwei Schulstunden im Zeichensaal. Der Pauli zeichnet und malt sehr gern und kriegt auch immer tolle Bilder hin. Die Rosi ist im Zeichnen wirklich kein Talent. Und was sie nicht gut kann, tut sie auch nicht gern. Mit den Buntstiften kommt sie ja noch halbwegs zurecht, aber mit den Malfarben steht sie auf Kriegsfuß. Also seufzte sie frustriert, als die Zeichen-Tante darum bat, die Malkästen auszupacken.

Ein Bild der Großmutter oder des Großvaters sollte gemalt werden. Und zwar ohne es vorher mit Bleistift zu zeichnen. Dass das schiefgehen musste, war der Rosi von Anfang an sonnenklar! Nach einer halbe Stunde saß sie vor einem feuchten, gewellten Blatt Zeichenpapier, auf dem trübe, wässrige, ineinander verlaufende Farbflecken waren, die einem Stück Baumrinde ähnlicher sahen als einer Oma.

Der Pauli hatte seine Großmutter fast schon fertig gemalt und behauptete, dass sein Werk seiner wirklichen Oma erstaunlich ähnlich sieht und dass er ihr das Bild zu Weihnachten schenken wird.

Die Rosi knüllte ihr feuchtes Zeichenpapier zu einer festen Kugel, warf sie gut gezielt in den Papierkorb, verschränkte die Arme über der Brust und schaute tatenlos vor sich hin.

Die Zeichen-Tante eilte zu ihr und brachte ihr ein neues Blatt und meinte, die Rosi dürfe den Pinsel nicht immer so nass machen.

»Weiß ich selber!«, knurrte die Rosi und traf keine Anstalten zu einem neuen Versuch.

Die Zeichentante ergriff Rosis dicken Pinsel und rührte im Deckel des Malkastens aus viel Deckweiß und ein bisschen Rot eine Hautfarbe zusammen.

»So, Rosalinde«, säuselte sie, »jetzt hat die Farbe die richtige Konsistenz, jetzt wird dir nichts mehr schiefgehen!«

Sie wollte der Rosi den Pinsel in die Hand drücken, aber die Rosi ließ die Arme über der Brust verschränkt und knurrte: »Meine Oma ist kein Ferkel!«

Das Rosarot, das die Zeichen-Tante angerührt hatte, war tatsächlich ziemlich ferkelfarben.

»Dann mische halt einen Hauch Braun hinein, Rosalinde!«, riet die Zeichen-Tante. Das sanfte Gesäusel war aus ihrer Stimme verschwunden.

Die Rosi reagierte nicht. Da verlegte sich die Zeichen-Tante aufs Drohen. »Rosalinde, vergiss nicht, dass auch Zeichnen im Zeugnis benotet wird!«

»Bleibt sie eben in Zeichnen sitzen!« Der Pauli grinste die Zeichen-Tante vergnügt an. »Dann kommt sie als erste Zeichnen-Sitzenbleiberin ins Fernsehen.«

»Ein Genügend im Zeugnis macht sich auch nicht gut«, sagte die Zeichen-Tante.

»Ich werde es schon irgendwie überleben«, sagte die Rosi.

Der Zeichen-Tante fiel sichtlich keine passende Antwort ein, sie nahm ihren Kontroll-Rundgang durch die Klasse wieder auf.

Aber zu Beginn der zweiten Stunde kam sie wieder zur Rosi. »Entweder du fängst jetzt zu arbeiten an oder du meldest dich in der Direktion!«, sagte sie.

»Okay!« Die Rosi tauchte ihren dicken Pinsel ins Wasserglas, tropfte schmutziges Malwasser auf die eingetrocknete Ferkelfarbe im Malkastendeckel, rührte den Klacks flüssig und malte dann ein Gesicht aufs Zeichenpapier. Eines nach dem Verfahren: Punkti-Punkti-Strichi-Strichi-ist-das-nicht-ein-Mondgesichti.

Der Pauli schaute ihr dabei zu und rief begeistert: »Ihrer Oma wie aus dem Gesicht geschnitten!«

Da gab die Zeichen-Tante auf und belästigte die Rosi bis zum Ende der zweiten Stunde nicht mehr.

In der Zehn-Uhr-Pause gingen die Rosi und der Pauli hinter der Lea und der Evi die Treppe zu ihrer Klasse runter und hörten die Lea sagen: »Einfach futsch war der Hund! Ein reinrassiger Pekinese. Den hat garantiert wer gestohlen. Und jetzt ist sie natürlich fixifoxifertig.«

Die Rosi packte die Lea an der Schulter. »Wem sein Hund ist weg?«

Die Lea drehte sich im Gehen um und sagte: »Der von unserer Köchin!«

Die Eltern der Lea haben ein Wirtshaus. Ziemlich weit draußen auf der Jagdstraße. Zum Grätzl, in dem die anderen drei Hunde weggekommen waren, gehört das Haus mit dem Wirtshaus nicht mehr. Das beunruhigte den Pauli und die Rosi, denn es brachte die Theorie, dass der große Hexenmeister nur im Grätzl Hunde stiehlt und also auch da wohnen muss, gehörig ins Wanken.

»Wo ist der Pekinese von eurer Köchin denn gestohlen worden?«, fragte die Rosi.

»So genau weiß ich das nicht. Irgendwo, wo sie wohnt halt«, sagte die Lea.

»Und wo wohnt sie?«, fragte der Pauli.

Die Lea schaute ihn verwundert an. Zu fragen, warum er das wissen will, traute sie sich nicht. Seit sie der Pauli im vergangenen Schuljahr gezwungen hatte zuzugeben, dass ihr das goldene Herz gar nicht gestohlen worden war, hatte sie einen Heiden-Respekt vor ihm. Brav sagte sie: »Eh gleich irgendwo da, wo ihr zwei wohnt!«

Die Rosi nahm den erleichterten Pauli an der Hand und zog ihn an der Lea und der Evi vorbei die Treppe runter. Seit dem vorgeschwindelten Herz-Diebstahl mag sie die Lea überhaupt nicht mehr und redet nur mit ihr, wenn es unbedingt nötig ist.

»Gibt's heute wieder Topfenkolatschen?«, fragte die Rosi, als sie in der Klasse waren.

»Heute gibt's super Forellentörtchen.« Der Pauli packte seine Proviantdose aus, legte zwei Sets und zwei Servietten aufs Pult und darauf je zwei dunkelbraune Mini-Törtchen. Als Boden und als Deckel hatten die Törtchen eine runde Pumpernickel-Scheibe, dazwischen war Topfen, mit Kren aufgepeppt, und kleingezupftes Forellenfilet. Fisch mag die Rosi nicht besonders. Aber wenn er geräuchert ist, motzt sie nicht.

»Dafür kriegst du zu Mittag schöne Palatschinken mit Himbeermarmelade«, versprach ihr der Pauli. »Aber ganz ohne Fisch geht es nicht, der ist gut fürs Hirn.«

»Von wegen Hirn!« Die Rosi spuckte Pumpernickel-Moleküle. »Wieso hast gestern nicht noch die Laura und die Emily angerufen, wenn es dir doch so dringend gewesen ist?«

»Was hat denn das, bittschön, mit Hirn zu tun?« Der Pauli schaute unwillig.

»Weil mein Hirn nicht kapiert, warum du es nicht gemacht hast.« Die Rosi wischte sich mit der Serviette über die bröseligen Lippen.

»Ich hab dir doch erklärt, dass hingehen besser als anrufen ist«, sagte der Pauli.

»Und warum bist nicht hingegangen?« Die Rosi ließ nicht locker.

»Damit du nicht wieder behaupten kannst, dass ich keinen Teamgeist habe und alles im Alleingang mache«, sagte der Pauli.

Die Rosi schaute ihn baff an. Noch nie hatte sie etwas Derartiges behauptet. Sie wollte Protest einlegen, doch da kam schon die Dr. Krautsack in die Klasse, klatschte in die Hände, um die Schüler, die nicht hinter ihrem Pult hockten, auf die Plätze zu scheuchen, und rief: »Pistulka, Fenster schließen!«

Die Dr. Krautsack lebt mit dem Pauli im Fenster-Krieg. Er reißt in jeder Pause mindestens ein Fenster auf, weil er meint, dass es in der Klasse furchtbar stinkt. Sie besteht auf geschlossenen Fenstern und pflegt zu sagen: »Erfroren sind schon viele, erstunken ist noch niemand!«

Obwohl es diesmal gar nicht der Pauli gewesen war, der zwei Fenster geöffnet hatte, stand er brav auf und schloss die Fenster. Er hatte heute keine Lust auf ein Wortgeplänkel mit der Dr. Krautsack. Aber dass ihm die gute Frau auch noch, als er zu seinem Pult zurückwollte, auftrug, da er schon »unterwegs« sei, die Kreideschlieren von der Tafel zu wischen, ging ihm denn doch zu weit! Er machte den Tafelschwamm am Waschbecken klatschnass und verteilte alles, was der Schwamm aufgesaugt hatte, und das war nicht wenig, gerecht über die grüne Fläche. Und da das Tafelwischtuch der 3a seit Tagen unauffindbar war, musste die Dr. Krautsack eine halbe Stunde warten, bis sie endlich den Stammbaum der Habsburger auf die getrocknete Tafel malen konnte.

Für Palatschinken, gefüllt mit Himbeermarmelade, hatte der Pauli alles zu Hause. In den Supermarkt mussten sie nach der Schule trotzdem, weil die Rosi zu den Palatschinken zwei Gläser Milch trinken wollte, und der Pauli nicht sicher war, ob dafür sein Milchvorrat reicht.

Beim Kurven durch die Regalreihen schlug der Pauli vor, auf dem Heimweg noch schnell mit der Laura zu reden. Weil die gleich neben dem Supermarkt wohnt.

»Falls sie schon daheim ist«, sagte die Rosi.

Die Laura war noch nicht daheim. Niemand meldete sich durch die Gegensprechanlage, als die Rosi den Klingelknopf neben dem Haustor drückte.

»Warten wir halt ein bissl.« Der Pauli schaute auf die Uhr. »Oder geht sie nach der Schule in den Hort?«

»Sie geht nicht in den Hort, aber ich bin hungrig!«, sagte die Rosi. »Müssen wir halt nach dem Essen noch mal herkommen.«

Das mussten sie nicht. Gerade als sie weggehen wollten, kam die Laura auf das Haustor zu.

»Zu wem wollt ihr denn?«, fragte sie neugierig.

»Zu dir«, sagte die Rosi. »Wir wollen dich fragen, ob der Schistal Kevin in deine Schule geht.«

»Er ist uns nämlich Geld schuldig!« Der Pauli meinte, eine Erklärung nachliefern zu müssen.

»Da kann ich euch leider nicht helfen. Der muss dort wo in eine Schule gehen.« Die Laura deutete die Straße runter. »In der Früh sehe ich ihn manchmal in die Richtung latschen.«

»Weißt du, wo er wohnt?«, fragte die Rosi.

Mehr als dass der Kevin »gleich da irgendwo« wohnt, wusste die Laura nicht. So verabschiedeten sich der Pauli und die Rosi.

»Viel Glück beim Schuldeneintreiben!«, rief die Laura hinter ihnen her.

Paulis Vorschlag, auch noch bei der Emily vorbeizuschauen, lehnte die Rosi strikt ab. Sie wollte jetzt nichts so dringend wie Palatschinken! Und da der Pauli den Teig immer fünfzehn Minuten rasten lässt, damit die Palatschinken beim Ausbacken nicht zerreißen, würde ihr knurrender Magen ohnehin eine halbe Stunde warten müssen. Der Pauli startete noch einen Überredungsversuch, aber die Rosi blieb hart.

»Ein leerer Bauch kann nicht denken!«, sagte sie.

»Interessant, dass du mit dem Bauch denkst«, ätzte der Pauli. Aber er ging brav neben der Rosi heim.

So schnell wie diesmal hatte der Pauli aus Mehl, Milch, Eiern und einem Löffel Öl den Teig noch nie zusammengerührt. Und zum

Rasten gönnte er ihm auch nur fünf Minuten, obwohl er doch immer erklärte, dass das Mehl quellen muss, wenn man die Palatschinken hauchdünn hinkriegen will.

Die Palatschinken glückten dem Pauli trotz der zu kurzen Rastzeit. Und die Rosi aß schneller, als der Pauli backen konnte. Kaum hatte er eine Palatschinke geschupft, stand sie schon mit dem leeren Teller neben ihm und wartete darauf, dass er die fertige Palatschinke auf ihren Teller gleiten ließ. Dann kleckste sie hurtig Himbeermarmelade auf den Fladen, rollte ihn zusammen, verschlang ihn gierig, trank einen Riesenschluck Milch und hielt dem Pauli wieder den leeren Teller hin.

»Das war aber jetzt echt die letzte!«, sagte der Pauli, als die neunte Palatschinke auf Rosis Teller gelandet war. »Der Rest vom Teig gehört mir!«

Im Topf war noch mehr Teig, als der Pauli für seine Portion brauchte, aber er hatte Angst, die Rosi würde nach noch mehr Palatschinken aufs Sofa wanken und verkünden, dass sie nun ein Stündchen »abliegen« muss. Und das wollte er unbedingt verhindern, weil er so schnell wie möglich die Emily befragen wollte.

»Wo frisst du denn das alles hin?«, fragte er und schupfte eine Palatschinke. »Bei dem, was du schlingst, müsstest du doppelt so breit sein.«

»Das kommt davon, weil ich mit dem Bauch denke.« Die Rosi grinste satt. »So ein Bauch verbrennt beim Denken zehnmal so viele Kalorien wie ein denkendes Hirn.«

Der Pauli buk sich drei Palatschinken raus und aß sie hurtig. Mit dem letzten Bissen im Mund rief er: »Und jetzt nichts wie los!«

Obwohl der Pauli die Rosi nach der neunten Palatschinke gestoppt hatte, stöhnte sie: »Jetzt gleich? Kann ich nicht vorher ein Stündchen abliegen?«

»Nein!« Der Pauli schaute so entschlossen, dass die Rosi nicht zu widersprechen wagte.

Die Emily war daheim und staunte nicht schlecht, als sie der Rosi und dem Pauli die Wohnungstür öffnete.

»Sammelt ihr für was?«, wollte sie wissen.

»Nein, wir müssen dich nur etwas fragen«, sagte die Rosi.

»Dann kommt rein.« Die Emily gab die Tür frei und machte eine einladende Handbewegung.

Hinter ihr her gingen der Pauli und die Rosi in die Küche.

»Ich wärme mir grad ein Krautfleisch«, sagte die Emily. »Ist gut. Von meiner Oma gekocht. Wollt ihr auch? Ist genug da.«

Die palatschinkensatte Rosi schüttelte den Kopf.

»Für mich gern, aber nur eine kleine Portion«, sagte der Pauli. Das erstaunte die Rosi. Der Pauli isst sonst nur, was er selber oder seine Großmutter oder ein Restaurantkoch erzeugt haben. Bei ihr daheim hatte er noch nie etwas gegessen!

Die Emily stellte einen zweiten Teller auf den Tisch.

»Setzt euch doch!«, sagte sie und deutete auf die Sessel am Tisch. Der Pauli folgte ihrer Aufforderung, die Rosi blieb neben der Küchentür stehen.

Die Emily trug den Krautfleisch-Topf zum Tisch, setzte sich hin und schöpfte dem Pauli Krautfleisch auf den Teller. Wahrlich keine kleine Portion. Aber der Pauli merkte das gar nicht, denn er schaute die Emily an. Mit einem merkwürdigen Blick, fand die Rosi.

Die Emily setzte sich dem Pauli gegenüber, pappte sich Krautfleisch auf den Teller und sagte zum Pauli: »Lustig, dass du und die Rosi immer noch ein Ehepaar seid!«

»Ein Ehepaar?« Der Pauli ließ seine Gabel sinken.

»In der Volksschule haben wir dich und die Rosi immer das Ehepaar genannt!« Die Emily schob eine Gabel voll Krautfleisch in den Mund. »Weil es euch doch immer nur im Doppelpack gegeben hat.«

»Das ist doch lächerlich!« Der Pauli schüttelte richtig empört den Kopf.

Die Rosi fand es zwar auch lächerlich, aber dass der Pauli gar so empört den Kopf schüttelte, gefiel ihr nicht. Und dass die beiden miteinander redeten, als wäre sie gar nicht anwesend, gefiel ihr noch weniger.

»Und was wollt ihr mich eigentlich fragen?« Jetzt gönnte die Emily auch der Rosi einen kurzen Blick.

»Ob der Kevin Schistal zu dir in die Schule geht«, sagte der Pauli.

»Seit vorigem Jahr geht der in meine Klasse. Vorher war er woanders. Angeblich haben sie ihn dort gemobbt. Was wollt ihr denn von dem?« Das »dem« dehnte die Emily in die Länge, um ihr Erstaunen darüber auszudrücken, dass irgendwer vom Schistal Kevin irgendetwas wollen könnte.

»Alles, was du über ihn weißt, wollen wir wissen«, sagte der Pauli und schaute der Emily in die veilchenblauen Augen. »Einfach alles. Zum Beispiel mit wem er befreundet ist.«

»Freunde?« Die Emily betrachtete sinnend ihr Krautfleisch. »Freunde hat der keine. Wenigstens nicht in unserer Klasse. Warum wollt ihr denn das wissen?«

»Weil er uns Geld schuldig ist«, sagte die Rosi.

»Und deswegen will der Pauli von mir wissen, mit wem er Freund ist?« Die Emily tippte sich mit einem Zeigefinger an den blonden, toll schräg geschnittenen Pony. »Das kannst der Wetti-Tant einreden!«

Die Rosi dachte: Jetzt bin ich aber gespannt, was ihr der Pauli darauf sagt! Und der Pauli sagte, aber nicht zur Emily, sondern zur Rosi: »Wie wär's, wenn wir die Emily einweihen?«

Am liebsten hätte sich die Rosi umgedreht und wäre zur Wohnungstür raus. Aber sie blieb an die Wand gelehnt stehen und sagte so cool wie nur möglich: »Ganz wie du meinst!«

Was hätte sie denn auch anderes sagen sollen? Vielleicht: Nein, das will ich nicht? Dass es nicht um geborgtes Geld geht, hatte der

Pauli ja bereits durch seine Frage der Emily klargemacht. Und dass er sie gern »einweihen« wollte auch. Aber beim »Einweihen« mitspielen, das war zu viel verlangt von der Rosi! Und der Pauli erwartete es auch gar nicht. Er legte gleich, samt allen Details, los. Mit dem Karli, der vom Hundehaken entführt worden war, fing er an, mit dem Schistal Kevin, der mit der Bim getürmt war, hörte er auf.

»Und wieso gehst du nicht einfach auf die Polizei und zeigst den Schistal-Deppen an?«, fragte die Emily.

»Weil er garantiert nicht der große Hexenmeister ist«, sagte der Pauli. »Der ist sicher nur ein Helfer. Ich will den Kopf der Sauerei fangen.«

»Echt coole Action!« Die Emily nahm dem Pauli den leer gegessenen Teller weg. »Kann ich da vielleicht mithelfen?«

»Wennst Lust und eine Idee hast, gern.« Der Pauli hielt es sichtlich für unnötig, die Rosi noch mal um ihre Meinung zu fragen.

Die Rosi schaute auf ihre Uhr, sagte »Tschüss, ich muss heim« und marschierte ab. Ob sie wütend oder traurig war, wusste sie selbst nicht.

Rezepte Seite 278 und 280

7. Kapitel,

in welchem der Pauli mit Fleischbällchen die Rosi versöhnt und sich die Emily als sehr brauchbar erweist.

Als der Pauli am nächsten Tag in die Klasse keuchte, stand die Rosi mit dem Jonas beim Papierkorb, spitzte einen Bleistift und erzählte dabei eine anscheinend sehr lustige Geschichte, denn der Jonas kicherte dauernd.

Der Pauli setzte sich zu seinem Pult, räumte seinen Kram aus und rief ungeduldig zum Papierkorb hin: »Rosi! Komm her!«

Die Rosi ignorierte ihn und erzählte weiter, obwohl der Bleistift längst gespitzt war. Erst als der Buntspecht in die Klasse kam, kehrte sie an ihren Platz zurück.

»Wo warst denn gestern?«, fragte der Pauli. »Dein Handy war die ganze Zeit auf die Box geschaltet und ich hab auch viermal auf dem Festnetz angerufen.«

Die Rosi schaute nach vorne, zum Buntspecht, und blieb stumm wie ein Karpfen.

»Um neun bist noch immer nicht daheim gewesen!« Richtig vorwurfsvoll klang das.

Die Rosi war den ganzen Abend zu Hause gewesen. Aber sie hatte ihren Eltern und der großen Schwester aufgetragen, dem Pauli zu sagen, dass sie nicht daheim ist.

»Wo treibst dich denn herum?«, fragte der Pauli.

Und der Buntspecht rief seinen Lieblingssatz: »Pistulka, keine Privatgespräche, wenn ich bitten darf!«

Also verlegte sich der Pauli aufs Brieferl-Schreiben. »Bist böse auf mich?«, kritzelte er auf sein Löschblatt und schob es auf Rosis Pulthälfte.

Die Rosi schrieb »Ja« darunter und schob das Löschblatt zurück.

»Was hab ich denn getan?«, kritzelte der Pauli unter das »Ja«.

Was ihr der Pauli »getan« hatte, war nicht mit einem kurzen Satzerl auf ein Löschblatt zu schreiben. Nicht mal mit vielen langen Sätzen auf normalem Papier hätte das die Rosi geschafft. Alles, was man spürt, lässt sich eben nicht in vernünftige Sätze verpacken. So schrieb sie auf das Löschblatt bloß: »Das solltest du selber wissen!«

Und der Pauli wusste es ohnehin selber. Sonst hätte er, gleich als der Buntspecht die Klasse verlassen hatte, nicht zur Rosi gesagt: »Du hast doch gewollt, dass wir mit ihr reden, und hast gesagt, dass du noch immer gut Freund mit ihr bist!«

»Na und?«, fauchte die Rosi. »Deswegen brauchst du sie nicht mit Kalbsaugen anhimmeln!«

Kaum hatte sie es gesagt, hätte sie sich am liebsten die Zunge abgebissen! Und knallrot im Gesicht wurde sie auch.

»Ich hab sie halt nett gefunden«, sagte der Pauli. »Und sie kann uns sehr nützlich sein. Das wollt ich doch gestern telefonisch mit dir bereden. Sie wird für uns den Lockvogel machen!«

»Piep-piep-piep!« Die Rosi tippte sich an die Stirn, und der Pauli schob das beschriebene Löschblatt ins Pultfach, weil sich die Maria, die vor dem Pauli sitzt, umdrehte und ihm zwei Karten gab. Es waren Einladungen zu ihrer Geburtstagsparty. »Eine für dich, eine für die Rosi«, sagte sie.

Dann marschierte die Englisch-Lady in die Klasse und der Pauli flüsterte der Rosi zu: »Ich erklär dir das in der großen Pause.«

Während der Englischstunde überlegte die Rosi, ob sie sich in der nächsten Pause anhören sollte, was der Pauli mit »Lockvogel machen« meint oder ob sie weiter beleidigt sein soll. Noch einen Tag lang beleidigt sein wäre besser, dachte sie. Aber irgendwie auch ziemlich uncool. Die Rolle der »beleidigten Blunzen« passte nicht wirklich zu ihr!

Hätte sich die Rosi nicht bereits während der Englischstunde dazu entschlossen, nicht länger beleidigt zu sein, hätte sie das Gabelfrühstück garantiert mit dem Pauli versöhnt.

Kleine Fleischbällchen, kaum größer als Glasmurmeln, packte er in der großen Pause aus. Und dazu Weißbrot und Zahnstocher, zum Aufspießen der kleinen, kugeligen Dinger.

»Ich hab mir gedacht, dass dir mal eine Abwechslung guttut«, sagte der Pauli.

»Hat dich der über dir schon wieder um sechs Uhr wach gebohrt?«, fragte die Rosi. Fleischbällchen sind ja nicht in ein paar Minuten hinzukriegen.

Der Pauli spießte ein Bällchen auf einen Zahnstocher. »Hab ich gestern gemacht. Hatte ja viel Zeit zwischen den vergeblichen Anrufen bei dir.« Er steckte das Bällchen in den Mund. »Und für dich ist mir doch nichts zu mühsam.«

Gar so mühsam war das Fleischbällchen-Erzeugen aber gar nicht gewesen.

Aber das musste er der Rosi ja nicht auf die Nase binden! Sollte sie ruhig glauben, dass er sich für sie schrecklich abgerackert hatte.

Die Rosi glaubte es, war echt gerührt und sagte kauend: »Na, dann leg los mit dem Lockvogel, Pudding!«

»Die Emily wird sich mit dem Schistal Kevin anfreunden, so richtig auf miteinander gehen«, sagte der Pauli. »Und mit Händchen halten und solchem Kram. Weil du willst das doch garantiert nicht machen.«

Die Rosi nickte. Den Schistal Kevin zu umgarnen, das überließ sie gern der Emily.

»Und mit ein bissl Glück«, sagte der Pauli, »kriegt die Emily etwas raus, was uns weiterhilft.«

Die Rosi biss von ihrem letzten Fleischbällchen die Hälfte ab und dachte: Wenn ich immer nur die Hälfte davon abbeiße, hätte ich – rein theoretisch! – auf ewig etwas von dieser Köstlichkeit!

Sie verzichtete darauf, dem Pauli diese Erkenntnis mitzuteilen, denn erstens passte sie nicht zum angesagten Thema und zweitens versteht der Pauli sowieso nichts von mathematischen Gedankengängen.

»Wenn die Emily viel Zeit mit ihm verbringt«, sagte der Pauli, »muss doch klar werden, wann er zum Beispiel keine Zeit für sie hat. Und dann treten wir auf den Plan und kriegen raus, was er dann tut. Und vielleicht erzählt er ihr ja sogar was.«

Die Rosi schaffte einen weiteren Fleischbällchen-Halbierungsversuch nicht mehr, steckte das letzte Brösel in den Mund und fragte: »Glaubst du denn, dass einer wie der Kevin glauben kann, dass ihn eine wie die Emily plötzlich echt mag?«

Die Emily ist nämlich sicher das schönste Mädchen in ihrer Klasse, wahrscheinlich sogar in ihrer Schule. Eine perfekte Barbie-Puppe, bloß mit flacher Vorderfront. Und so einer steht ein Ken zu, kein Schistal Kevin.

»Ach was!« Der Pauli tat die leeren Plastikschüsserln und die Zahnstocher in die Proviantdose. »Wenn dich wer mag, fragst du nie, warum. Nur wenn dich wer nicht mag, fragst du, warum!«

»Haben wir denn noch so viel Geld?«, staunte die Rosi nach der Schule beim Fleischhauer, wo der Pauli zwei Kalbsschnitzel verlangt hatte. »Ist doch schon Donnerstag.«

»Aber freilich«, versicherte ihr der Pauli. »Ich war bis jetzt total sparsam.«

Das war gemogelt. Von seinem Taschengeld bezahlte er das teure Fleisch und die Packung Parma-Schinken und das Salbei-Stöckerl auch. Die Rosi ist ein Fleischtiger und Tiger besänftigt man am leichtesten mit saftigen Fleischbrocken!

Besänftigt war die Rosi zwar schon, aber der Pauli wollte vorbauen, denn am Nachmitttag würden sie wieder die Emily treffen, und er konnte nicht garantieren, dass er dann so dreinschaute, wie es der Rosi gefällt. Diese Emily ist eben ein prächtiger Anblick! Und sie ist auch nicht von der Sorte, wo man sich denken kann: Außen hui, innen pfui! Nichts sprach dagegen, sie ins »Team« aufzunehmen. Und er wollte der Rosi beibringen, dass das mit seiner Freundschaft zu ihr überhaupt nichts zu tun hatte. Wenn es nicht anders ging, dann halt mit Kalbsschnitzeln, vom Taschengeld bezahlt.

»Was wird denn das eigentlich?«, erkundigte sich die Rosi, als der Pauli daheim die Schnitzel auspackte.

»›Spring in den Mund‹ wird das, oder in der Originalsprache Saltimbocca.« Der Pauli klopfte die zwei Schnitzel noch ein bisschen dünner, indem er mit dem Boden einer kleinen Stielpfanne auf sie eindrosch.

»Habt ihr denn keinen Fleischklopfer?«, fragte die Rosi.

»Der ist nicht dort, wo er sein sollte, weil die Putzfrau immer alles verräumt, und so geht es ja auch.«

Der Pauli fand die Schnitzel dünn genug, legte auf jedes zwei Salbeiblätter und eine Scheibe vom Parma-Schinken und machte den Schinken mit Zahnstochern am Fleisch fest. Dann ließ er Butter in einer Pfanne schmelzen, wartete, bis sie sie brutzelte, und legte die Schnitzel rein. Für zwei Minuten auf die Schinkenseite, für weitere zwei Minuten auf die Fleischseite.

»Riecht himmlisch!« Die Rosi schnupperte verzückt.

Der Pauli holte die Schnitzel aus der Pfanne, legte sie auf einen Teller, tat Alufolie drüber, damit sie warm bleiben, und holte eine offene Flasche Weißwein aus dem Kühlschrank.

»Betrinken wir uns heute sinnlos?«, fragte die Rosi erwartungsvoll.

Der Pauli leerte einen guten Schluck Weißwein in die Pfanne und rührte emsig den Bodensatz der Pfanne in den blubbernden Wein rein.

»Der ganze Alkohol verdampft doch in der Hitze«, belehrte er die Rosi.

Als kaum noch Flüssigkeit in der Pfanne war, schüttete er aus einem kleinen Glas, auf dem »Kalbsfond« stand, ein bisschen in die Pfanne, rührte kurz um, nahm die Folie von den Schnitzeln und goss das Safterl über das Fleisch.

»Wie wenn ich heute Geburtstag hätte!«, lobte ihn die Rosi, als er ihr ein Schnitzel und dazu ein paar Schnitten Baguette auf den Teller legte.

»Aber vitaminmäßig ziemlich mangelhaft«, sagte der Pauli. »Der Mensch soll fünfmal täglich Obst und Gemüse essen, hab ich gelesen.«

»Fünfmal täglich?« Die Rosi säbelte ihr Schnitzel kreuz und quer auf mundgerechte Happen. »Pudding, das muss ein Druckfehler gewesen sein!«

Sonst, wenn die Rosi alles, was auf ihrem Teller ist, kurz und klein schneidet, bevor sie zu essen anfängt, regt sich der Pauli immer schrecklich auf und hält ihr einen Vortrag über Tischsitten. Um die wiedergewonnene Harmonie nicht zu stören, ließ er das diesmal bleiben.

Die Rosi war gerade mit den Mathe-Hausübungen fertig, da kam die Emily. Der Pauli führte sie ins Wohnzimmer. Die Emily schaute sich anerkennend um.

»Tolle Bude, total super«, sagte sie, ließ sich aufs Sofa fallen und wartete, bis sich der Pauli und die Rosi zu ihr gesetzt hatten.

»Hat er angebissen?«, fragte der Pauli.

»Rennt wie geschmiert!« Die Emily grinste. »Er hat mich heimbegleitet und mir vor der Tür eine halbe Stunde was vorgequatscht. Dass er Astronaut wird. In Amerika. Und sich immer Horrorfilme reinzieht, wo man eiserne Nerven zum Anschauen braucht. Dicht ist der echt nicht.«

»Das reicht ja für den ersten Tag völlig.« Der Pauli nickte sehr zufrieden.

»Ist doch noch nicht alles!«, sagte die Emily. »Auf dem Weg zu mir heim sind wir zu Cat & Dog rein und er hat zwei Dosen Hundefutter gekauft! Für den Hund von seinem Onkel angeblich.«

»Super!«, rief der Pauli.

»Ich hab ihn gefragt, ob ich zu ihm mitkommen und mir einen Horrorfilm ausborgen kann«, sagte die Emily, »aber er hat gesagt, dass er nicht heimgeht, sondern mit den Dosen zu seinem Onkel fahren muss und eh schon viel zu spät dran ist. Dann ist er abgedüst.«

»Na, wenn das kein Beweis ist!«, rief die Rosi.

»Leider nur ein Indiz!«, verbesserte sie der Pauli und wollte der Rosi den Unterschied zwischen Beweis und Indiz erklären. Doch die Emily sagte: »Ich bin ja noch immer nicht fertig! Ich bin ihm bis zum nächsten Eck nachgegangen.«

»Hat er dich gesehen?« Der Pauli schaute erschrocken.

»Keine Spur!« Die Emily schüttelte den Kopf. »Der ist wie der Blöde gerannt und hat sich nicht umgeschaut. Zur Haltstelle vom Fünfer runter, zu der, wo die Bim stadtauswärts fährt. Und dort hat er gewartet.«

»Emily, das hast du hundertpro super gemacht!«, sagte der Pauli. Und die Rosi nickte dazu. Es fiel ihr nicht einmal schwer. Eine echt gute Leistung hat man anzuerkennen, egal, ob es einem in den Kram passt oder nicht!

»Wie ich in der Klasse erklären soll, dass ich auf einmal mit dem Kevin Freund bin«, seufzte die Emily. »Das weiß ich echt nicht.«

»Bist eben ein edles Kind.« Der Pauli grinste von einem Ohr bis zum anderen. »Und hast dein Herz für Außenseiter entdeckt.«

»Hauptsache nicht die Wahrheit!«, sagte die Rosi warnend.

»Das ist doch klar!« Die Evi hob zwei Schwurfinger. »Auf mich ist Verlass, ich schweige wie eine Gruft. Ehre-schwöre!«

Wäre es nach der Rosi gegangen, hätte sich die Emily jetzt verabschieden können. Sie hatte akzeptiert, dass die Emily in Sachen »großer Hexenmeister« zum Team gehört, aber zu dritt auch noch den Rest der Freizeit zu verbringen, das musste nicht sein!

Doch die Emily dachte gar nicht daran, sich zu verabschieden. Ob sie vielleicht etwas zu trinken haben kann, fragte sie den Pauli. Cola oder so, eiskalt, wenn möglich!

Der Pauli jappelte in die Küche, die Emily lüpfte den Po vom Sofa, nestelte aus einer hinteren Hosentasche ein Sackerl und gab es der Rosi. »Falls du noch immer Zucker-Packerln sammelst.«

»Das weißt du noch?«, staunte die Rosi. An ihre Kaffeehaus-Zuckersackerl-Sammlung hatte sie lange nicht mehr gedacht. Die große Schachtel mit mindestens zweihundert Sackerln verstaubte irgendwo unter ihrem Bett.

»Na hörst? Ich war doch deine beste Lieferantin!«, sagte die Emily.

Die Rosi nickte. Jede Woche hatte ihr die Emily mindestens ein seltenes Zuckersackerl in die Schule mitgebracht. Von ihrem Onkel, der für eine große Firma in der ganzen Welt unterwegs war.

»Erinnerst du dich noch?« Die Emily kicherte. »Wie der plattfüßige Ober hinter uns her war?«

»Das war vielleicht eine Action«, sagte die Rosi. Mit der Emily war sie einfach in den Schanigarten von einem Kaffeehaus rein und hatte sich mit Zuckersackerln von den Tischen eingedeckt.

»Und die Zuckersackerln hast auf der Flucht alle verloren«, sagte die Emily.

»Wann war denn das? In der dritten oder der vierten Klasse?« Die Rosi überlegte. »In der vierten muss es gewesen sein.«

Die Emily schüttelte den Kopf. »In der dritten. Weil in der vierten war ich bei dir schon abgemeldet, da bist nur mehr mit dem Pauli zusammengesteckt. «

»Nur weil die Julia plötzlich deine Freundin gewesen ist«, sagte die Rosi.

»Umgekehrt war das«, sagte die Emily. »Aber jetzt ist das längst blunzen.«

Der Pauli kam mit einem Tablett aus der Küche. Darauf waren drei Gläser Orangensaft, in denen Eiswürfel schwammen.

»Frisch gepresst«, verkündete er und verteilte die Gläser. »Und jetzt sollten wir besprechen, wie es weitergeht.«

»Jetzt liegt doch alles an der Emily«, sagte die Rosi. »Wir zwei können bis auf Weiteres gar nichts machen.«

»Morgen habe ich allerdings keine Zeit für den Kevin.« Die Emily trank ihren Orangensaft in einem Zug leer. »Mein Papa holt mich von der Schule ab. Ich bin am Wochenende immer bei ihm.«

»Kannst du da nicht einmal eine Ausnahme machen?«, fragte der Pauli.

Die Emily war dazu nicht bereit. Aber selbst wenn sie wollte, erklärte sie dem Pauli, wäre das nicht möglich. Weil ihre Mutter an den Wochenenden immer zu ihrem Freund ins Burgenland fährt. Und allein darf sie nicht daheimbleiben.

»Dann krieg wenigstens morgen in der Pause raus, wo der Schistal Kevin genau wohnt. Und ruf uns an«, verlangte der Pauli.

Die Emily klatschte sich mit der flachen Hand auf den schrägen Pony. »Das hätte ich glatt verschwitzt! Ich habe es ja schon rausgekriegt! Auf dem Nepomuk-Platz wohnt er.«

Die Hausnummer wusste sie nicht. Bloß, dass in dem Haus, in dem er wohnt, eine Drogerie ist. Der Kevin hatte ihr erzählt, dass seine Mutter dort Verkäuferin ist.

Dann schaute die Emily auf ihre Armbanduhr und rief: »Oh, du Hölle, ich muss in die Klavierstunde«, und düste ab. Und die Rosi fand plötzlich, dass sie ruhig noch länger hätte bleiben können.

Rezepte Seite 282 und 284

8. Kapitel,

in welchem es kein Fleisch gibt, der Pauli im Alleingang der Wahrheit näher kommt und dabei höllisch friert.

Die Freitage plätschern in der 3a immer gemächlich dahin, wenn nicht gerade Prüfungszeit ist. Schüler wie Lehrer sehen das entspannende Wochenende schon in Reichweite und sind nett zueinander.

In der Zehn-Uhr-Pause, sein Tramezzino mit Eiaufstrich verspeisend, fragte der Pauli die Lea, ob der Hund ihrer Köchin noch immer futsch ist. Die Lea wusste es nicht, weil die Köchin immer erst ins Wirtshaus kommt, wenn sie schon in die Schule gegangen ist.

In der letzten Stunde war Religion. Die Rosi besucht den katholischen Religionsunterricht, der Pauli nicht. Darum ist die Schule am Freitag für ihn eine Stunde früher aus und er geht einkaufen. Und wenn die Rosi nach der Religionsstunde andampft, hat er das Mittagessen meistens schon fertig.

Der Pauli kocht am Freitag besonders gern. Da kann er in aller Ruhe werken, ohne dass die Rosi dauernd jammert, vor Hunger bald umzukommen.

Einen fleischlosen Tag einzulegen, beschloss der Pauli an diesem Freitag. Und da der Fleischtiger Rosi nur ein einziges Gemüse auch solo ohne zu jammern isst, kaufte er im Gemüseladen vier Fenchelknollen und schaute drauf, dass alle vier halbwegs gleich groß waren.

Daheim angekommen, halbierte er die Knollen, löste die hässliche äußere Schicht ab, schnitt die Stängel weg und kochte die Hälften in Salzwasser mit einem Schuss Zitronensaft. Während die

Hälften kochten, überlegte er, ob er die Rosi dazu überreden könnte, den Schistal Kevin gemeinsam einen Tag lang, von früh bis spät, zu observieren. Wenn der Kerl tatsächlich, wie er vermutete, die entführten Hunde jeden Tag mit der 5er-Bim füttern fährt, würde sich ja dann herausstellen, wo die Viecher versteckt sind!

Nach zwanzig Minuten holte der Pauli den Fenchel aus dem Wasser und war sich noch immer nicht sicher, ob die Rosi bereit sein wird, ihr Wochenende für die Observierung zu opfern. Er schmierte eine Pfanne mit Öl aus, öffnete fluchend – weil er mit Dosenöffnern auf Kriegsfuß steht – eine Dose Pomodori pelati, leerte sie in ein Sieb, zerteilte die abgetropften Paradeiser auf grobe Stücke, tat sie in die Pfanne, legte die Fenchelhälften drauf, würzte, goss ein bisschen vom Kochwasser dazu und dachte: Meistens kann ich die Rosi ja zu allem und jedem überreden, aber am Wochenende lang zu schlafen, ist ihr ganz wichtig. Und da schulfrei ist, kann der Schistal Kevin ja schon in der Früh zum Hundefüttern fahren!

Der Pauli hackte Petersilie, Zwiebeln und Knoblauch klein, dünstete den Knoblauch und den Zwiebel in Olivenöl an, tat Semmelbrösel rein, röstete sie goldbraun und dachte: Wenn die Rosi streikt, muss ich es eben mutterseelenallein durchziehen!

Er zog die Pfanne vom Herd, rührte die Petersilie und reichlich Parmesan unter, verteilte den Mischmasch über die Fenchelhälften und schob die Pfanne ins Backrohr.

Kurz bevor der Fenchel fertig war, kam die Rosi.

»Riecht sehr gut«, schnupperte sie, zur Küche gehend.

Sie setzte sich zum Tisch. »Auf dem Weg zu dir hat mich die Emily angerufen. Du, die ist echt super. Die zieht dem Kevin auch noch den letzten Wurm aus der Nase.«

»Berichte!«, verlangte der Pauli aufgeregt.

Während die Rosi eine tüchtige Portion vom gratinierten Fenchel verputzte, berichtete sie: Emilys Vater hatte sich, wie so oft, verspätet. Die Emily hatte vor dem Schultor auf ihn gewartet, und der Schistal Kevin hatte ihr dabei Gesellschaft geleistet und unentwegt gequatscht. Und zwischen lauter Plunder hatte er ihr erzählt, dass er sowieso in der Klasse keinen Freund braucht, weil er einen ganz tollen Freund hat. Der ist zwei Jahre älter als er und geht ins Gymnasium. Und die Freundschaft ist geheim, darüber darf er nicht reden!

»Da legst dich hin und stehst nimmer auf!«, sagte der Pauli. »Dann geht der große Hexenmeister zu uns in die Schule, denn dass er im Grätzl wohnt, darüber sind wir uns doch einig.«

»Nicht jeder geht dort in die Schule, wo er wohnt«, wandte die Rosi ein. »Mein Cousin fährt quer durch die ganze Stadt, weil meine Tante glaubt, dass dort das beste Gymnasium von Wien ist.«

»Dauernd musst du fies unken!«, rief der Pauli. »Denk gefälligst einmal positiv!«

»Pudding, bei dir ist positiv und unrealistisch dasselbe«, sagte die Rosi. »Und das ist unrealistisch!«

Aber der Pauli war nicht zu bremsen. »Wenn der zwei Jahre älter ist als wir, geht er in eine Fünfte.«

»Oder in eine Vierte, falls er sitzen geblieben ist!«, ätzte die Rosi. »Oder falls er hochbegabt ist, in eine Sechste für Genies mit abartigen Neigungen!«

Der Pauli warf ihr einen bitterbösen Blick zu und verließ die Küche. Die Rosi räumte das schmutzige Geschirr weg und rief ihm nach: »Immer muss ich alles sauber machen und du Depp verdrückst dich!«

Der Pauli atmete dreimal tief durch und kehrte in die Küche zurück. »Entschuldigung«, sagte er zerknirscht und beteiligte sich emsig an der Küchensäuberung. Er wollte doch die Rosi bei Laune halten, damit sie auf seinen Total-Beschattungs-Vorschlag eingeht. Er bot sich sogar großzügig an, den Rest des Küchenputzes alleine zu erledigen. Aber die Rosi war für Arbeitsteilung. So schrubbte er, weil die Rosi das am wenigsten gern tat, die verkrustete Pfanne sauber, während die Rosi den Fliesenboden kehrte.

»Ich will nicht drauf warten, ob die Emily in der nächsten Woche etwas rauskriegt!« Der Pauli kratzte mit dem Drahtwaschel in der Pfanne herum. »Ich habe mir gedacht, wir könnten den Schistal Kevin morgen beschatten.«

»Beschatten?« Die Rosi stellte das Kehren ein. »Ja, wie denn? Willst beim Fünfer warten, bis er Hunderl füttern fährt, falls er das überhaupt tut?«

»Nein!« Der Pauli stellte die saubere Pfanne auf die Abtropftasse. »Am Nepomuk-Platz müssen wir lauern. Weil vielleicht trifft er sich nämlich vorher mit dem großen Hexenmeister.«

»Du hast doch gar keine Ahnung, wann er weggehen wird«, sagte die Rosi.

»Vor sieben Uhr sicher nicht!« Der Pauli schaute die Rosi ganz, ganz lieb an. Dieser Pauli-Blick tut fast immer seine Wirkung, dem kann die Rosi schwer widerstehen. Diesmal versagte er.

»Kommt nicht in Frage, Pudding!« Die Rosi kehrte weiter. »Von mir aus beschatte ich ab Mittag, aber mein Samstagsschlaf ist mir heilig, für alle Hunderln dieser Welt verzichte ich auf den nicht.«

»Dann mache ich es halt allein!« Der Pauli lehnte sich an den Kühlschrank und starrte die Deckenlampe an.

»Wo willst du denn auf dem Nepomuk-Platz überhaupt lauern? Morgen soll es regnen. Und unterstellen kannst dich dort nirgendwo.«

Da hat die Rosi recht, musste der Pauli zugeben. Auf dem Nepomuk-Platz standen rundherum Wohnhäuser, außer der Drogerie, einem Blumengeschäft und einem Schlüsseldienst gab es dort keine Läden, auch keine Straßenbahn-Haltestelle, bloß viele geparkte Autos vor den Häusern. Und in der Mitte vom Platz stand, in einem Blumenbeet, eine Statue vom heiligen Nepomuk.

»Steh ich eben in einer Tornische!«, sagte der Pauli.

Die Rosi fegte den Dreck, den sie aufgekehrt hatte, mit dem Bartwisch-Besen auf eine Schaufel. »Nimm dir ein Stockerl mit! Und zieh dir die Schi-Unterwäsche an, morgen soll es nicht nur regnen, sondern auch kalt werden!«

»Mach dir bloß um mich keine übertriebenen Sorgen!«, zischte der Pauli, ging ins Wohnzimmer, legte sich aufs Sofa und schaltete den Fernseher ein.

Die Rosi kam hinter ihm her. »Eigentlich könnten wir jetzt noch ins Schwimmbad gehen!« Das war ein Friedensangebot. Der Pauli ging unheimlich gern schwimmen, die Rosi nicht.

Der Pauli starrte auf den Bildschirm, wo zwei sehr spärlich bekleidete Damen herumhopsten, und gab keine Antwort. Die Rosi wiederholte ihr Angebot in dreifacher Lautstärke.

Ohne die Rosi eines Blickes zu würdigen, sagte der Pauli: »Ich muss mich ausruhen, damit ich morgen fit bin!«

»Ruhe sanft!«, murmelte die Rosi, machte kehrt, zog sich im Vorzimmer die Jacke an, schnappte ihren Rucksack und ging aus der Wohnung. Die Tür knallte sie so wütend hinter sich ins Schloss, dass sogar im Wohnzimmer die Fensterscheiben klirrten.

Bis Samstag, sieben Uhr, hoffte der Pauli auf einen Anruf von der Rosi, die ihm sagt, dass sie sich entschlossen hat, bei der Beschattung doch mitzumachen. Und noch auf dem kurzen Weg zum Nepomuk-Platz dachte er: Vielleicht steht sie schon dort, wenn ich komme! Oder dampft bald an!

Die Drohung »Dann mache ich es alleine!« hatte doch noch immer gewirkt, ganz egal, ob der Rosi gefallen hatte, was er von ihr wollte oder nicht.

Die Rosi war nicht auf dem Nepomuk-Platz, als der Pauli hinkam, und sie tauchte auch nicht auf. Ein Viertelstündchen stand der Pauli an der Ecke vor dem Haus, in dem der Schistal Kevin angeblich wohnte, dann drehte er, die Hände in den Jackentaschen, die Baseballkappe tief in die Stirn gezogen, langsam Runden um den Platz herum. Es regnete nur ein bisschen, aber ziemlich kalt kam es dem Pauli vor. Viele Menschen waren nicht unterwegs, es herrschte samstägliche Ruhe.

Um halb acht machte der Blumenladen auf und ein dicker Mann stellte ein paar Stauden vor den Laden. Um acht Uhr kam eine Frau aus dem Haus, in dem der Schistal Kevin angeblich wohnte, ging zur Tür der Drogerie, sperrte sie auf und ging rein.

Exakt wie die Emily gesagt hat, dachte der Pauli. Das muss die Mutter vom Kevin sein!

Der Schlüsseldienst blieb geschlossen, der hatte anscheinend am Samstag nicht offen.

Um halb neun kam dann der Schistal Kevin aus dem Haustor. Der Pauli war gerade beim Blumenladen und ging hinter einem Oleander in Deckung, bereit, dem Kevin in einigem Abstand zu folgen. Aber der Kevin ging bloß in die Drogerie rein.

Jetzt heißt es, den Plan an die Lage anpassen, dachte der Pauli, marschierte eiligen Schrittes zur Drogerie, trat ein und fragte sich, was er da wohl kaufen könnte.

Die Frau, die den Laden aufgesperrt hatte, stand mit einem alten Mann vor einem Regal und zeigte ihm Kräutertee-Packungen. Der Kevin lehnte an der Budel und schaute sich nicht um, als der Pauli reinkam. Der Pauli ging zu einem drehbaren Ständer mit Samenpackerln und tat, als ob er etwas sucht. Der alte Mann entschied sich für ein Sackerl Salbeitee, zahlte fünf Euro und verließ den Laden. Als er draußen war, sagte der Kevin zur Verkäuferin: »Mama, ich muss jetzt echt dringend wohin, einkaufen gehen kann ich doch später auch noch!«

Die Verkäuferin putzte den Kevin runter. Dass sie darauf besteht, dass er jetzt einkaufen geht, keifte sie. Das ist dringend, und sonst gar nichts! Sie kann auch nicht tun, was sie will, sondern muss sich hier die Beine in den Bauch stehen!

Sie gab dem Kevin einen Zettel, auf dem stand anscheinend, was er einkaufen sollte. Und einen 50-Euro-Schein gab sie ihm auch.

Gesenkten Hauptes latschte der Kevin mit dem Zettel und dem Geld aus der Drogerie, ohne den Pauli hinter dem Ständer zu bemerken.

»Und was braucht der junge Herr?«, fragte die Verkäuferin zuckersüß den Pauli.

»Danke, ich habe es mir anders überlegt«, sagte der Pauli und jappelte zur Tür raus.

Der Pauli machte sich darauf gefasst, den Schistal Kevin nun zuerst mal kreuz und quer durch das ganze Grätzl beim Einkaufen beschatten zu müssen. Aber da hatte er sich geirrt. Der Kevin ging schnurstracks den Weg, den der Pauli gekommen war. Bis zum Nachbarhaus vom Pauli. Dort drückte er einen Klingelknopf an der Gegensprechanlage. Welchen, konnte der Pauli nicht sehen. Nur dass er ziemlich weit oben auf der Klingelknopf-Tafel war, sah er. Dann ging das Haustor auf und der Schistal Kevin verschwand im Haus.

Wie vom Blitz getroffen stand der Pauli da. Das war doch unmöglich, dass der große Hexenmeister vielleicht sogar Wand an Wand mit ihm wohnte!

Der Pauli lehnte sich an die Hausmauer zwischen der Trafik und dem 1-Euro-Shop und dachte: Die obersten Klingelknöpfe gehören zum obersten Stock, und im obersten Stock kommt nur einer in Frage! Der Stinker!

Nach zehn Minuten kam der Schistal Kevin wieder aus dem Haus raus und wieselte die Straße runter. Dem Pauli war klar, dass der Kevin jetzt möglicherweise, falls er die Anordnungen seiner Mutter nicht ernst nimmt, zum Fünfer laufen und zum Hundefüttern fahren wird. Aber er war von seiner Erkenntnis so erschlagen und verwirrt, dass er dem Schistal Kevin bloß hinterherglotzte und, als der nicht mehr zu sehen war, heimwankte.

Den Samstagvormittag widmet die Pauli-Mama ihrem schönen Leib. Mal badet sie in viel Schaum, mal klatscht sie sich viel weißen Papp ins Gesicht, mal gibt sie ihren Haaren einen neuen Farbton. Der Pauli schaut ihr dabei ungern zu. Aber nun war das nötig, denn seine Mama lebt seit ihren Babytagen in dieser Wohnung und kennt so ziemlich jeden, der im Grätzl wohnt.

Der Pauli klopfte kurz und ging, ohne auf ein »Herein« oder etwas Ähnliches zu warten, ins Bad rein, in dem es garantiert seine feucht dampfenden dreißig Grad hatte. Doch das war dem Pauli nur recht. Er war total durchfroren.

»Was verschafft mir die Ehre?« Die Pauli-Mama hatte ein Bein in Arbeit. Mit einem elektrischen Rasierapparat entfernte sie Härchen von der Wade. Auf dem Kopf hatte sie einen Handtuch-Turban, ansonsten war sie aller Klamotten ledig. Prüde geht es beim Pauli daheim nicht zu.

Der Pauli setzte sich auf den Rand der Badewanne.

»Wo bist denn in aller Herrgottsfrühe hin?«, fragte die Mama.

»Hast schon gefrühstückt?« Heikle Fragen ignoriert der Pauli.

Die Mama hatte noch nicht gefrühstückt. Sie legte den Rasierapparat weg, schlüpfte in den Bademantel und sagte: »Ich mach dir ein schönes Frühstück!«

»Du? Mir?« Der Pauli glaubte, sich verhört zu haben.

»Frühstück kann ich, Sohnemann«, sagte die Mama. »Und sichtlich hast was auf dem Herzen, das kannst mir ja erzählen, während ich Kaffee mache und Eier koche.«

Der Pauli ging hinter der Mama her in die Küche und lehnte sich an den Kühlschrank. Die Mama schaltete die Espresso-Maschine ein. »Für dich Tee oder Kakao?«, fragte sie.

»Den Kakao mach ich mir selber.« Der Pauli verdächtigte seine Mama, keine Ahnung zu haben, hinter welcher Schranktüre das Kakaopulver steht.

Und die Eier kochte er dann auch. Seine Mutter benimmt sich nämlich in der Küche immer so, als hätte sie einen unerforschten Kontinent betreten.

Aber schließlich saßen der Pauli und seine Mama doch beim Küchentisch vor einem üppigen Frühstück.

»Also um was geht es?« Die Mama klopfte auf ihrem Ei herum.

Der Pauli deutete in Richtung Nachbarhaus. »Was weißt du über den Stinker?«

»Wer soll denn das sein?« Die Mama kletzelte Schalenfuzerln von ihrem Ei.

»Ich glaube, Staudinger heißt er, und geht bei uns in eine Fünfte. Wir nennen ihn so, weil er drei Meter gegen den Wind nach Mottenkugeln stinkt.«

Sehr viel konnte die Mama dem Pauli leider nicht erzählen. Nur, dass der Stinker Franz Ferdinand heißt. Und dass diese Staudingers komische Leute sind. Und dass der Franz Ferdinand ein widerliches Kleinkind gewesen ist.

»Wenn ich in der Babypause mit dir im Kinderwagen im Park gewesen bin, hab ich den oft in der Sandkiste beobachtet. Hat sich ihm ein anderes Kind genähert, hat er dem ein Schauferl voll Sand ins Gesicht geworfen. Grundlos!« Die Mama schüttelte, sich erinnernd, den Kopf. »Dann ist die Staudinger zur Sandkiste hin und hat den Franz Ferdinand an einem Ohrwaschel gepackt und brutal gebeutelt. Und er hat gebrüllt. Aber zehn Minuten später hat er wieder mit Sand geschmissen!« Die Mama löffelte das letzte bisschen Dotter aus ihrem Ei und schob, das Eiweiß verschmähend, den Eierbecher weg. »Eine ungute Type ist diese Frau. Und er, der Staudinger, auch.«

»Sind die arm oder haben die viel Geld?«, fragte der Pauli.

Die Pauli-Mama zuckte mit den Schultern. »Arm sind sie sicher nicht. Sie verdient zwar nichts, spielt nur Hausfrau, aber er ist Filialleiter in einer Sparkasse, oder so etwas in der Preislage. Aber wie ich die einschätze, gönnen sie sich nichts. Was sie anhat, ist jedenfalls vom Billigsdorfer.«

Abschließend sagte die Pauli-Mama noch: »Lass die Finger von dem, Pauli! Ich habe ihn zweimal im Supermarkt beobachtet, wie er geklaut hat. Ich hab aber nichts gesagt, weil bei einer Mutter, die einen Zweijährigen brutal am Ohrwaschel beutelt, halte ich lieber den Mund!«

Und dann kehrte sie ins Bad zurück, um sich die Haare zu föhnen. Der Pauli rief die Rosi an. Ihr Handy war abgeschaltet. So rief er bei der Rosi daheim an und erfuhr, dass die Rosi mit ihrem Papa unterwegs ist.

Zu Mittag lud die Mama den Pauli auf eine Pizza ein. Zu einem Italiener in der Stadt. Die ersten zwei Tiefgaragen, zu denen die Mama fuhr, waren voll besetzt, erst in der dritten waren noch Parkplätze frei.

Der leichte Regen vom Morgen war zu einem Dauer-Wolkenbruch geworden, und der Italiener, den sich die Mama in den Kopf gesetzt hatte, war von der Garage ziemlich weit weg. Der Pauli wurde waschelnass, weil zwei ungleich große Menschen nicht unter einen Regenschirm passen, und die Mama vor allem ihre Lockenpracht schützte.

Fröstelnd hockte der Pauli in der Pizzeria. Die Schuhe hatte er unter dem Tisch ausgezogen, die waren quietschnass.

»Weil du immer herumrennst, als wäre Sommer«, sagte die Mama.

Den Tick hat der Pauli wirklich. Dicke Pullis, gefütterte Jacken, wollene Hosen und feste Schuhe mag er nicht, Mützen und Schals hasst er und eine lange Unterhose ließe er sich nicht einmal am Nordpol aufschwatzen.

»Ich muss mir noch schnell Schuhe kaufen«, sagte die Mama beim Dessert. »Du könntest auch welche brauchen.«

Der Pauli zog einen schuhlosen Fuß unter dem Tisch vor und hob ihn hoch. Der Socken hatte Wasserflecken, aus einem Loch auf der Sockenspitze schaute die große Zehe raus. Die Mama schlug vor, zuerst neue Socken zu kaufen.

»Geh du Schuhe kaufen, ich geh heim.« Der Pauli schlüpfte in seine nassen Latschen.

Die Mama bot an, ihn heimzufahren.

»Die Haltestelle vom Bus ist näher als die Garage«, sagte der Pauli und marschierte los.

Zuerst musste er in strömendem Regen auf den Bus warten, dann auf die Straßenbahn, und als er endlich daheim ankam, konnte er seine Klamotten auswringen. Ein heißes Bad, dachte er, wird mich wieder fit machen.

Aber nach dem heißen Bad war er so müde, dass er sich im Wohnzimmer auf dem Sofa unter das Plaid kuschelte und einschlief. Er wurde munter, als seine Mama mit vier Tragetaschen vom Shoppen heimkam, und da war es draußen schon dunkel.

»Ich hab beim Italiener die Vorspeisen-Vitrine fürs Nachtmahl geplündert«, sagte sie.

Doch dem Pauli war nicht nach essen zumute. Ihn fröstelte, in seinem Hals kratzte es, seine Nase tropfte. Ein paar Stunden döste er noch vor dem Fernseher, dann wechselte er in sein Bett über und verschob das Fitwerden auf den Sonntag.

Rezept
Seite 279

9. Kapitel,

in welchem der Pauli mit Ingwer-Zitrone-Limo seine Stimme kuriert und die Rosi große Angst um ihn bekommt.

Leider war der Pauli am Sonntag überhaupt nicht fit. Er krächzte, als wären seine Stimmbänder über Nacht rostig geworden, in seinen Ohren kitzelte es ganz komisch, seine Nase war total verstopft, tropfte aber trotzdem, Kopfweh hatte er auch, dazu musste er noch niesen und zwischendurch ein bisschen husten.

Der Pauli tappte barfuß in die Küche, um sich seine Spezial-Grippe-Limo zu machen, aber dort war seine Mama. Die scheuchte ihn ins Bett zurück und erklärte, dass sie ihm einen schönen, heißen Majorantee machen wird. Mit viel heilendem Honig drin. Ist der Pauli krank, erwacht in seiner Mama das ansonsten schlummernde Muttertier. Und Muttertiere kochen nicht nur Tee, sie machen auch Vorwürfe.

»Aber mir glaubst du ja nicht, wenn ich dir sage, dass du immer viel zu wenig anhast!« Die Pauli-Mama rührte den Honig im Tee auf. »Da kann man reden, was man will und sooft man will, es nutzt rein gar nichts!«

»Das ist garantiert eine Virusinfektion!«, krächzte der Pauli. »Die haben in unserer Klasse jetzt viele.«

»Und ich bin der Osterhase!«, sagte die Mama.

Der Pauli schaute auf die Uhr. Es war kurz nach elf. Und seine Mutter war noch im Bademantel. Und ohne Ausgehfrisur. Am Sonntag geht sie immer mit ihrem Freund Mittag essen. Der holt sie um halb zwölf ab. Aber er wartet im Auto auf der Straße unten. Angeblich weil der Pauli nicht nett genug zu ihm ist.

»Hat dich dein glutäugiger Latin-Lover heute versetzt?«, wollte der Pauli hustend wissen. Der Freund seiner Mama ist wahrlich kein glutäugiger Latin-Lover, sondern ein grundseriöser Herr mit Halbglatze und Hornbrille vor den blassblauen Augen. Der Pauli nennt ihn bloß so, weil das seine Mama ärgert. Und sie ärgert sich, Paulis Meinung nach, deswegen weil sie lieber einen tollen Latin-Lover hätte als diesen Bürohengst.

»Ich lass doch mein kränkelndes Baby nicht allein!« Die Mama gab ihm das Häferl mit dem Majorantee. »Nimm nur kleine Schlucke, ist noch heiß!«

Dem Pauli reichte die mütterliche Zuwendung nun wirklich. Und der komische Majorantee roch zum Kotzen, den wollte er auf gar keinen Fall trinken! So versicherte er seiner Mutter, dass er sehr gut alleine zurechtkommt und sogar wesentlich schneller gesund wird, wenn sie ihm mit ihrer Hege und Pflege nicht länger auf die Nerven geht.

»Hau schon ab!«, krächzte er. »Sonst muss ich noch aufstehen und dir ein Mittagessen kochen!«

Und die Pauli-Mutter tat brav und ziemlich willig, was ihr der Sohn aufgetragen hatte.

Der Pauli wartete, bis sie zur Wohnungstür draußen war, dann stand er auf, tappte wieder in die Küche, goss den grauslichen Majorantee in den Ausguss, stellte den Teekessel noch mal auf den Herd und braute sich seine Spezial-Grippe-Limo. Dazu schnitt er eine Bio-Zitrone und eine dicke Knolle Ingwer auf allerdünnste Scheibchen, tat die Scheibchen schichtenweise in ein Glas, streute reichlich Kandiszucker drüber und goss, als der Teekessel pfiff, das Glas mit siedendem Wasser voll.

Bei der Ingwermenge hatte er etwas übertrieben. Das Gesöff trieb ihm die Tränen in die Augen und raubte ihm kurzfristig den Atem. Aber es wirkte. Seine Stimme war nachher so weit wiederhergestellt, dass er sich zutraute, die Rosi anzurufen, um ihr endlich ausführlich von seiner nun nicht mehr brandneuen, aber brandheißen Erkenntnis zu berichten.

Die Rosi war richtig geschockt. »Der Stinker? Wirklich? Der Stinker? Der Stinker aus unserer Schule?«, fragte sie gut zehnmal, bis sie es endlich glaubte.

»In echt heißt der Kerl übrigens Franz Ferdinand«, sagte der Pauli. »Da wäre mir ja Stinker noch lieber!«

»Franz Ferdinand heißt er?« Die Stimme der Rosi wurde noch aufgeregter. »Und hinten dran?«

»Ganz normal. Staudinger«, sagte der Pauli. »Kaiser täte zwar besser passen, aber man kann ja nicht alles haben.«

»Pudding!«, kreischte die Rosi. »Jetzt hat Kommissar Zufall aber echt eingegriffen! Ich hab ja gewusst, dass in der Not auf ihn Verlass ist. Ich bin in zehn Minuten bei dir!«

Verdutzt starrte der Pauli das Telefon an und dachte: Spinnt die Süße? Ich kriege selber raus, wer zu neunundneunzig Prozent der große Hexenmeister sein muss, und hole mir dabei einen Stockschnupfen, Ohrenstechen, Husten und Heiserkeit, und sie redet vom Kommissar Zufall! Die ist wohl über Nacht komplett meschugge geworden?

Die Rosi war bereits nach drei Minuten da. Völlig außer Atem schnaufte sie zur Tür rein. Sie hielt sich auch nicht lange damit auf, den Pauli wegen seiner Erkältung zu bedauern, sondern legte gleich los.

»Pudding, der gütige Kommissar Zufall hat gestern am Abend meine Emma-Tante zu uns geschickt!«, rief sie.

»Deine Emma-Tante kommt doch jeden Samstag«, krächzte der Pauli. Die Ingwer-Zitrone-Limo hatte anscheinend nur eine Kurzzeit-Wirkung.

»Ja, aber sonst quatscht sie nur Plunder«, sagte die Rosi. »Und was sie gestern am Abend gequatscht hat, habe ich zuerst ja auch für Plunder gehalten, weil sie hat sich über ihren Nachbarn im Schrebergarten beschwert, dass ihr der sogar jetzt, wo niemand mehr in den Gärten ist, das Leben zur Hölle macht.«

»Rosi«, unterbrach sie der Pauli. »Du bist echt über Nacht komplett meschugge geworden!«

»Bin ich nicht!« Die Rosi grinste von einem Ohr bis zum anderen. »Der blöde Schrebergarten-Nachbar heißt nämlich Staudinger und hat einen hässlichen jugendlichen Sohn mit dem Vornamen Franz Ferdinand! Hat die Emma-Tante extra erwähnt, weil sie meint, dass einer, der sein Kind heutzutage so nennt, sowieso eine Meise haben muss. Und ich trau mich wetten, dass es in ganz Wien nur einen Knaben gibt, der so blöd heißt!«

»Erzähl mir jedes Detail!«, verlangte der Pauli und hielt die Rosi absolut nicht mehr für meschugge.

Und die Rosi nickte und erzählte dem Pauli, was sie wusste. Und das war – im Detail – Folgendes: Die Emma-Tante hat in der Kleingartenanlage »Seelenfrieden« einen Schrebergarten. Den liebt sie, aber sie denkt nun trotzdem daran, ihn zu verkaufen und sich woanders einen Garten zu suchen. Wegen des unausstehlichen Nachbarn namens Staudinger. Sogar jetzt, im November, wo weder sie noch er noch sonst jemand im Schrebergarten ist, macht er ihr das Leben zur Hölle. Schreibt ihr Briefe, dass sie bis zum Frühjahr ihren schönen Apfelbaum umsägen muss, weil der seinen Garten unzulässig beschattet. Und wenn er ab Mai wieder im Garten ist, erwartet er von ihr, dass sie den Löwenzahn mit einem Spritzmittel bekämpft, weil sonst der Wind den Pusteblumensamen zu ihm rüberweht. Und wenn sie das nicht tut, zeigt er sie bei der Schrebergarten-Verwaltung an. Und die Ehefrau und der Franz Ferdinand haben bei dem Ungustl nichts zu melden, die müssen parieren. Wenn er vom Franz Ferdinand etwas will, dann pfeift er nach ihm wie nach einem Hund.

»Denkst du das Gleiche wie ich?«, fragte der Pauli.

Die Rosi nickte, holte einen Stadtplan aus ihrer Umhängetasche und blätterte sich zu der Seite vor, auf der ihr Bezirk ist. Sie tippte mit einem Zeigefinger auf ein kleines, schwarzes Ringerl. »Da hab ich die Haltestelle vom Fünfer in der Jagdstraße markiert!«

Der Pauli fuhr mit seinem Zeigefinger die lange rote Linie entlang, die anzeigt, durch welche Straßen der Fünfer bis zur Endstation fährt.

»Und das da hier …« Die Rosi tippte auf ein kleines, grünes Quadrat, gleich bei der Endstation vom Fünfer. »… ist die Gartenanlage ›Seelenfrieden‹! Der Schrebergarten von meiner Emma-Tante ist in der ersten Reihe der letzte. Also muss der Schrebergarten vom Stinker doch wohl der vorletzte in der ersten Reihe sein.«

»Wo ist denn die erste Reihe?«, krächzte der Pauli. »Vorne oder hinten, links oder rechts?« Er deutete auf die Kanten vom kleinen, grünen Quadrat.

Das wusste die Rosi aber auch nicht. Sie war noch nie in diesem Schrebergarten gewesen. Sie wusste nur, dass ihre Tante gesagt hatte, ihr Schrebergarten sei der schönste, weil er der letzte in der ersten Reihe ist, und daher niemand an ihrem Zaun vorbeigehen muss, um zu seinem Garten zu kommen.

»Dann kommen also vier Gärten als Hunds-Versteck infrage«, verkündete der Pauli heiser. »Die an den Ecken!«

»Bis morgen weiß ich, welcher es ist«, sagte die Rosi. »Das ist die leichteste Übung, ich muss nur meine Emma-Tante fragen. Und dass ihre Gartenhaustür knallrot lackiert ist, weiß ich sowieso, das hat sie erwähnt. Weil auch darüber hat sich der Vater vom Stinker aufgeregt.«

»Wieso … morgen? Wir fahren jetzt … gleich hin!«, quetschte der Pauli hervor, von zwei gewaltigen Niesern unterbrochen. »Wir gehen einfach alle Seiten ab.«

Aber die Rosi weigerte sich entschieden, jetzt gleich mit dem Pauli loszumarschieren. Der Pauli erschien ihr nicht fit genug für diesen Ausflug ins windige, regnerische Grüne. Und auf einen Tag, fand sie, kommt es nun, wo schon alles ziemlich sonnenklar ist, doch wirklich nicht an!

»Ich bin eh schon wieder fit wie ein Turnschuh!« Der Pauli wollte ins Bad gehen.

»Du bist fit wie ein alter Filzschlapfen!«, protestierte die Rosi. »Leg dich wieder hin und gib Ruh! Wir verpassen gar nichts, wenn wir bis morgen warten.«

Der Pauli musste er ihr recht geben. Fit war er wirklich nicht. Sogar senkrecht zu stehen fiel ihm schwer. Und zu gehen noch schwerer. Er kehrte kleinlaut aufs Sofa zurück und bat die Rosi, ihm aus seinem Zimmer die dicke Decke zu bringen. Das Plaid war ihm zu dünn, darunter fror er.

Die Rosi brachte ihm nicht nur die dicke Decke, sondern auch noch ein Glas vom Ingwer-Gesöff, hergestellt nach Paulis gekrächzter Anweisung.

Der Pauli ließ sich von der Rosi zudecken, schluckte seine Ingwer-Zitronen-Limo und murmelte: »Okay, wenn du unbedingt darauf bestehst, dann schlafe ich mich halt bis morgen in der Früh pumperlgesund.«

»Ich erkundige mich am Abend nach dir!«, versprach die Rosi, bevor sie heimging.

Am Abend dann, als die Rosi anrief, teilte ihr die Pauli-Mama mit, dass der Pauli schon schläft, dass es ihm aber sichtlich viel besser geht, und er sie gebeten hat, der Rosi auszurichten, dass er morgen garantiert wieder topfit ist und in die Schule kommt und zu allem bereit sein wird.

»Rosi, was meint denn mein Sohnemann eigentlich mit ›zu allem bereit‹?«, wollte die Pauli-Mama wissen.

»Das ist bloß so ein allgemeiner Spruch«, schwindelte die Rosi. »Das heißt nichts Bestimmtes!«

»Wer's glaubt, wird selig«, murmelte die Pauli-Mama resigniert. Aber sie bohrte nicht weiter nach, denn ihr war klar: Was ihr der Pauli nicht erzählen will, erzählt ihr die Rosi schon gar nicht.

Dass der Pauli am Montag beim Läuten noch nicht in der Klasse war, störte die Rosi nicht. Er kommt doch oft erst nach acht Uhr angekeucht! Aber der Pauli kam auch nicht zu spät. Und er kam auch in der Pause nach der ersten Stunde nicht.

Na, dann ist er eben doch nicht über Nacht topfit geworden, dachte die Rosi. Wäre ja eh ein Wunder gewesen, so verkühlt wie der war, das übersteht man in einem Tag nicht!

In der Zehn-Uhr-Pause ging die Rosi mit ihrem Handy auf den Gang raus und rief beim Pauli daheim an. Es klingelte fünfmal, dann meldete sich der Anrufbeantworter und teilte der Rosi mit, dass weder die Barbara noch der Paul Pistulka daheim sind, aber sich später sehr gern anhören werden, was der werte Anrufer auf Band gesprochen hat.

Das kam der Rosi sehr merkwürdig vor. So krank, dass er nicht telefonieren kann, dachte sie, ist er doch garantiert nicht! Er hat ja nur eine stinknormale Verkühlung gehabt, und zum Telefonieren ist der Pauli noch immer fit genug gewesen!

Während der Mathestunde keimte in ihr ein Verdacht auf, der bis zur Pause vor der letzten Stunde fast zur Gewissheit wurde. Sie war sich sicher, dass der Pauli, statt brav in die Schule zu gehen, allein zur Kleingarten-Anlage »Seelenfrieden« gefahren war, um rauszubekommen, welcher Garten der vom Stinker ist. Und das nahm sie ihm übel. Sehr übel sogar. Waren sie nun ein Team oder nicht? Da tut er immer so, als würde er alles nur mit ihr zusammen machen wollen, und wenn es dann richtig toll aufregend wird, dann startet er, ohne mir Bescheid zu sagen, einen Alleingang! Das wird er büßen, dachte sie. Unsere Freundschaft hat jetzt mindestens eine Woche totale Auszeit! Das schwöre ich mir eisern! Aber nach der Schule gehe ich noch schnell zu ihm und schleudere ihm das alles knallhart auf die Schnupfennase! Damit er weiß, was Sache ist, nämlich, dass er mit mir bei der Aufklärung des Falls nicht mehr rechnen kann! Sang- und klanglos nehme ich das nicht hin, ich lasse mir von ihm sowieso immer viel zu viel gefallen!

Die Rosi klingelte an der Haustür vom Pauli Sturm. Ewig lange. Dann versuchte sie es mit dem Klingelknopf der Frau Mader. Die meldete sich sofort und machte der Rosi die Haustür auf.

Die Rosi lief die Treppe rauf und versuchte ihr Glück auch noch an der Wohnungstür vom Pauli.

»Der ist sicher nicht daheim.« Die Frau Mader, den unwillig strampelnden Karli an die Brust gedrückt, war aus ihrer Wohnung auf den Gang rausgekommen. »Wenn er schon heimgekommen wäre, hätte ich das gehört.«

Und dann erzählte sie der Rosi, dass der Pauli heute ganz zeitig am Morgen weggegangen ist. Ein paar Minuten vor sieben Uhr hat sie ihn auf der Straße, wie sie den Karli Gassi geführt hat, getroffen. Seinen Schulrucksack hat er nicht dabei gehabt. So schnell ist er an ihr vorbei, dass sie nicht dazu gekommen ist, ihn zu fragen, wo er hingeht. Und wie sie vom Gassi-Gehen heim ist, ist die Frau Pistulka gerade zu ihrem Auto gegangen. Und sie hat die Frau Pistulka gefragt, wo denn der Pauli so früh schon hingegangen ist. Und die Frau Pistulka hat gesagt, dass sie das selber gern wüsste.

Die Rosi bedankte sich für die ausführliche Auskunft und lehnte das Angebot, bei der Frau Mader ein gutes »Steirisches Wurzelfleisch« zu essen, freundlich ab.

Langsam ging sie die Treppe runter. Da muss etwas passiert sein, dachte sie, das geht nicht mit rechten Dingen zu. Wäre er bloß zu den Schrebergärten gefahren, müsste er doch längst zurück sein. Und da sich der Depp ja stur weigert, ein Handy zu haben, kann ich ihn nicht erreichen!

Mit dem Pauli und dem Handy ist das so eine Sache! Zuerst hat ihm seine Mama keines genehmigt. Kinder brauchen so ein Ding nicht, hat sie erklärt. Und weil er in der Schule nicht zugeben wollte, dass ihm seine Mutter kein Handy kaufen will, hat er allen gesagt, dass er kein Handy haben will und die ewige Handy-Telefoniererei und SMS-Schickerei für saublöd hält. Ein paar Monate später hat ihm dann sein Vater ein Handy schenken wollen, und seine Mama hätte auch nichts mehr dagegen gehabt, aber da hat er abgelehnt. Wie hätte denn das ausgeschaut, wenn Pudding-Pauli, der Handy-Verächter, plötzlich selber so ein Handy gehabt hätte? Da hätten ihn doch alle ausgelacht! Und auslachen lässt sich der Pauli nicht gern.

Die Haustür klappte gerade hinter der Rosi ins Schloss, da kam Hühnergegacker aus ihrer Jackentasche. Die Rosi griff nach ihrem Handy und dachte erleichtert: Na endlich rührt er sich! Doch auf dem Display stand: »Emily ruft an.«

»Du, Rosi«, sagte die Emily, »ich wollt nur schnell melden, dass der Schistal Kevin heute nicht in der Schule gewesen ist. Angeblich unentschuldigt. Glaubt ihr, soll ich ihn daheim besuchen? Oder wirkt das vielleicht zu aufdringlich?«

»Emily, da muss etwas schiefgegangen sein! Der Pauli ist auch verschwunden!« Die Rosi war fast am Heulen. »Kann ich schnell zu dir kommen?«

»Na sowieso«, sagte die Emily und die Rosi jappelte los.

10. Kapitel,

in welchem der Pauli nicht mit brutaler Gewalt rechnet und der Kevin gottlob etwas nicht tun will.

Dem Pauli war wahrlich »etwas schiefgegangen«! Nach dem ziemlich verschlafenen Sonntag war er schon um fünf Uhr am Morgen munter gewesen. Fit wie ein Turnschuh hatte er sich zwar nicht gefühlt, aber doch halbwegs gesund und einsatzfähig. Und da war er in seinem Bett gelegen, und in seinem Kopf waren die Gedanken blitzschnell Ringelspiel gefahren.

Vielleicht, hatte er gedacht, hat die Köchin der Lea bereits die »Aufwandsentschädigung« in irgendeinem Papierkorb oder sonst wo hinterlegt, und dann bringt garantiert heute in der Früh der Schistal Kevin den Pekinesen wieder dorthin zurück, von wo er ihn entführt hat! Und das muss er noch vor der Schule machen, weil einfach die Schule schwänzen traut sich der Kevin bei so einer Beißzangen-Mutter sicher nicht. Also muss er den Hund spätestens um halb acht Uhr aus dem Schrebergarten abholen. Und wenn der Hund dann nicht mehr im Gartenhaus ist, sind alle Beweise weg. Dann glaubt uns vielleicht niemand mehr die Wahrheit. Was heißt denn da vielleicht? Überhaupt nicht wird man uns glauben, als ausgedachten Kinderkram wird man alles abtun!

Das hatte den Pauli einfach aus dem Bett rauskatapultiert. Zeit, den Pyjama auszuziehen, hatte er sich nicht genommen, den hatte er statt Unterwäsche anbehalten. Und dann war er losgedüst, zur Jagdstraße runter, zur Haltestelle der Linie 5.

Stark geregnet hatte es und eisiger Wind war ihm entgegengekommen. Kein einziger Mensch hatte bei der Haltestelle gewartet. Der Pauli war in einer Tornische in Deckung gegangen. Nicht nur, um nicht bis auf die Knochen nass zu werden, sondern vor allem wegen dem Schistal Kevin. Hätte ja sein können, dass der gerade jetzt andampft.

Dann war der Fünfer in die Haltestelle gefahren, der Pauli war in die Bim gesprungen, die Bim war abgefahren und Paulis Meinung nach viel zu langsam die Straße runtergezockelt.

Der Pauli hatte sich in der fast leeren Straßenbahn hingesetzt und gedacht: Entweder holt der Kevin den Hund heute oder morgen. Steht also fünfzig zu fünfzig für heute, und das ist eine gute Chance! Daran, dass die Köchin gar nicht zahlen und zur Polizei gehen könnte, glaubte er sowieso nicht. Warum sollte gerade sie nicht tun, was alle anderen getan hatten? Und dass er der Rosi nicht Bescheid gesagt hatte, fand er vernünftig. Die hätte er doch extra aufwecken müssen, die kroch ja immer erst zehn Minuten nach sieben Uhr aus den Federn. Und mitgekommen wäre sie sowieso nicht!

Eine Viertelstunde später war der Pauli bei der Endstation vom Fünfer gestanden und hatte sich ratlos umgeschaut und gefragt, welche der zwei Gassen, die vom kleinen Platz weggehen, wohl zur Kleingartenanlage »Seelenfrieden« führt. Auf dem Stadtplan hatte das einfacher ausgesehen.

Schließlich hatte sich der Pauli für die schmälere der Gassen entschieden und war sie steil bergauf marschiert, bis er am Ende der Gasse vor einer Reihenhaus-Siedlung kehrtgemacht hatte, zur Endstation zurückgelaufen und die andere Gasse hinaufmarschiert war. Nach ein paar Minuten war er zu einem Gittertor gekommen, über dem, aus Eisen geschmiedet, in riesigen Buchstaben »Seelenfrieden« geprunkt hatte. Das Gittertor war offen gestanden, keine Menschenseele war weit und breit zu sehen gewesen.

Der Pauli war durch das Gittertor gegangen und den ersten Weg am Zaun entlang, und hatte sich vorgesagt: An einer Ecke der Anlage, rote Gartenhaustür, und großer Apfelbaum beim Zaun zum Nachbarn hin!

Diesmal hatte er gleich Glück gehabt. An der ersten Ecke der Anlage war das Gartenhaus mit der rot lackierten Tür gewesen und ein großer, kahler Baum, dicht am Zaun zum nächsten Garten. Bei kahlen Bäumen kennt sich der Pauli nicht aus. Es hatte aber nichts dagegen gesprochen, dass das ein Apfelbaum sein könnte.

Jetzt, hatte sich der Pauli gesagt, kommt der Moment der Wahrheit, jetzt stellt sich raus, ob wir uns nur Blödsinn zusammengereimt haben oder nicht! So sicher, auf der richtigen Spur zu sein, wie noch vor einer halben Stunde, war er sich nicht mehr gewesen. Rasant hatte sein Herz geklopft, wie er am Zaun der Emma-Tante vorbei, halbwegs von Liguster-Stauden verdeckt, um die Ecke zum Schrebergarten geschlichen war, der laut Rosi den Stinker-Eltern gehört. Und da hatte er die sperrangelweit offene Gartentür gesehen, und dann, dass in der hölzernen Tür vom Gartenhaus ein Schlüssel steckt. Und da hatte – wie man so sagt – sein Hirn ausgesetzt! Ohne viel zu überlegen, war er in den Garten reingesprintet, zum Gartenhaus hin, und hatte die angelehnte Tür aufgerissen.

Der Schistal Kevin war mitten im Gartenhaus auf einem Stockerl gesessen, mit einem kleinen Hund auf dem Schoß, und hatte versucht, dem jaulenden Vieh ein Halsband umzubinden. Der Pauli hatte einen Schritt auf ihn zugemacht. Der Schistal Kevin war erschrocken aufgesprungen und hatte den kleinen Hund einfach weggeschleudert. Quer durch den Raum, in die Luft! Und der Pauli hatte dem armen Vieh entsetzt nachgeschaut. Ohnehin kaum eine halbe Sekunde lang! Doch die hatte dem Schistal Kevin gereicht. Er hatte dem Pauli eine Faust in den Magen gewummert, der Pauli war zur Seite getaumelt, und der Schistal Kevin war auch schon zur Tür draußen gewesen. Die Tür war zugeknallt und der Schlüssel hatte sich im Schloss gedreht.

Und da saß der Pauli nun, in seinen nassen Klamotten, vor Kälte bibbernd, den jaulenden Pekinesen auf dem Schoß, und hatte einen maßlosen Zorn auf sich selber. Diese Niederlage würde er sich bis an sein Lebensende nicht verzeihen! Sich so überrumpeln zu lassen! Der Schistal Kevin war kein bisschen größer als er, und auch nicht stärker. Den hätte er sicher überwältigt, wenn er auf den Angriff vorbereitet gewesen wäre. Aber mit brutaler Gewalt hatte er halt überhaupt nicht gerechnet. Obwohl er doch wusste, dass es im Leben nicht immer friedlich zugeht, und dass man auf der Hut sein muss, wenn man sich mit Gaunern anlegt!

Bloß drei Räume hatte das Gartenhaus. Den, in dem der Pauli hockte, und dahinter ein kleines WC und eine fensterlose Kammer, die vollgeräumt war mit Liegestühlen, Kübeln, einem Sonnenschirm, viel aufgerolltem Gartenschlauch, etlichen Gießkannen und allerlei Gartengeräten. Ein paar schäbige Herrenjacken und einige Strohhüte hingen auch an der Wand.

Das kleine Zimmer, in dem der Pauli und der Pekinese waren, hatte zwei Fenster, beide vergittert. In der versperrten Tür war auch ein kleines Fenster, ebenfalls mit Gitter davor. Außer zwei Stockerln, einem kleinen Tisch und einer alten Küchenkredenz gab es keine Möbel. Und an der Holzwand zum WC und zum Kammerl hin waren eine Abwasch und eine Kochplatte auf einem Eisengestell. Unter dem Tisch standen eine offene Dose Hundefutter und eine kleine Schüssel. Die war leer. Vermutlich war einmal Wasser drin gewesen. Und auf dem Linoleum-Boden waren ein paar kleine Lackerln und ein Hunds-Würstel.

Alle paar Minuten stand der Pauli auf, stellte den Pekinesen aufs Linoleum, ging zur Tür und trat, so fest er konnte, gegen sie, doch die Tür blieb bummfest geschlossen. An den Fenstergittern hatte er sich auch schon erfolglos abgearbeitet. Die Gitterstäbe hatten sich keinen Millimeter verbiegen lassen, und an ihnen rütteln hatte genauso wenig gebracht.

Dann bekam der Pauli Durst. Er nahm ein Häferl aus der Küchenkredenz und wollte es bei der Abwasch mit Wasser füllen.

Aber es kam kein Tropfen Wasser aus dem Hahn. Schrebergärtner machen ihre Gärten eben winterfest, und dazu gehört, dass die Schrebergarten-Verwaltung den Hauptwasserhahn beim Gittertor zudreht, damit die Wasserleitungen im Winter nicht einfrieren. Der Pauli kehrte auf das Stockerl zurück, der Pekinese sprang ihm wieder auf die Schenkel, er streichelte den Hund ein bisschen und merkte, dass sich langsam Panik in ihm breitmachen wollte. Niemand wusste, dass er hier war! Also konnte sich auch niemand aufmachen, um ihn zu befreien! Und einem, der brutale Fausthiebe austeilt, dem ist es vielleicht auch schnuppe, ob jemand in einem Schrebergarten verdurstet!

Wäre ich doch nicht so stur gewesen, ein Handy abzulehnen, dachte der Pauli. Jeder außer mir könnte jetzt einfach wen anrufen und Hilfe herholen. Nur ich Trotteldepp kann es nicht! Alles ist meine Schuld!

Die Selbstvorwürfe halfen gegen die Panik nicht, sie nährten sie bloß. So stand der Pauli wieder auf, setzte den Hund auf den Boden, ging in die kleine Kammer und besah sich die Gartengeräte. Von Gartenarbeit hat der Pauli keine Ahnung. Nicht mal alle Namen der Dinger kannte er. Eine Harke mit langem Holzstiel erschien ihm am brauchbarsten. Mit der wollte er ein Loch in die Tür schlagen.

Entweder hatte die Tür Tresor-Qualität oder die Erkältung hatte Paulis Kräfte arg ramponiert, jedenfalls brachte er nicht das kleinste Loch zuwege, sondern nur jede Menge hässliche Kerben und Schrammen. Und der Pekinese war erschrocken in die Kammer geflüchtet und hatte sich dort irgendwo verkrochen.

Erschöpft hockte sich der Pauli wieder auf das Stockerl. Richtig krank fühlte er sich. Zittrig und fiebrig. Und seinen dicken Brummschädel konnte er kaum senkrecht halten. So rappelte er sich noch einmal auf und holte einen der Liegestühle und eine alte Trachtenstrickjacke aus dem Kammerl, schlüpfte in die grausliche Weste, klappte den Liegestuhl auf und ließ sich reinfallen. Jetzt saß er wenigstens bequemer, und ein bisschen weniger kalt war ihm auch. Und dann starrte er auf seine Armbanduhr und sah dem Sekundenzeiger zu, wie der seine Runden drehte. Zwischendurch nieste und hustete er und wischte, was aus seiner Nase tropfte, mit dem kratzigen Ärmel vom Trachtenjanker weg.

Gegen elf Uhr schaffte er nicht mehr, sich einzureden, dass einer wie er nicht so leicht durchdreht. Er stand auf, riss eines der Fenster auf und brüllte: »Hilfe, Hilfe, Hilfe!«

Bis er so heiser war, dass er nicht mal mehr krächzen konnte, brüllte er. Dann erst gab er auf. Aber irgendwie ging es ihm nach der sinnlosen Brüllerei doch ein bisschen besser. Er beschloss, positiv zu denken. Alles andere bringt jetzt nichts, dachte er. Er stellte sich vor, dass der Schistal Kevin zurückkommt und die Tür aufsperrt und er den Kerl mit einem perfekt gezielten Handkantenschlag außer Gefecht setzt und mit einem Strick an das Stockerl fesselt. Und der Kevin fleht winselnd um Gnade, aber das lässt ihn eiskalt. Und dann kommt auch noch der Stinker, und auch den überwältigt er mühelos, und dann ruft er die Polizei an. Mit seinem Handy. In ausgedachten Geschichten darf man ja wohl auch ein Handy besitzen!

Ein Dutzend verschiedene Geschichten dachte er sich aus, in denen er zum Schluss immer den Kevin und den Stinker der Polizei auslieferte. Und dann schlief er weg und träumte die dreizehnte Version der Geschichte, in der ein riesiges Glas voll Wasser eine wichtige Rolle spielte. Das reichte ihm der Herr Polizeichef zur Belohnung für seine Heldentat. Bevor er das riesige Glas an die Lippen setzen konnte, wachte er leider auf. Ein Uhr war es jetzt. Er hatte bloß zehn Minuten geschlafen.

Der Pauli stemmte sich aus dem Liegestuhl hoch, ging zu einem

Fenster und machte es auf. Es regnete nicht mehr, sogar ein kleines Stück blauen Himmel zwischen grauen Wolken konnte er sehen. Er starrte zu dem kleinen, blauen Fleck hoch und plötzlich fiel ihm seine Cousine Amelie ein. Die hatte ihm doch unlängst bei der Oma erzählt, dass sie gerade ein Buch über Telepathie liest und dass es da um »Gedankenübertragung« geht. Da wird beschrieben, hatte sie gesagt, dass Menschen mit telepathischen Fähigkeiten wissen, was jemand, der Hunderte Kilometer entfernt ist, gerade denkt. Das haben zwei Männer bewiesen. Der eine hat in Moskau eine Spielkarte aus einem Kartenpaket gezogen und die Karte ein paar Sekunden konzentriert angeschaut. Und der andere hat irgendwo in Österreich gesagt, welche Karte das gewesen ist! Und das hat nicht zufällig einmal, sondern fünfzigmal hintereinander funktioniert!

Paulis Mama hatte zwar gesagt, dass das völliger Plunder ist, und seine Tante, obwohl die sonst immer anderer Meinung als seine Mama ist, hatte ihr zugestimmt. Aber vielleicht, dachte der Pauli, gibt es diese Telepathie doch!

Der Pauli hatte vergessen, wer die Gabe haben muss, damit es funktioniert. Der, der die Botschaft sendet? Oder der, der sie empfängt? Oder beide? Aber das war ihm jetzt egal. Er dachte zum offenen Fenster raus: Rosi, ich bin im Garten vom Stinker … Hilf mir! Rosi … ich bin im Garten vom Stinker …

Sind ja nicht Hunderte Kilometer, sagte er sich. Höchstens fünf, von hier zur Rosi. Und so viel Kraft könnten Gedanken doch wirklich haben!

Es ist eben so, wie Rosis Oma oft sagt: Wenn es den Leuten schlecht geht, fangen sie zu glauben an!

Dass der Pauli dringend Hilfe braucht, war der Rosi auch ohne Gedankenübertragung längst klar. Und der Emily, nachdem ihr die Rosi berichtet hatte, ebenfalls.

»Jetzt haben wir zwei Möglichkeiten«, sagte die Emily zur Rosi, »entweder suchen wir den Pauli selber oder wir gehen zur Polizei.«

»Die Polizei nimmt Abgängigkeits-Anzeigen angeblich erst nach vierundzwanzig Stunden auf«, sagte die Rosi. »Fahren wir zuerst mal zum Schrebergarten. Vielleicht ist er doch hingefahren und hat sich ein Bein gebrochen oder so. Und liegt wo und kann nicht weg.«

»Aber vorher schauen wir noch zum Schistal Kevin!«, schlug die Emily vor. »Der Nepomuk-Platz liegt auf dem Weg und es kann nicht schaden. Wenn der Trottel daheim ist, presse ich ihn aus wie eine Zitrone.«

Der Schistal Kevin war nicht daheim. Oder er war daheim und kam nicht zur Gegensprechanlage. Aber die Emily wollte nicht so schnell aufgeben. Sie zog die Rosi in die Drogerie rein und fragte die Verkäuferin, ob sie die Mutter vom Kevin ist.

»Ja, bin ich. Was ist denn mit dem Sargnagel schon wieder?«, fragte die Verkäuferin misstrauisch.

»Weil er nicht in der Schule war«, sagte die Emily. »Ob er krank ist, sollen wir fragen.«

»Na, der Kerl kann was erleben, wenn er heimkommt!« Die Frau Schistal schaute bitterböse. »Wahrscheinlich ist er diese Zettel austragen. Aber das stell ich ihm jetzt komplett ab!«

Die Emily war wirklich eine Meisterin im Würmer-aus-der-Nase-Ziehen! Drei Minuten später hatten die Rosi und die Emily erfahren, dass der Kevin seit ein paar Wochen jeden Tag in der Früh schon um halb sieben weggeht, weil er vor der Schule noch eine Stunde lang für eine Pizzeria Reklamezettel austrägt. Da bekommt er immer ein paar Euro dafür.

Ohne die Verkäuferin darüber aufzuklären, was ihr Sohn jeden Morgen wirklich tut, verließen die Rosi und die Emily die Drogerie.

»Weiter hilft uns das aber auch keinen einzigen Zentimeter!«, sagte die Emily.

»Dann nehmen wir uns jetzt den Schrebergarten vor!«, sagte die Rosi.

Sie liefen zur Jagdstraße runter, zur Haltestelle vom Fünfer. Während sie auf die Straßenbahn warteten, rief die Rosi noch schnell beim Pauli daheim an. Hätte ja sein können, dass er doch ganz woanders gewesen und inzwischen heimgekommen ist. Aber bloß der Anrufbeantworter meldete sich.

Als die Straßenbahn zur Endstation kam, rief die Emily plötzlich aufgeregt: »Rosi, schau!«, und zeigte auf das gläserne Wartehäuschen bei der Haltestelle. Auf der Bank im Wartehäuschen saß der Schistal Kevin. Und neben ihm, auf dem Boden, stand eine Reisetasche.

Wie eine halbe Ewigkeit kamen der Rosi die paar Sekunden vor, bis die Türen der Straßenbahn endlich aufschnappten.

»Der entkommt uns schon nicht«, rief die Emily, als sie aus der Bim sprangen. »Ich renn viel schneller als er!«

Die Rosi und die Emily flitzten die paar Meter zum Wartehäuschen zurück. Der Schistal Kevin schaute ihnen entgegen und blieb sitzen. Der dachte anscheinend gar nicht an Flucht! Oder war er bloß so ein Langsam-Denker, dass er erst dabei war, ans Fliehen zu denken?

Die Rosi und die Emily setzten sich zu ihm auf die Bank. Die Rosi rechts von ihm, die Emily links von ihm. Die Emily packte ihn am linken Ärmel der Totenkopf-Jacke, die Rosi am rechten.

»So, Kevin«, sagte die Emily, »und jetzt sagst du uns schön brav, wo der Pauli ist!«

Die Rosi schaute auf die Reisetasche und dachte: Wenn da der Pekinese von der Köchin drin ist, dann ist er tot, denn die Tasche war fest verschlossen. Aber das interessierte sie im Moment nicht. Nur der Pauli war ihr wichtig.

»Ich kann das nicht!«, sagte der Schistal Kevin zur Emily und senkte den Kopf.

Die Emily riss ihm die tarnfleckige Baseballkappe vom Schädel, um sein Gesicht besser sehen zu können. »Was kannst du nicht?«

Der Kevin deutete auf die Reisetasche runter. Die Rosi griff nach dem Zippverschluss und zog ihn beherzt auf. Aber in der Tasche war gottlob kein toter Pekinese, sondern ein Plastikkanister. Einer, in den drei Liter reingehen. Wenigstens war »3 l« auf das weiße Plastik gedruckt. Und nach Benzin stank es auch ein bisschen aus der Tasche.

Die Rosi war erleichtert, keinen toten Pekinesen sehen zu müssen. Aber ein Plastikkanister interessierte sie noch weniger als ein Pekinese! Sie beutelte den Schistal Kevin am Ärmel und rief: »Jetzt sag schon! Weißt du, wo der Pauli ist?«

»Ich kann das echt nicht, wirklich nicht!«, sagte der Kevin wieder zur Emily. Die beutelnde Rosi nahm er anscheinend gar nicht wahr.

»Wenn du nicht kannst, musst du ja auch nicht!« Die Emily legte doch glatt eine Hand tröstend auf den Oberschenkel vom Kevin. »Was kannst du denn nicht?«

»Die Hütte anzünden!« Der Kevin schluchzte fast. »Noch dazu, wo er doch drin ist!«

11. Kapitel,

in welchem der Rest der Sache klar wird, es Pasta bis zum Überdruss gibt, und was noch zu tun bleibt, von einem netten Polizisten übernommen wird.

Entsetzt hatten die Rosi und die Emily den Schistal Kevin nach diesem Bekenntnis angestarrt. Die Emily fasste sich zuerst wieder und fragte nach. »Ein Schrebergartenhaus sollst du anzünden? Mit dem Benzin da?« Sie zeigte auf den Kanister.

Der Schistal Kevin nickte.

»Und wieso ist da jemand drin?«, fragte die Emily weiter.

»Weil er auf einmal da war!« Jetzt schluchzte der Kevin fast. »Und da hab ich ihn weggeschubst und eingesperrt.«

»Meinst du den Pistulka Pauli?«, vergewisserte sich die Emily.

Der Kevin nickte wieder.

Die Rosi hatte sich so weit erholt, dass sie wieder sprechen konnte. »Und den Schlüssel hast du?«

Der Schistal Kevin nickte zum dritten Mal.

Die Rosi hielt ihm die Hand hin. Gehorsam griff der Kevin in eine Tasche der Totenkopf-Jacke, zog einen Schlüssel raus und gab ihn der Rosi.

Die Rosi sprang auf. »Komm!«, sagte sie ungeduldig zur Emily. »Der Pauli muss ja schon halb wahnsinnig sein.«

Die Emily packte den Schistal Kevin und zerrte ihn von der Bank hoch. »Du kommst mit. Du musst uns nämlich noch allerhand erklären!«

»Aber ich … ich … ich muss«, stotterte der Kevin.

»Pappen halten und mitkommen musst«, sagte die Emily freundlich. »Oder willst lieber auf die Polizei?«

Der Schistal Kevin stand auf und ging brav zwischen der Rosi und der Emily die Gasse zur Kleingartensiedlung »Seelenfrieden« rauf. Die Reisetasche blieb einsam im Wartehäuschen zurück.

Beim Gittertor fragte die Rosi den Schistal Kevin: »Nach rechts oder nach links?«

Der Kevin zeigte den Weg runter, und die Rosi lief so schnell los, dass die Emily, die den Kevin am Jackenärmel festhielt, nicht nachkam. Als die Rosi schon im Garten vom Stinker war, bog sie mit dem stolpernden Kevin erst um die Ecke.

Mit zitternden Fingern steckte die Rosi den Schlüssel ins Türschloss, drehte ihn und riss die Tür auf.

Der Pauli lag im Liegestuhl, den Pekinesen auf dem Bauch, und krächzte der Rosi entgegen: »Hast was zu trinken?«

»Ja, gleich!« Die Rosi schaute sich um, sah das Häferl auf der Kochplatte und wollte es bei der Abwasch mit Wasser füllen. Das gelang ihr natürlich nicht.

»Er braucht schnell was zu trinken!«, sagte die Rosi zur Emily, die mit dem Schistal Kevin durch die Tür kam. »Aber da rinnt kein Wasser!«

Der Kevin ging zur Küchenkredenz und holte eine halb volle Flasche Mineralwasser raus. »Für die Hunde«, sagte er.

Die Rosi entriss ihm die Flasche, schraubte sie auf und gab sie dem Pauli. Ohne abzusetzen ließ der Pauli Wasser in sich reinrinnen. Schließlich hatte er seit gestern Abend keinen einzigen Tropfen Flüssigkeit in den Mund bekommen. Als die Mineralwasserflasche leer war, ging es ihm wieder ein bisschen besser. So gut jedenfalls, dass er sich cool geben und der Rosi, die ihm eine Hand auf die Stirn legte und Fieber attestierte, krächzend erklären konnte: »Das ist kein Fieber, Süße, das ist die Wiedersehensfreude!«

Unbeeindruckt beharrte die Rosi: »Nein, Pudding, du gehörst schnell ins Bett!«

Und die Emily befühlte auch Paulis Stirn und gab der Rosi recht. Aber der Pauli blieb stur. Er wird, beharrte er, seinen Hintern keinen Zentimeter aus dem Liegestuhl heben! Zuerst muss der Kevin »alles ausspucken«!

Der Pauli brauchte nämlich noch ein bisschen Schonzeit. Er war sich nicht sicher, ob er ohne zu wanken und zu taumeln den Weg zur Straßenbahn runter schaffen würde. Und zugeben, dass ihn der Vormittag im Gartenhaus fix und fertig gemacht hatte, wollte er auf gar keinen Fall. Ein junger Indianer kennt eben nicht nur keinen Schmerz, sondern auch keine weichen Knie!

»Dann leg los, Kevin!«, sagte die Emily.

Und der Schistal Kevin legte los. Zuerst ein bisschen stockend, dann immer flüssiger, und schließlich war die ganze traurige Wahrheit, von der die drei ohnehin schon viel wussten, sonnenklar.

Im Sommer, im Gänsehäufel, hatte der Kevin den Franz Ferdinand Staudinger kennengelernt. Und der hatte ihm unter sieben Siegeln der Verschwiegenheit anvertraut, dass er der große Hexenmeister ist, oberster Chef einer streng geheimen Organisation. Und dass der Kevin von dieser Organisation auserwählt wurde, Mitglied zu werden. Andere Mitglieder hatte der Kevin nie kennengelernt. Logisch! War ja alles streng geheim! Und dann hatte er eben die Anweisungen vom großen Hexenmeister ausgeführt. Weil die geheime Organisation doch viel Geld braucht. Und den Hunden war ohnehin nichts Böses zugestoßen. Auf die hatte er gut geschaut und hatte sie alle heil zurückgebracht. Gesehen hatte er den großen Hexenmeister nur selten. Meistens hatte er mit ihm telefoniert. Oder SMS von ihm bekommen. Nur wenn er die Zeitungen mit dem Geld abgeholt und die schwarzen Kuverts erhalten hatte, hatten sie sich im Park oder an einer Straßenecke getroffen. Und bis jetzt sind es sieben Hunde gewesen, die er entführt und zurückgebracht hat. Und von jedem Lösegeld hat er zehn Euro bekommen, der Rest war für die Organisation. Für die guten Sachen, die damit gemacht werden konnten. Welche guten Sachen das sind, wusste er nicht so genau. Bloß: Sie helfen den Unterdrückten!

»Kevin, du Trottel«, sagte die Emily, als der Schistal Kevin mit seinem Bericht fertig war, »und den Blödsinn hast du dem Stinker geglaubt?«

»Wer ist denn der Stinker?« Der Kevin schaute die Emily verwirrt an. Doch die fand es nicht der Mühe wert, ihn aufzuklären. Und so fragte der Kevin: »Was passiert denn jetzt mit mir?«

»Hau ab, du Zahnfistel!«, krächzte der Pauli.

Der Kevin schaute unsicher die Emily an, dann die Rosi. Die Rosi zuckte mit den Schultern, die Emily murmelte: »Wenn der Pauli meint.«

Da wieselte der Schistal Kevin blitzschnell zur Tür raus und dem Gittertor zu.

»Jetzt versteh ich echt nur mehr Bahnhof«, sagte die Emily. »Warum lassen wir ihn denn rennen?«

»Ist ja nur ein kleiner Depp«, krächzte der Pauli. »Den Stinker will ich haben!« Er packte den Pekinesen, stellte ihn aufs Linoleum, hievte sich aus dem Liegestuhl hoch und probierte, ob er gehfähig war. Bis zu den Fenstern und wieder zurück schaffte er es problemlos.

»Dann verlassen wir diesen Ort!«, krächzte er und zog sich den grauslichen Trachtenjanker aus.

Die Emily band dem Pekinesen das Halsband um und sagte: »Komm, du Staubwedel! Auf geht's!«

Sie wollte den Pekinesen zur Tür rausführen, doch der dumme Hund streikte. Er legte sich flach aufs Linoleum und war nicht bereit, das Gartenhaus zu verlassen.

»Der ist halt verwirrt«, sagte die Rosi.

»Gibt's da irgendwo einen Korb?« Die Emily ging in die kleine Kammer rein und kam mit einem Kübel zurück. »Geht auch«, sagte sie und setzte den Hund in den Kübel.

Der Pauli schaffte den Weg zur Straßenbahn. Aber froh war er schon, dass es bergab ging. Und bei der Endstation angekommen, ließ er sich schnell im Wartehäuschen auf die Bank fallen. Neben der stand noch immer die Reisetasche.

»Nehmen wir die mit?«, fragte die Rosi.

»Willst was in Brand stecken?« fragte die Emily. Und als die Rosi den Kopf schüttelte, sagte sie: »Na eben! Was einem nicht gehört und man auch nicht braucht, das nimmt man nicht!«

In der Straßenbahn entzückte der Mini-Hund im Kübel alle Fahrgäste. Die Rosi und die Emily fanden den kleinen Kerl ja auch ganz nett, aber extrem hinderlich. Außerdem wartete doch die Köchin sicher schon sehnsüchtig auf ihren Liebling, und die Linie 5 fährt sowieso am Wirtshaus von Leas Eltern vorbei. Direkt vor der Wirtshaustür ist eine Haltestelle.

»Aber wir liefern ihn einfach ab!«, krächzte der Pauli. »Und erklären jetzt einmal gar nichts.«

»Warum denn nicht?«, fragte die Emily.

»Bevor wir den Stinker nicht hundertpro überführt haben, bleibt alles geheim«, krächzte der Pauli.

»Der ist doch schon überführt!«, sagte die Emily. »Der Kevin hat ja alles zugegeben!«

»Aber nur vor uns«, krächzte der Pauli. »Ohne Zeugen.«

»Okay, hast recht«, sagte die Rosi. Sie kannte ja ihren Pauli. Der wollte den »Fall« selber zu Ende bringen, ohne dass sich Erwachsene einmischen. Und die Gefahr, dass es Einmischungen gibt, wenn sie im Wirtshaus erklären, woher sie den Hund haben und wieso sie ihn gefunden haben, war gegeben. Die würden die Sache doch einfach in die Hand nehmen und zur Polizei rennen. Und wenn jemand zur Polizei geht, dann wollte das der Pauli sein!

»Emily«, krächzte der Pauli, als sie vor dem Wirtshaus aus der

Straßenbahn stiegen, »dich kennen die Eltern von der Lea nicht! Du gehst rein und gibst den Hund ab! Wir warten vor der Tür!«

»Sehr wohl, Herr Chef!«, sagte die Emily ein bisschen spitz.

Im Wirtshaus herrschte Nachmittags-Flaute. An einem Tisch saßen zwei Kartenspieler, an einem anderen ein Biertrinker. Leas Vater lehnte an der Schank und las eine Zeitung.

Die Emily ging zur Schank, stellte den Kübel rauf, sagte: »Da ist der Hund von der Köchin!«, machte kehrt, und war auch schon wieder zur Tür draußen. Dass der Vater von der Lea: »He, Moment mal!«, rief, hörte sie gerade noch, bevor die Tür hinter ihr zufiel.

Eine halbe Stunde später lag der Pauli dann endlich auf dem Sofa im Wohnzimmer, dick zugedeckt und mit einem großen Pott Ingwer-Zitrone-Limo versorgt. Die Rosi und die Emily saßen ihm gegenüber.

»Wir könnten einfach diesem Stinker einen Besuch abstatten«, schlug die Emily vor. »Und ihm alles auf den Kopf zusagen.«

Das Ingwer-Gesöff hatte der Stimme vom Pauli gutgetan. »Wir hätten den Kevin nicht laufen lassen sollen«, sagte er.

»Wir?« Die Emily tippte sich an die Stirn. »Das warst du ganz allein, nicht wir!«

»Weil meine Birne total matschig ist!« Der Pauli legte sich eine Hand auf den Schädel. »Da drin funktioniert heute gar nichts.« Er seufzte tief. »Der Schistal Kevin hat doch garantiert längst den Stinker informiert. Ich bin so ein Trottel, so ein sagenhafter Trottel!«

»Aber nein«, versuchte ihn die Rosi zu beruhigen. »Du warst halt fixifoxifertig.«

»Also gehen wir jetzt nach nebenan zum Stinker oder nicht?« Die Emily wurde ungeduldig.

»Jetzt ist eh schon alles passiert«, sagte der Pauli. »Ich muss mir eine Strategie ausdenken … später … wenn ich … wieder klar im Kopf bin.« Und dann war er auch schon eingeschlafen.

»Sollen wir zwei ohne ihn?«, flüsterte die Emily.

Entsetzt schüttelte die Rosi den Kopf. Ohne den Pauli? Nie im Leben würde er ihr das verzeihen.

»Okay. Wenn's ohne den Team-Chef nicht geht, vertschüss ich mich.« Es klang ein bisschen sauer.

Die Rosi begleitete die Emily bis zur Wohnungstür und sagte: »Emily, du bist echt toll, ohne dich hätten wir das nicht so schnell geschafft!«

»Aber meine Talente sind nur einsatzfähig, wenn der Pauli vorher denkt, oder?« Das klang nicht minder sauer.

»Aber nein, es ist nur …« Die Rosi redete nicht weiter, weil die Emily schon zur Treppe lief. Also kehrte sie ins Wohnzimmer zurück und bewachte Paulis Schlaf.

Bis es draußen dunkel war, saß die Rosi tatenlos im Lehnstuhl, dann stand sie auf, ging zum schlafenden Pauli und legte ihm zart und vorsichtig eine Hand auf die Stirn. Die Stirn war so heiß, dass sie Angst bekam.

Er braucht einen Arzt, dachte sie. Oder wenigstens etwas gegen das Fieber! Aus dem Medikamentenschränkchen im Bad etwas Passendes rauszusuchen und ihm zu geben, traute sie sich nicht. So ging sie auf Zehenspitzen ins Vorzimmer. Dort stand ein Telefon, auf dem eine Liste mit den eingespeicherten Kurznummern war. Hinter »1« stand: Barbara mobil.

Die Rosi drückte die »1« und eine vergnügte Pauli-Mama fragte: »Ja, Sohnemann, wo brennt es?«

Die Rosi klärte die Pauli-Mama auf, dass sie nicht der Sohnemann ist aber dass der mit hohem Fieber auf dem Sofa liegt und schläft.

»Bin so schnell wie möglich da!«, versprach die Pauli-Mama. »Dauert aber noch eine halbe Stunde. Halt inzwischen die Stellung!«

Nach zwanzig Minuten klingelte es an der Haustür. Die Rosi war sich sicher, dass das die Pauli-Mutter ist, die noch schneller als möglich angebraust war. Ohne nachzufragen, wer da klingelt, drückte sie den Türöffner und machte die Wohnungstür auf. Wahrscheinlich, dachte sie, findet seine Mama vor Aufregung den Schlüssel nicht.

Über die Treppe rauf kam aber nicht die Pauli-Mama. Der Vater von der Lea, der Wirt, und ein Polizist kamen zur offenen Wohnungstür.

»Da haben wir ja auch gleich seine saubere Komplizin!«, rief der Wirt. »Die geht mit ihm in die Klasse!«

Er wollte zur Wohnungstür rein, doch der Polizist hielt ihn zurück und fragte die Rosi: »Ist dieser Pistulka Paul daheim?«

Der Rosi hatte es die Sprache verschlagen, sie konnte bloß nicken.

»Dann hol ihn mal her!«, verlangte der Polizist von der Rosi, und zum Wirt sagte er: »Sie dürfen nicht so einfach in eine fremde Wohnung hinein.«

Der Rosi gelangen endlich ein paar gestotterte Wörter: »Der Pauli … bitte … der schläft … der ist krank.«

»Vor ein paar Stunden war er noch pumperlgesund!«, rief der Wirt.

Dann stöckelte jemand die Treppe rauf. Die Pauli-Mama tauchte auf, schaute verdutzt auf den Wirt und den Polizisten und fragte: »Was ist denn passiert?«

»Ihr sauberer Bub und die Kleine da …« Der Wirt wies mit einem dicken Zeigefinger auf die Rosi, » … sind deppert geworden! Glauben, sie können Erpresser spielen!«

»Dürfen wir reinkommen?«, fragte der Polizist die Pauli-Mama höflich.

»Das muss ja wohl ein Missverständnis sein!« Die Pauli-Mama ging ins Vorzimmer, machte eine einladende Handbewegung und führte die zwei Männer ins Wohnzimmer.

»Weißt du, was das soll?«, zischelte sie der Rosi zu.

Langsam dämmerte der Rosi, was das sollte.

»Noch so ein Lausmensch war dabei«, sagte der Wirt. »Aber die hat unsere Lea nicht erkannt!«

Der Pauli war wach geworden, als seine Mama mit der Rosi und den zwei Männern ins Wohnzimmer gekommen war. Verschlafen hatte er sich hochgerappelt, verwirrt glotzte er nun aus fiebrigen Augen den Polizisten und den Wirt an.

»Also, was werfen Sie jetzt den Kindern konkret vor?« Die Pauli-Mama schaute bitterböse.

»Der Haderlump und die zwei Lausmenscher haben die Sissi von der Erna entführt«, sagte der Wirt. »Und dreihundert Euro fürs Zurückgeben verlangt.«

»Guter Mann, Sie sind wohl übergeschnappt!«, rief die Pauli-Mama.

»Und dann sind's noch so blöd und bringen die Sissi selber zurück!«, sagte der Wirt. »Weil's nicht damit gerechnet haben, dass sie unsere Lea aus dem ersten Stock beobachtet!«

Die Rosi hatte darauf gewartet, dass der Pauli etwas sagt. Aber der glotzte bloß weiter verwirrt den Polizisten und den Wirt an. Also musste sie wohl reden!

»Wir haben den Pekinesen befreit und zurückgebracht«, sagte sie zum Polizisten.

»Lüg nicht!«, rief der Wirt. »Das bringt nichts!«

»So lassen Sie die Kleine doch reden«, sagte der Polizist und nickte der Rosi zu.

»Willst du oder soll ich?«, fragte die Rosi den Pauli.

»Red du!« Der Pauli schloss die Augen und legte sich wieder hin. Und die Rosi redete. Mit der verzweifelten Frau Mader fing sie an, mit dem Kübel voll Hund auf der Schank hörte sie auf.

»Ihr seid mir vielleicht zwei, pardon, drei!«, sagte der Polizist. Es klang sehr freundlich. Fast schon ein bisschen bewundernd.

Weit weniger freundlich sagte der Wirt: »Dann wärt's halt nicht wegg'rennt!«

Die Pauli-Mama sagte gar nichts. Erst als der Polizist und der Wirt gegangen waren, sagte sie: »Ihr zwei beide strapaziert mütterliche Nerven aber ganz schön!«

Dann ging sie in die Küche und braute nach Rosis Anweisung das Ingwer-Gesöff. Der Rosi fiel ein, dass ihr Schulrucksack noch immer bei der Emily daheim war und dass sie für morgen Englisch-Vokabeln lernen musste. Und dass sie außerdem mit der Emily reden sollte, damit die nicht länger sauer ist. Sie verabschiedete sich und trabte los. Und die Pauli-Mama brachte dem Pauli die Ingwer-Zitronen-Limo und ein Fieberzäpfchen. Den Trank nahm der Pauli dankend an, das Fieberzäpfchen lehnte er dankend ab.

»Wenn du es nicht selber machst«, sagte seine Mama, »dann muss ich mich leider an dir vergreifen!«

Sie sagte es so entschieden, dass der Pauli nicht mehr widersprach und ihr seufzend zu Willen war. Einer, der später mal Kriminalkommissar werden will, darf schließlich vor nichts zurückschrecken!

Bis zum nächsten Wochenende brauchte der Pauli, um wieder völlig fit zu sein. Die Rosi kam jeden Tag nach der Schule und kochte ihm Nudeln. Täglich mit einer anderen Soße drüber. Am Freitag zu Mittag aber war der Pauli in der Küche, als sie kam.

»Geht schon wieder«, sagte er. »Und die Nudeln reichen mir langsam, die Frau Mader war für mich einkaufen.«

»Undankbarer Wicht!« Die Rosi setzte sich zum Küchentisch. »Der Buntspecht lässt grüßen. Ganz gerührt ist er, dass du krank bist und trotzdem die Hausübung geschrieben hast.«

»Und was ist mit dem Lea-Trampel?« Der Pauli verrührte ein paar Eier mit aufgetautem Tiefkühlspinat.

Die Rosi lachte. »Die tut, als hätte sie nie geglaubt, dass wir die Erpresser sind. Ihr Vater hat sie leider, leider missverstanden!«

Der Pauli steckte die Knethaken in den Handmixer, schüttete Mehl auf den grünen Gatsch, versenkte die Knethaken in der Schüssel und rührte los.

Die Rosi zog eine Zeitung aus dem Schulrucksack, schlug sie auf und hielt dem Pauli einen Artikel hin. »Wir stehen in der Zeitung!«

Der Pauli schaltete den Handmixer aus und las: CLEVERE KIDS BRINGEN POLIZEI AUF RICHTIGE SPUR.

Er warf die dreckigen Knethaken in die Abwasch, griff zum Spätzle-Hobel und schimpfte los: »So eine Frechheit! Wir lösen den Fall, und dann heißt es: ›Auf die Spur bringen‹!«

»Unsere Namen haben sie auch nicht geschrieben«, sagte die Rosi. »Aber dass es zehn Hunde gewesen sind, die sie entführt haben!«

Der Pauli hobelte grüne Fäden ins sprudelnde Kochwasser. »Sicher stimmt das genauso, wie das mit der Spur.«

»Bei zehn Hunden wären das dreitausend Euro«, sagte die Rosi. »Ganz schön viel Geld.«

»Schneid bitte den Schinken!« Der Pauli schob der Rosi ein Schneidbrett hin, auf dem zwei dicke Schinkenscheiben lagen. »Auf kleine Würferln.«

Die Rosi schnipselte den Schinken, der Pauli holte mit einem Lochschöpfer die Spätzle aus dem Wasser, tat sie in ein Sieb und hielt das Sieb unter das kalte Wasser.

»Wenigstens unsere Namen hätten sie schreiben können!« Der Pauli schüttete die abgeschreckten Spätzle in eine Pfanne mit ein bisschen Butter drin.

»Sie haben auch die Namen vom Schistal Kevin und vom Stinker nicht geschrieben«, sagte die Rosi. »Und fotografiert haben sie nur den Pekinesen! Was wird denn jetzt eigentlich mit den zwei Deppen?«

Der Pauli warf die Schinkenwürferln auf die Spätzle, streute geriebenen Parmesan drauf, goss ein wenig Obers drüber und rührte um. »Dem Schistal Kevin kann gar nichts passieren, meint meine Mama, weil er unter vierzehn ist.«

»Und seine Beißzangen-Mutter ist ihm eh schon passiert.« Die Rosi holte Mineralwasser aus dem Kühlschrank. »Oder ist das zu kalt für deinen Hals?«

»Und der Stinker bekommt eine Jugendstrafe, meint meine Mama.« Der Pauli brachte die volle Pfanne zum Tisch und goss sein Glas mit eiskaltem Mineralwasser voll.

Die Rosi schaufelte sich einen großen Berg Spinatspätzle auf den Teller. »Einen Tag lang würde ich gern im Kopf vom Stinker wohnen.«

»Graust dir vor gar nichts?«, fragte der Pauli.

»Doch. Vor Spinnen und Haferschleimsuppe«, sagte die Rosi. »Interessiert dich denn nicht, wie dieser selbsternannte Hexenmeister so tickt? Wie man so wird wie der?«

Der Pauli gab ihr keine Antwort. Er starrte auf Rosis Hände.

»Ist was?«, fragte die Rosi.

»Und wie tickt jemand, der sich die Fingernägel quietschgrün lackiert?«, fragte der Pauli.

»Ach so! Hat mir die Emily gestern verpasst. Ich hab auf dem Heimweg von dir bei ihr Station gemacht.«

»Warum?« Der Pauli schaute nicht gerade begeistert drein. Er hat nämlich Vorurteile gegen Mädchen-Freundschaften. Wenn zwei vernünftige Mädchen beste Freundinnen werden, behauptet er, dann sind sie dauernd am Kichern und Tuscheln, und zwischendurch am Streiten und Heulen, und sind nach einem Jahr komplett verblödet! Da war also, fand er, Sorge um Rosis Grips angebracht!

»Wieso warum? Dazu brauche ich doch keinen Extra-Grund!« Die Rosi pickte die letzten drei Spätzle mit der Gabel vom Teller.

»Und wegen dem Stinker«, sagte der Pauli. »Da brauche ich nicht einen Tag in dem seinem Hirn wohnen. Charakter ist eben Glückssache. Und basta!«

»Sehe ich echt nicht so!« Die Rosi schnappte den pappigen Kochlöffel, schleckte ihn sauber und dachte: Für alles taugt der Pauli eben nicht. Gut, dass ich auch wieder mit der Emily gut bin. Mit der lässt sich so etwas super bequatschen!

Sie trug die leere Pfanne und die Teller zur Spülmaschine, grinste freundlich den Pauli an und sagte, weil sie ihn ja durch und durch kennt: »Nur keine Angst, Pudding, du bleibst meine *number one*!«

Pudding-Paulis Rezepte zum Nachkochen

Vanille-Pudding – ohne Bröckerln

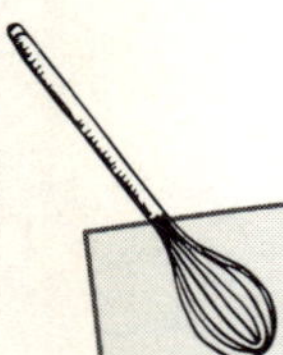

2 Portionen,
Zubereitung ca. 10 Minuten,
zum Kühlen ca. 2 Stunden

1 Packung Vanille-Puddingpulver
2 Esslöffel Zucker
1 Prise Salz
½ Liter Milch

Puddingpulver, Zucker und Salz mit 6 Esslöffeln von der Milch in einer Schüssel so verrühren, dass keine Klumpen bleiben. Dazu nimmst du am besten einen Schneebesen.

Einen kleinen Topf mit kaltem Wasser ausspülen und die restliche Milch hineingießen. Topf auf den Herd stellen und die Milch bei mittlerer Hitze zum Kochen bringen. Du musst am Herd stehen bleiben und den Topf sofort wegziehen, wenn die Milch beginnt, in die Höhe zu steigen.

Das angerührte Puddingpulver langsam in die Milch gießen, dabei mit dem Schneebesen umrühren.

Die Mischung noch einmal aufkochen und bei schwacher Hitze 2 Minuten köcheln. 2 Schüsserln mit kaltem Wasser ausspülen, in jedes die Hälfte der Puddingmischung gießen.

Die Schüsserln zudecken und für ungefähr 2 Stunden in den Kühlschrank stellen, damit der Pudding fest wird. Zum Pudding passt dein Lieblingskompott, aber auch Himbeersaft. Oder eine Himbeersoße. Dafür pürierst du aufgetaute oder frische Himbeeren mit dem Mixstab. Wenn du magst, kannst du ein wenig Zucker dazugeben.

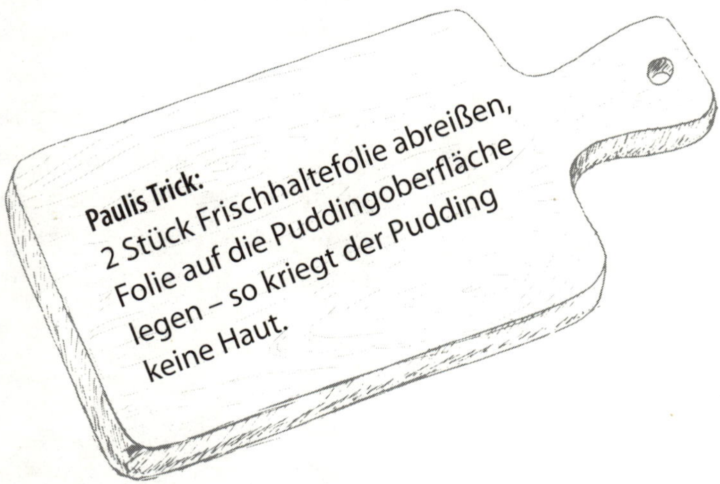

Super-Spezial-Liptauer

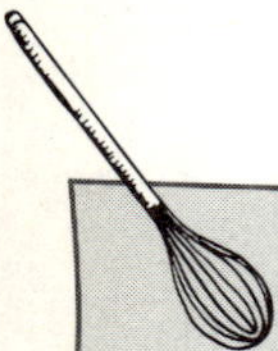

**Für 10 Brote,
Zubereitung ca. 20 Minuten**

**1 Packung Topfen
(250 Gramm, 10 % Fett –
diese Angabe findest du auf der Packung)
50 Gramm Butter (sie sollte weich sein)
1 kleine Zwiebel
1 Knoblauchzehe
10 Kapern
1 Esslöffel Paprikapulver
Ein wenig gemahlener Kümmel
(ca. zwei Messerspitzen voll)
2 Kaffeelöffel Senf
Salz (so viel du magst)
Tabasco (ein winziges Häuchlein)**

Topfen in ein Sieb geben und ca. 10 Minuten abtropfen lassen.

Inzwischen Zwiebel und Knoblauch schälen. Zwiebel längs halbieren, Hälften auf die Schnittflächen legen und in ganz dünne Scheiben schneiden. Dann die Scheiben quer in ganz kleine Stücke schneiden. Knoblauch in ganz kleine Würfel schneiden oder durch die Knoblauchpresse drücken. Kapern in ganz kleine Stücke schneiden.

Butter in Stücke schneiden. Butter und Topfen in eine Schüssel geben und mit dem Handmixer verrühren. Dafür verwendest du am besten die Quirle.

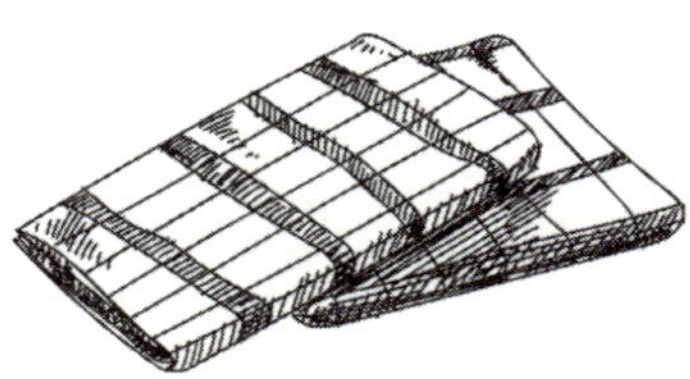

Zwiebel, Knoblauch, Kapern, Paprikapulver, Kümmel, Senf, Salz und Tabasco mit der Gabel daruntermischen. Liptauer kosten und vielleicht noch ein bisserl salzen.

Liptauer in ein Plastikschüsserl füllen. Schüsserl mit einem Deckel verschließen und in den Kühlschrank stellen.

Der Liptauer schmeckt gut auf Bauernbrot und auf Wachauer Laberln.

Paulis Trick:
Wenn du den Liptauer am Abend zubereiten möchtest, dann gib den Topfen schon in der Früh in ein Sieb und hänge das Sieb in eine Schüssel. Topfen mit Frischhaltefolie zudecken und in den Kühlschrank stellen – so kann die Flüssigkeit (die nennt man Molke) abtropfen, der Liptauer wird besonders gut streichfähig. Topfen und Butter rechtzeitig aus dem Kühlschrank nehmen (ungefähr 20 Minuten vorher), damit sie nicht eiskalt sind, wenn du den Liptauer machst – so lassen sie sich leichter verrühren.

Pizzaschnecken à la Pauli

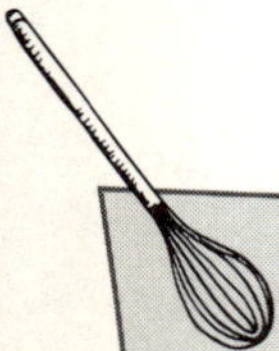

2 Portionen,
Zubereitung ca. 40 Minuten

1 Packung fertiger Pizzateig
1 Dose Pelati (enthäutete Paradeiser) oder 1 Glas Filetti di Pomodore (eingelegte Paradeiserstücke ohne Haut und Kerne)
1 Packung Mozzarella (125 Gramm)
150 Gramm Salami (im Ganzen oder in 1 cm dicke Scheiben geschnitten)
1 Topf oder 1 Packung frisches Basilikum
Olivenöl zum Einfetten des Backblechs und zum Beträufeln der Schnecken

Paradeiser in ein Sieb leeren und gut abtropfen lassen, dann in Stücke schneiden, wenn sie nicht schon geschnitten sind. Mozzarella aus der Packung nehmen (Achtung: Meistens ist viel Flüssigkeit in der Packung! Die kannst du wegleeren.) und mit Küchenpapier abtrocknen. Mozzarella und Salami in Würfel schneiden.

Basilikumblätter vorsichtig abzupfen, große Blätter in Stücke zupfen.

Backrohr auf 220 Grad Umluft vorheizen. Ein Backblech mit Olivenöl bestreichen. Teig aus der Packung nehmen und auf der Arbeitsfläche aufrollen. Die Paradeiser darauf verteilen. Mozzarella- und Salamiwürfel darüberstreuen, Basilikum darauf verteilen.

Einige Tropfen Olivenöl aus der Flasche vorsichtig darüberträufeln.

Teig einrollen, Rolle in ungefähr daumendicke Schnecken schneiden. Schnecken auf das Backblech legen und mit ein wenig Olivenöl beträufeln.

Backblech auf der mittleren Schiene ins Backrohr schieben. Schnecken backen, bis sie semmelbraun sind – das dauert ungefähr 15 Minuten.

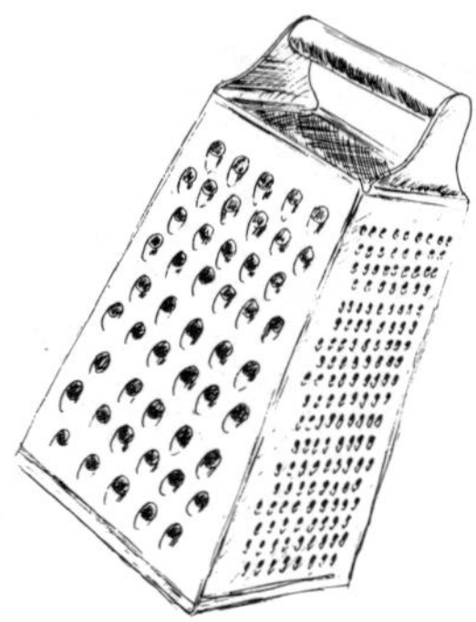

Steaks und Grüner Salat

Zuerst bereitest du am besten die Salat-Soße vor, sie soll ein bisserl stehen, bevor du den Salat damit marinierst: Obers, Zitronensaft, Zucker und Salz mit dem Schneebesen verrühren.

2 Portionen,
Zubereitung ca. 30 Minuten

2 Steaks vom Rindslungenbraten
(= Filet, ungefähr daumendick, ca. 3 cm)
1 ½ Esslöffel Rapsöl oder Sonnenblumenöl
1 Häuptl Grüner Salat
1 Baguette

Rosis Salat-Soße:
100 Milliliter Schlagobers (ungeschlagen)
1 Esslöffel Zitronensaft
1 Prise (oder ein bisserl mehr) Staubzucker
¼ Kaffeelöffel Salz
Salz und Pfeffer

Jetzt wird der Salat geputzt: den Strunk abschneiden, die äußeren, welken Blätter weggeben. Die übrigen Blätter vom Strunk brechen, unter fließendem Wasser abbrausen und abschütteln. Blätter in einem Sieb gut abtropfen lassen.

Das Backrohr auf 100 Grad Ober-/Unterhitze vorheizen.

Steaks auf beiden Seiten salzen und pfeffern. In einer Pfanne das Öl erhitzen – es muss ziemlich heiß sein, darf aber noch nicht rauchen; am besten, du hältst die flache Hand im Abstand von ca. 20 cm über die Pfanne, wenn du dann die Hitze spürst, ist es heiß genug.
Die beiden Steaks in die Pfanne legen – Vorsicht, das spritzt! Steaks bei eher starker Hitze auf jeder Seite ungefähr 1 Minute braten, dann die Pfanne auf den Gitterrost ins Backrohr

stellen. Soll dein Steak innen rosa sein (»medium« nennen das die Köche), muss es ungefähr 10 Minuten im Rohr bleiben. Wenn es innen noch leicht blutig sein soll (»rare«), dann reichen ungefähr 5 Minuten.

Jetzt erst wird der Salat mariniert: Salatblätter in kleine, mundgerechte Stücke zupfen, in eine Schüssel geben und mit der Salat-Soße übergießen. Salat mit Salatbesteck oder zwei Suppenlöffeln vermischen.

Pfanne aus dem Rohr nehmen und die Steaks noch kurz rasten lassen. Steaks auf Teller legen, mit Salat und Baguettescheiben servieren.

Paulis Trick:
Damit die Salat-Soße nicht verwässert wird, Salatblätter möglichst gut trocknen: Dazu entweder in einer Salatschleuder trockenschleudern oder auf ein sauberes Geschirrtuch legen, die Tuchzipfel zusammennehmen und dann kräftig ausschütteln.

Tiramisu für Tina

Eine große rechteckige Form oder Plastikschüssel vorbereiten – sie sollte ungefähr 15 cm hoch sein. Kaffeepulver in einen Becher mit Schnabel geben, 300 Milliliter kaltes Wasser zugießen und umrühren, bis sich das Pulver aufgelöst hat.

8 Portionen,
Zubereitung ca. 45 Minuten,
zum Kühlen und Festwerden ca. 12 Stunden

2 Packungen Biskotten (80 Stück)
300 Milliliter kalter starker Kaffee (aus 4-5 Kaffeelöffeln koffeinfreiem Instantkaffee-Pulver)
6 Eier (du brauchst 6 Dotter und 3 Eiklar)
1 großer Becher Mascarpone (500 Gramm)
1 Esslöffel Staubzucker
1 Esslöffel Kristallzucker
Salz, Kakaopulver

Die Eier in Dotter und Klar trennen – Pauli macht das gemeinsam mit Rosi: Pauli schlägt die Eischale an einer Kante ein wenig auf. Rosi hält die Hand auf, die Finger fest geschlossen. Pauli steckt die Daumennägel in die Schalenöffnung und zieht die Hälften auseinander. Dabei lässt er das Eier-Innere vorsichtig in Rosis Hand gleiten – Rosi spreizt die Finger, das Eiklar fließt durch die Finger, der Dotter bleibt in Rosis Hand und kommt in eine Schüssel. Alle Eier werden so getrennt, das Eiklar von 3 Eiern kommt in eine extra Schüssel. (Die Schüssel muss ganz sauber sein, es sollten keine Dotterreste im Eiklar sein.)

Mascarpone und Staubzucker zu den Dottern geben und mit dem Handmixer cremig rühren.

Die Quirle des Handmixers dann heiß abwaschen, sie müssen ganz fettfrei sein, sonst gelingt der Schnee nicht. Eiklar mit Kristallzucker und 1 Prise Salz verrühren und mit dem Handmixer auf mittlerer Stufe zu festem Schnee schlagen. (Wenn man die Quirle herauszieht, müssen kleine Schneezipfel stehen bleiben.) Schnee mit einem Teigspatel vorsichtig unter die Mascarponecreme mischen.

Biskotten mit der glänzenden Seite nach unten nebeneinander in die Form schichten. Mit Kaffee beträufeln, eine Lage Creme darauf verstreichen, Biskotten darauflegen, mit Kaffee beträufeln. Immer so weiter, bis alle Biskotten und die Creme aufgebraucht sind.

Form mit einem Deckel oder mit Frischhaltefolie verschließen und über Nacht in den Kühlschrank stellen.

Am nächsten Tag Kakaopulver in ein Teesieb geben und die Tiramisu-Oberfläche damit bestreuen.

Paulis Trick:
Aus dem restlichen Eiklar macht Pauli Windbusserln: Eiklar und 1 Prise Salz zu cremigem Schnee schlagen, 150 Gramm Kristallzucker langsam zugeben und schlagen, bis die Masse fest ist. Das Backblech mit Backpapier belegen. Das Backrohr auf 100 Grad vorheizen. Aus der Schneemasse mit zwei kleinen Löffeln Busserln abstechen und auf das Blech setzen. Blech ins Rohr schieben und die Busserln ungefähr 3 Stunden trocknen lassen.

Paprikasuppe

Zwiebel schälen, halbieren und in Stücke schneiden. Die Paprika halbieren, Strünke und Kerne entfernen. Paprika in kleine Stücke schneiden.

2 Portionen,
Zubereitung ca. 25 Minuten

1 Zwiebel
2 gelbe Paprika
1 Esslöffel Butter
2 Kaffeelöffel Gemüsesuppenpulver (oder 1 Würfel)
300 Milliliter Wasser
⅛ Liter Schlagobers (½ Becher; ungeschlagen)
1 Prise Salz (wenn nötig)

In einem Topf die Butter schmelzen, Zwiebel einrühren und bei mittlerer Hitze schmurgeln, bis die Zwiebel glasig, also leicht durchsichtig ist und es im Topf brutzelt. Paprikastücke einrühren und ein paar Minuten mitschmurgeln. Wasser zugießen, Suppenpulver einrühren. Topf zudecken, Hitze reduzieren und die Suppe ungefähr 10 Minuten köcheln. Schlagobers in den Topf dazugießen und die Suppe mit einem Stabmixer pürieren. Der Schneideteil vom Mixer muss ganz in der Suppe eingetaucht sein, bevor du einschaltest, sonst spritzt die Suppe aus dem Topf!

Suppe kosten, eventuell noch ein wenig salzen, umrühren und in Suppenteller schöpfen.

Paulis Trick:
Pauli setzt beim Zwiebelschälen und -schneiden eine Taucherbrille auf, so gibt es keine Tränen.

Kräuter-Aufstrich

Schnittlauch und Petersilie waschen und mit Küchenpapier trockentupfen.

Schnittlauch in kurze Röllchen schneiden. Petersilie abzupfen und die Blätter klein schneiden. Schinken in kleine Würfel schneiden.

Topfen kurz abtropfen lassen. Topfen und Sauerrahm mit dem Handmixer verrühren. Schnittlauch, Petersilie, Schinken, ein bisserl Salz und Pfeffer einrühren.

Aufstrich in zwei Plastikschüsserln füllen. Schüsserln mit Deckeln verschließen und in den Kühlschrank stellen.

Der Kräuteraufstrich passt sehr gut auf Vollkornbrot.

2 Portionen,
Zubereitung ca. 10 Minuten

1 Packung Topfen (250 Gramm, 10 % Fett)
2 bis 3 Esslöffel Sauerrahm
20 Gramm Schinken
1 Bund Schnittlauch
½ Bund Petersilie
Salz und Pfeffer

Trost-Saft

Milch und Marmelade in einen hohen Becher geben und mit dem Stabmixer aufschlagen oder mit einer Gabel verrühren. Trostsaft in ein Glas gießen.

1 Glas,
Zubereitung ca. 2 Minuten

200 Milliliter kalte Milch
1 bis 2 Esslöffel Erdbeermarmelade

Topfenknödel für Rosi

Eier in Dotter und Klar trennen (wie für das Tiramisu); du brauchst nur die Dotter. Topfen kurz abtropfen lassen.

2 Portionen (14 Stück),
Zubereitung ca. 75 Minuten

2 Packungen Topfen (500 Gramm, 10 % Fett)
3 Eier (du brauchst nur die Dotter)
50 Gramm Butter (sie sollte weich sein)
1 Bio-Zitrone
1 Prise Salz
1–2 Esslöffel Staubzucker
60 Gramm entrindetes, hart gewordenes Weißbrot oder Toastbrot

Butterbrösel:
60 Gramm Brösel
3 Esslöffel Butter
weiters: Salz, Zucker, griffiges Mehl

Topfen, Butter, Dotter und Salz in eine Schüssel geben. Von der Zitrone mit einer kleinen Reibe etwas von der Schale darüber reiben (ca. die Hälfte). Alles verrühren, Masse 20 Minuten rasten lassen.

Inzwischen das Brot in Stücke brechen und im elektrischen Zerkleinerer fein hacken oder mit einer Bröselreibe fein mahlen.

Masse mit dem Zucker und den Weißbrotbröseln verrühren und 30 Minuten rasten lassen.

Auf die Arbeitsfläche etwas Mehl streuen. Die Hände mit Wasser befeuchten und aus der Masse pingpongballkleine Knödel formen. Knödel auf die Arbeitsfläche legen.

In einem flachen Topf Wasser aufkochen, etwas Salz und 1 Esslöffel Zucker zugeben. Die Knödel hineinlegen, wenn es richtig kocht und große Blasen macht. Topf bis auf einen kleinen Spalt zudecken. Hitze zurückschalten, die Knödel ungefähr 10 Minuten köcheln, dabei darf das Wasser nur ganz leicht wallen.

Für die Butterbrösel inzwischen in einer Pfanne Butter bei mittlerer Hitze schmelzen. Die Brösel einrühren und hellbraun rösten, dabei ständig rühren. Pfanne vom Herd ziehen, damit die Brösel nicht verbrennen (die Herdplatte bleibt ja länger heiß).

Die Knödel mit einem Siebschöpfer aus dem Wasser heben, gut abtropfen lassen, und gleich in die Bröselpfanne geben. Pfanne hin und her bewegen, damit die Knödel darin herumrollen und rundum bröselig werden. Knödel mit Zucker bestreuen. Dazu gibt es Zwetschkenröster aus dem Glas.

Paulis Trick:
Damit alle Knödel gleich groß werden, verwendet Pauli manchmal einen Eiskugelformer. Er füllt Topfenmasse in die Halbkugel, wirft sie mit der Mechanik aus und muss die Knödel nur mehr ganz kurz rund rollen. Probier es aus, wenn du einen Eiskugelformer zu Hause hast.

Lammkoteletts mit Bohnensalat

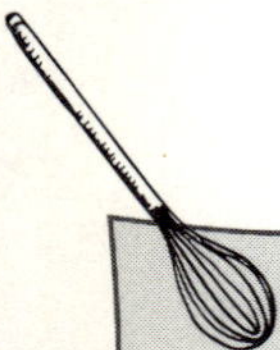

2 Portionen,
Zubereitung ca. 35 Minuten

6 Koteletts vom Lammrücken
Scharfer Senf (z. B. Dijonsenf)
3 Thymianzweige
1 Knoblauchknolle
2 Esslöffel Olivenöl
1 Baguette

Bohnen-Salat:
1 große Dose weiße Bohnen
2 kleine Zwiebeln
2 Esslöffel Olivenöl
1 Esslöffel Balsamico
(milder, süßlicher italienischer Essig)
2 Esslöffel Ketchup
Salz, Pfeffer

Du beginnst am besten mit dem Salat, denn der sollte durchziehen, bevor du ihn isst.

Bohnen in ein Sieb leeren und mit kaltem Wasser überbrausen, bis es nicht mehr schäumt. Bohnen abtropfen lassen.

Zwiebeln schälen (Taucherbrille aufsetzen) und auf einer »Mandoline« oder einem Gurkenhobel in dünne Scheiben schneiden.

Öl, Essig, Ketchup, Salz und Pfeffer mit dem Schneebesen verrühren. Zwiebelscheiben und Bohnen untermischen.

Von den Koteletts die Fettränder abschneiden (oder dranlassen, dann sind die Koteletts nach dem Braten besonders saftig).

Koteletts auf beiden Seiten salzen, pfeffern und dünn mit Senf bestreichen. Die Knoblauchknolle quer durchschneiden.

In einer Grillpfanne das Olivenöl erhitzen, es muss ziemlich heiß sein, darf aber noch nicht rauchen; am besten, du hältst die flache Hand im Abstand von 20 cm über die Pfanne, dann spürst du die Hitze. Die Koteletts, die Thymianzweige und die Knoblauchknollenhälften (mit der Schnittfläche nach unten) in die Pfanne legen – Vorsicht, das spritzt! Koteletts bei starker Hitze auf jeder Seite ganz kurz anbraten, dann die Hitze zurückschalten und die Koteletts auf jeder Seite noch ungefähr 1 Minute braten.

Koteletts mit Bohnensalat und Baguettescheiben anrichten.

Pikante Muffins für die Pause

12 Stück,
Zubereitung ca. 50 Minuten

100 Gramm Parmesan
200 Gramm glattes Mehl
2 Teelöffel Backpulver
2 Eier
180 Milliliter Milch
3 Esslöffel geschmolzene Butter oder Öl
Salz, weiche Butter

Vertiefungen im Muffinblech mit der weichen Butter ausstreichen (oder Papierförmchen hineingeben).

Parmesan mit einer Käsereibe reiben.

Mehl, Backpulver, Salz und Parmesan in einer Schüssel vermischen.

In einer zweiten Schüssel Eier, Milch und Butter oder Öl mit dem Handmixer verrühren. Mehlmischung mit dem Kochlöffel einrühren. (Nicht lange rühren, die Muffins werden sonst zäh.)

Backrohr auf 200 Grad Ober-/Unterhitze vorheizen. Masse in den Vertiefungen des Muffinblechs verteilen. Gitterrost auf der mittleren Schiene ins Backrohr schieben, Muffinblech daraufstellen. Die Muffins ca. 30 Minuten backen, dann das Blech (mit Topfhandschuhen!) herausnehmen.

Muffins nach dem Backen 5 Minuten rasten lassen, sie lassen sich dann leichter aus der Form lösen.

Paulis Trick:
Muffins lassen sich auch sehr gut in speziellen Papierbackförmchen backen. Die gibt es im Supermarkt zu kaufen. Übrigens kann es nicht schaden, die Papierförmchen dünn mit Öl auszustreichen. Wenn du eine kleine geraspelte Zucchini in den Teig gibst, werden die Muffins besonders saftig.

Erdäpfelpüree und Würstelkraken

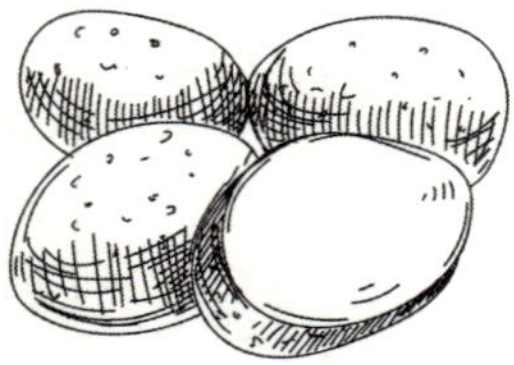

2 Portionen,
Zubereitung ca. 35 Minuten

500 Gramm mehlige Erdäpfel
(auf dem Sackerl steht: für Püree)
50 Gramm Butter
100 bis 150 Milliliter Milch
1 Prise Muskatnuss
2 Paar Frankfurter Würstel
Salz, gemahlener Kümmel

Erdäpfel schälen, in Würfel schneiden und in einen Topf geben. Erdäpfel mit kaltem Salzwasser bedecken, Kümmel zugeben. Topf zudecken, Erdäpfel bei schwacher Hitze sehr weich kochen. Wenn du sie mit der Gabel anstichst, sollen sie zerfallen. Das dauert zwischen 10 und 15 Minuten, wenn die Würfel kleiner sind, geht's schneller. Logisch.

Erdäpfel in ein Sieb schütten und gut abtropfen lassen. Wasser weggießen. Dann die Erdäpfel in den heißen Topf zurückgeben und ein paar Minuten trocknen lassen.

Butter in kleine Stücke schneiden. Milch erhitzen. Erdäpfelwürfel mit dem Erdäpfelstampfer zerdrücken, Milch und Butterstücke mit einem Kochlöffel einrühren.

Püree mit ein wenig frisch geriebener Muskatnuss würzen und durchrühren. Püree kosten und eventuell nachsalzen. Topf mit dem Püree zudecken, damit es nicht auskühlt, während du die Würstel brätst.

Würstel quer halbieren, an den Schnittstellen kreuzweise bis zur Mitte einschneiden. Die so entstandenen Krakenarme auseinanderdrücken, Würstel in einer Pfanne aufgestellt, »Kopf« oben, braten, bis sie leicht braun sind.

Erdäpfelpüree und Würstelkraken auf Teller geben.

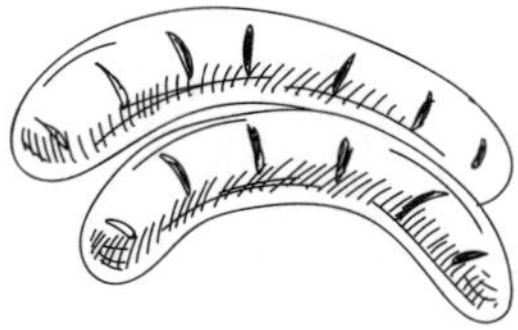

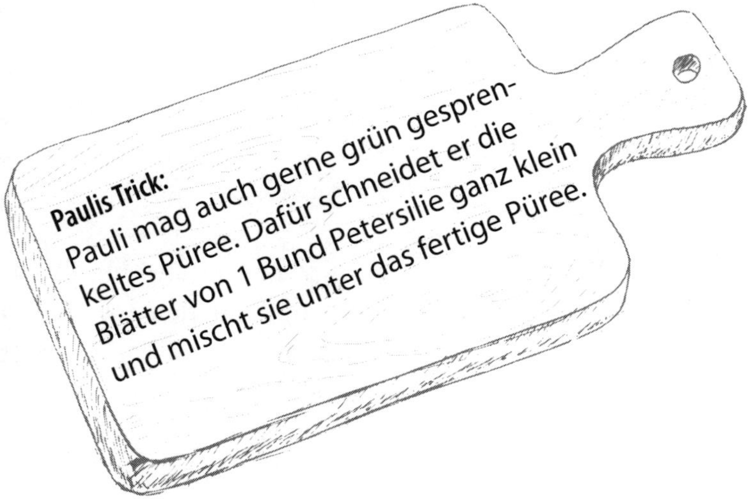

Schinken-Käse-Toast

Backrohr auf 250 Grad (am besten Oberhitze) oder auf Grillstellung vorheizen. Brotscheiben auf das Blech legen und auf der oberen Schiene ins Backrohr schieben. Brote hellbraun rösten – das geht ziemlich schnell, am besten, du schaust den Broten durch die Backrohrtür, die ja meist aus Glas ist, zu.

2 Portionen,
Zubereitung ca. 15 Minuten

4 Scheiben Toastbrot
4 Kaffeelöffel weiche Butter
4 Scheiben Schinken
4 Ananasscheiben (aus der Dose)
4 Scheiben Gouda-Käse

Ananasscheiben gut abtropfen lassen.

Brote nebeneinander auf mehrere Lagen Küchenpapier legen (damit die Brote nicht gatschig werden). Brote mit Butter bestreichen. Schinkenscheiben auf die Größe der Brote zuschneiden oder so zusammenfalten, dass nichts übersteht. Brote mit Schinken, Ananasscheiben und Gouda belegen.

Brote wieder auf das Blech legen und im Backrohr überbacken, bis der Käse geschmolzen und knusprig ist.

Paulis Trick:
Du kannst die Brote auch im Toaster toasten, dann belegen und im Backrohr unter dem Grill knusprig rösten.

Garnelen-Spieße

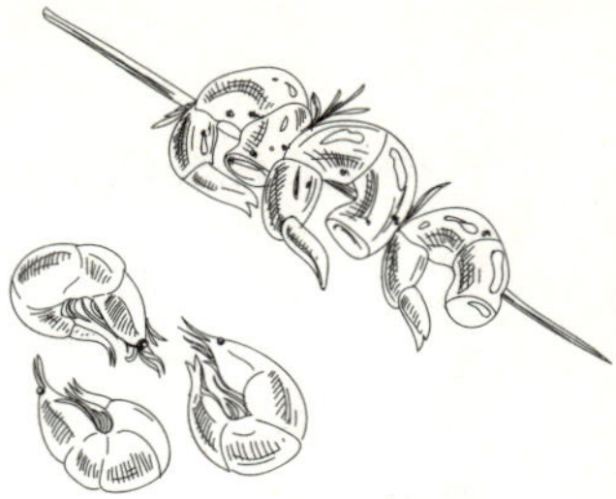

Knoblauch schälen und klein schneiden.

Vier Holzspieße vorbereiten. Garnelen mit kaltem Wasser abbrausen und mit Küchenpapier trockentupfen. Garnelen auf die Spieße stecken.

In der Grillpfanne das Olivenöl auf mittlerer Stufe erhitzen. Knoblauch und Garnelenspieße in die Pfanne geben. Garnelen bei mittlerer Hitze 2 Minuten braten, umdrehen und noch einmal 2 Minuten braten. (Perfekt gebraten sind sie innen noch glasig, also ein bisschen durchsichtig; zu lange gebraten werden sie zäh.)
Garnelen salzen, Spieße auf Teller geben. Den Bratsaft darübergießen. Den tunkst du am besten mit Baguettescheiben auf.

2 Portionen,
Zubereitung ca. 20 Minuten

12 mittelgroße Garnelenschwänze (bratfertig vorbereitet)
3 Knoblauchzehen
3 Esslöffel Olivenöl
1 Baguette
Salz
Holzspieße

Paulis Trick:
Holzspieße ein paar Minuten in Wasser legen, bevor du die Garnelen aufspießt. Die Spieße werden dann beim Braten nicht so heiß.

Grenadiermarsch mit Salaten

Erster Tag:
Erdäpfel in einen Topf geben, so viel kaltes Wasser zugießen, dass sie bedeckt sind. Topf zudecken, auf den Herd stellen und bei starker Hitze das Wasser zum Kochen bringen. 1 Kaffeelöffel Salz und Kümmelkörner zugeben.

3 Portionen,
Zubereitung erster Tag ca. 40 Minuten,
zweiter Tag ca. 20 Minuten

400 Gramm Erdäpfel (am besten festkochende)
½ Kaffeelöffel Kümmel (ganz)
200 Gramm Fleckerln
1 große Zwiebel
Salz, Pfeffer, Öl

Geräte:
Brett, Messer, 2 Töpfe, Nudelsieb, Pfanne

Hitze zurückdrehen, Erdäpfel bei geringer Hitze bissfest kochen (das dauert etwa 20 Minuten) – das Wasser muss ganz leicht blubbern. Erdäpfel abseihen, zurück in den Topf geben und zugedeckt auskühlen lassen. Erdäpfel schälen, in ein Tiefkühlsackerl geben und in den Kühlschrank legen.

Gleichzeitig mit den Erdäpfeln die Fleckerln kochen: Etwa 2 Liter Wasser in einen Topf geben, Topf zudecken und das Wasser zum Kochen bringen (zugedeckt kocht das Wasser schneller, das spart Zeit und Energie). Zuerst 1 Kaffeelöffel Salz, dann die Fleckerln ins Wasser geben, nochmals kurz aufkochen, dann die Hitze reduzieren und die Fleckerln bei mittlerer Hitze bissfest kochen (wie lang das dauert, steht auf der Packung). Achtung: Den Topf keinesfalls zudecken, das Wasser würde übergehen.

Fleckerln abseihen, mit kaltem Wasser überbrausen, dabei immer wieder durchmischen. Fleckerln im Sieb abtropfen lassen. Fleckerln in eine Schüssel geben, zudecken und in den Kühlschrank stellen.

Zwiebel schälen, vom Bart zum Zipfel halbieren. Zwiebelhälften mit den Schnittflächen auf das Brett legen und in dünne Scheiben schneiden. Scheiben quer in Würfel schneiden.

In einer Pfanne ca. 2 Esslöffel Öl erwärmen, Zwiebel zugeben und bei mittlerer Hitze goldbraun rösten, dabei immer wieder umrühren. Zwiebel auskühlen lassen, in ein Schüsserl geben, zudecken und in den Kühlschrank stellen.

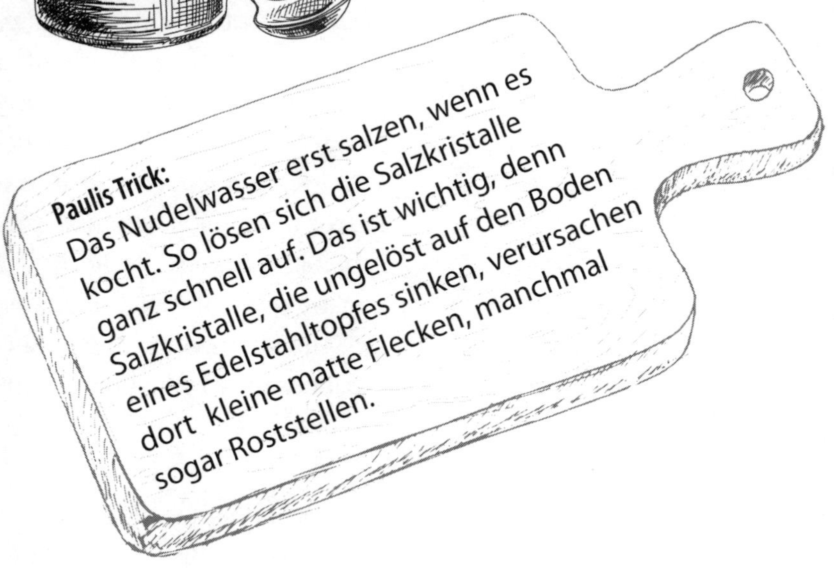

Bitte umblättern!

Nächster Tag:
Erdäpfel in ca. 1 cm dicke Scheiben schneiden. In einer großen Pfanne 2 Esslöffel Öl erhitzen, Zwiebel, Fleckerln und Erdäpfel zugeben, durchmischen und bei mittlerer Hitze rösten, bis alles schön goldbraun ist. Dabei immer wieder umrühren.

Gurkensalat

3 Portionen,
Zubereitung ca. 10 Minuten

1 Salatgurke oder 2 Feldgurken
1 Knoblauchzehe
2 Esslöffel Apfelessig
4 Esslöffel Öl
(z. B. kalt gepresstes Olivenöl)
Salz, Pfeffer, Paprikapulver

Geräte:
Brett, Messer,
Sparschäler, Gurkenhobel,
Schüssel

Gurke waschen, abtrocknen und mit einem Sparschäler schälen (oder die Schale dranlassen, das sieht im Gurkensalat hübsch aus). Feldgurken der Länge nach durchschneiden und die Kerne mit einem kleinen Löffel herausschaben.

Gurke mit dem Gurkenhobel in Scheiben schneiden. Gurkenscheiben in eine Schüssel geben, gut salzen, durchmischen, kosten und eventuell nachsalzen (Gurken sind ziemlich geschmacklos und brauchen einiges an Würze). Knoblauch schälen und durch die Knoblauchpresse über die Gurkenscheiben pressen. Essig und Öl zugeben. Salat durchmischen, in Schüsserln oder auf Tellern anrichten und mit Paprikapulver bestreuen.

Paradeissalat

Zwiebel schälen, vom Bart zum Zipfel halbieren. Zwiebelhälften mit den Schnittflächen auf das Brett legen und in dünne Scheiben schneiden. Scheiben quer in Würfel schneiden. Paradeiser so halbieren, dass der Stielansatz durchgeschnitten wird, Stielansätze ganz entfernen, Paradeiserhälften in dünne Scheiben schneiden. Essig, Öl, ein wenig Salz und 1 Prise Zucker in einer Schüssel verrühren. Paradeiser und Zwiebel untermischen. Salat kosten und eventuell nachsalzen. Salat in Schüsserln oder auf Tellern anrichten.

3 Portionen,
Zubereitung ca. 10 Minuten

4 dicke, gut reife Paradeiser
(ca. 400 Gramm)
1 kleine Zwiebel
2 Esslöffel Balsamessig
3 Esslöffel Olivenöl (kalt gepresst)
Salz, Feinkristallzucker

Geräte:
Brett, Messer,
Schüssel

Super-Erdäpfel-Blinis

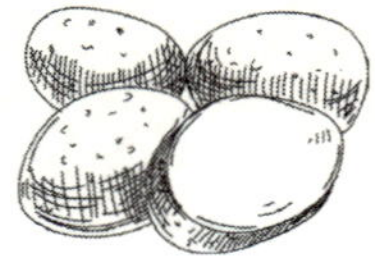

3 Portionen (ca. 21 Stück),
Zubereitung ca. 40 Minuten

1 kg Erdäpfel
(mehlig oder vorwiegend festkochend)
2 Eier
8 Scheiben Lachs
Sauerrahm
Apfelmus
Salz, Öl

Geräte:
Schäler, Vierkantreibe,
2 Schüsseln, Pfanne

Erdäpfel schälen und auf dem Laterndl-Reibeisen (Vierkantreibe) grob raspeln. Schneller und mit weniger Anstrengung gelingt das mit der Trommelreibe einer Küchenmaschine. Erdäpfel mit den Händen ausdrücken und in eine neue Schüssel geben. Erdäpfel mit einem halben Kaffeelöffel Salz und den Eiern vermischen.

In einer Pfanne 4–5 Esslöffel Öl erhitzen (siehe Trick). Mit einem Löffel kleine Häufchen von der Erdäpfelmasse in die Pfanne setzen, etwas flach drücken und rund formen. Blinis bei mittlerer Hitze unten goldbraun braten. Blinis mit der Gabel etwas anheben und schauen, ob sie unten schon richtig braun sind.

Wenn ja, mit zwei Gabeln umdrehen und auch auf der zweiten Seite goldbraun braten. Blinis aus der Pfanne heben und auf Küchenpapier abtropfen lassen. Aus der restlichen Erdäpfelmasse weitere Blinis backen und abtropfen lassen.

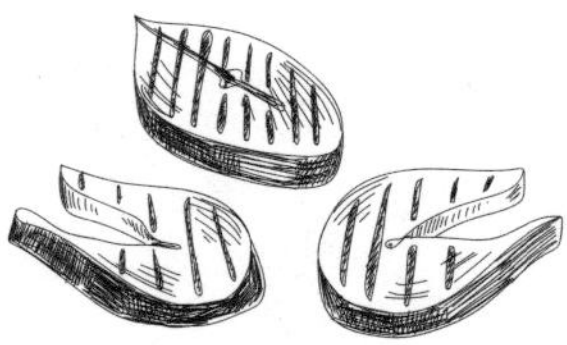

Zu Blinis passen Lachs und Sauerrahm, auch Apfelmus schmeckt gut dazu.

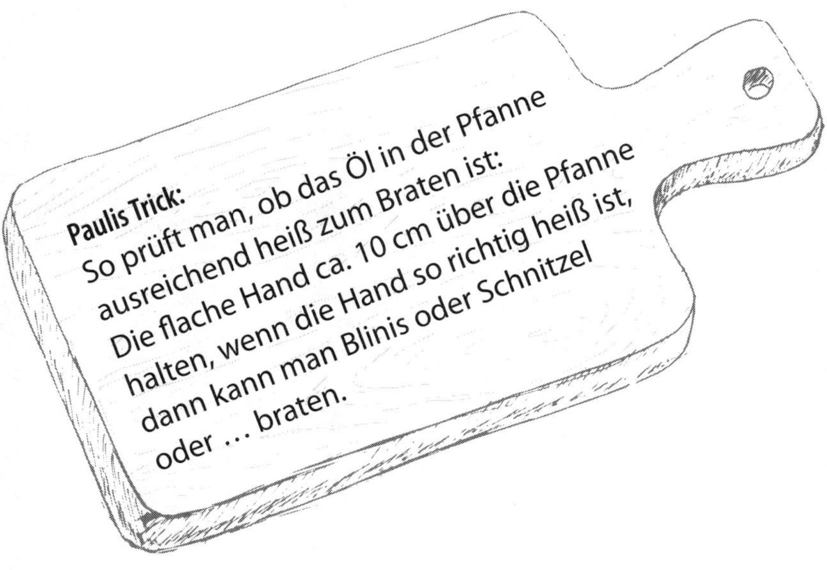

Gulasch mit Spätzle

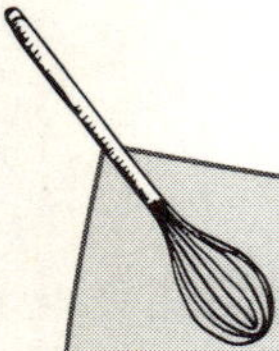

4 Portionen
Zubereitung ca. 3 Stunden

800 Gramm Rindfleisch für Gulasch (am besten Wadschinken; vom Fleischhauer in 2–3 cm große Würfel schneiden lassen)
800 Gramm Zwiebeln
6 Esslöffel Öl
1 Esslöffel Paradeismark
2 Esslöffel Paprikapulver (edelsüß)
Salz

Geräte:
Brett, Messer,
Topf, Küchenwecker

Zwiebeln schälen, vom Bart zum Zipfel halbieren. Zwiebelhälften mit den Schnittflächen auf das Brett legen und in Scheiben schneiden.

In einem weiten Topf (er soll einen großen Durchmesser haben) das Öl erhitzen und die Zwiebeln zugeben. Zwiebeln hellbraun rösten, dabei immer wieder umrühren, damit sie gleichmäßig bräunen.

Paradeismark einrühren und ca. 3 Sekunden (21, 22, 23 zählen) mitrösten. Paprikapulver zugeben und 3 Sekunden rühren. Dann sofort ein Krügel Wasser (ca. ½ Liter) zugießen.

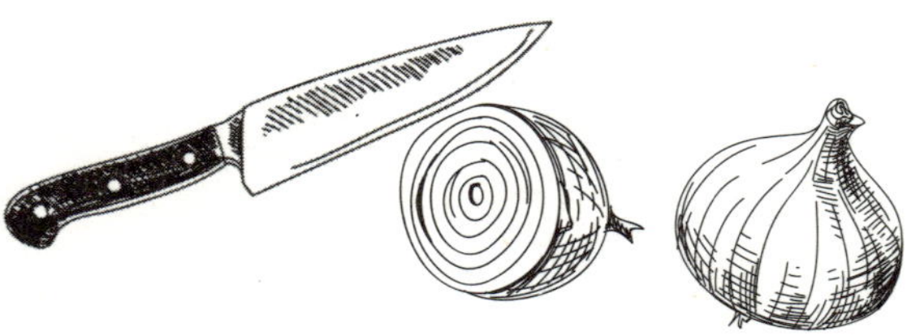

Die Sauce ca. 20 Minuten bei schwacher Hitze köcheln, dabei immer wieder umrühren, damit sich nichts am Boden anlegt.

Zwiebelmischmasch mit dem Pürierstab mixen. Fleischwürfel ein wenig salzen, durchmischen und in die Sauce geben. Gulasch umrühren und aufkochen. Topf bis auf einen kleinen Spalt zudecken. Gulasch bei schwacher Hitze insgesamt ca. 2 Stunden köcheln, dabei alle 15 Minuten umrühren, damit nichts anbrennt oder sich anlegt.Pauli stellt den Küchenwecker.

Zum Gulasch passen Spätzle, aber auch Wachauer Laberln oder Semmeln oder Salzerdäpfel oder Polenta oder …

Paulis Trick:
Pauli macht vom Gulasch gleich die doppelte Menge, weil das fast gleich lang dauert. Was nicht gegessen wird, lässt er im Kühlschrank auskühlen, dann füllt er das Gulasch portionsweise in Plastikdosen, gibt einen Deckel drauf und gibt die Dosen in den Tiefkühler. So kann er ein feines Mittagessen auftauen, wenn er einmal keine Zeit zum Kochen hat.

Bitte umblättern!

Spätzle

Mehl mit ½ Kaffeelöffel Salz in einer Schüssel vermischen, Milch, Eier und Öl zugeben. Mit den Knethaken des Handmixers zu einem glatten Teig verrühren (dauert ca. 3 Minuten).

2 Portionen
Zubereitung ca. 25 Minuten

250 Gramm glattes Mehl
100 Milliliter Milch
3 Eier
1 Esslöffel Öl
Salz, Butter

Geräte:
Schüssel, Handmixer mit Knethaken, Topf, Spätzle-Hobel, Nudelsieb

In einem großen Topf ca. 3 Liter Wasser zustellen, Topf zudecken. Wenn das Wasser kocht, 1 Kaffeelöffel Salz zugeben. Den Teig in den Spätzle-Hobel füllen. Spätzle-Hobel auf den Topf legen. Den beweglichen Teil des Hobels (Schlitten) hin und her bewegen, dabei wird der Teig zu kurzen Spätzle abgeschnitten, die ins Wasser plumpsen. Wenn der Hobel leer ist, Teig nachfüllen. Immer wieder umrühren, damit die Spätzle nicht zusammenkleben. Spätzle ca. 2 Minuten (vom letzten Spätzle an gerechnet) bei schwacher Hitze kochen.

Spätzle in ein Sieb leeren, mit kaltem Wasser kurz überbrausen. Dann gemeinsam mit 1 Esslöffel Butter zurück in den Topf geben und aufwärmen, dabei vorsichtig umrühren.

Sandwiches der deftigen Art

Vom Rucola die Stängel abzupfen. Rucola waschen, dann mit Küchenpapier trocken tupfen.

Brote dünn mit Butter bestreichen, dann auf jedes Brot ein Viertel der Leberpastete streichen. Zwei Brote mit Rucola belegen, die beiden übrigen Brote darauflegen.

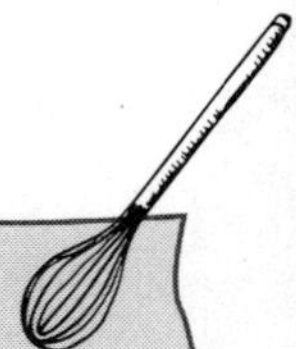

2 Brote
Zubereitung ca. 10 Minuten

1 Handvoll Rucola
4 Scheiben dunkles Brot
Butter (küchenwarm)
100 Gramm feine Kalbsleberpastete

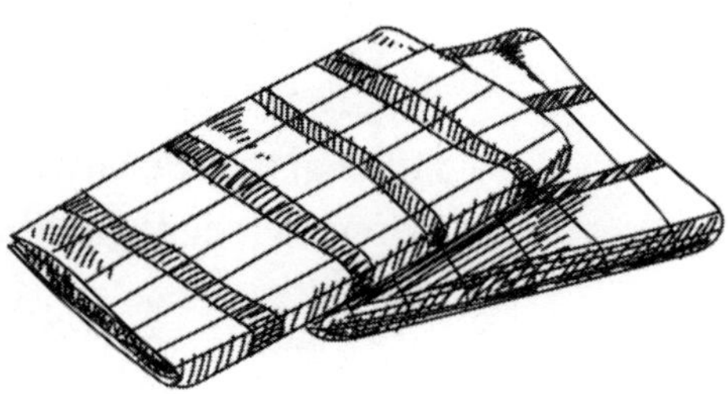

Penne al Pomodoro

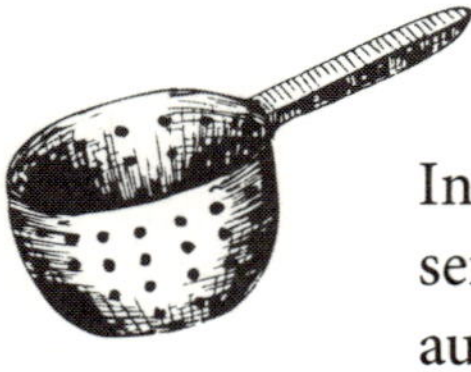

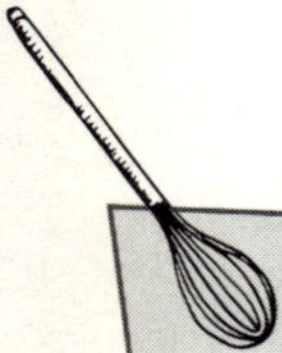

2 Portionen
Zubereitung ca. 30 Minuten

250 Gramm Penne
1 Bund Jungzwiebeln
1 Dose Filetti di Pomodori (oder Pelati)
ev. Cayenne-Pfeffer
1 Bund Basilikum
50 Gramm Parmesan
(oder mehr; frisch gerieben)
Salz, Olivenöl

Geräte:
Brett, Messer,
2 Töpfe, Nudelsieb,
Dosenöffner, Reibe

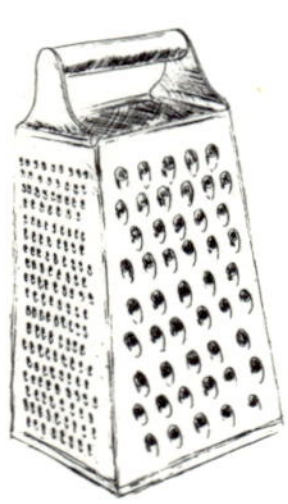

In einem Topf ca. 3 Liter Wasser zustellen, zudecken und aufkochen. 1 Kaffeelöffel Salz und die Penne zugeben und einmal durchrühren. Penne bei schwacher Hitze weich köcheln. Etwas länger als auf der Penne-Packung steht, ca. 14 Minuten, am besten eine Nudel kosten. Topf nicht zudecken! Pauli stellt den Küchenwecker.

Inzwischen von den Jungzwiebeln die dunkelgrünen Enden und die Wurzelfäden abschneiden. Jungzwiebeln waschen, trocken tupfen und in ca. 2 mm dicke Ringe schneiden.

In einem Topf 2 Esslöffel Olivenöl erhitzen, Zwiebelringe zugeben und bei schwacher Hitze glasig anschwitzen, dabei immer wieder umrühren.

Dose öffnen, die Filetti mit dem Saft und etwas Salz zu den Zwiebeln geben. Wer es scharf mag, gibt einen Hauch Cayenne-Pfeffer dazu. Paradeiser bei sanfter Hitze köcheln, dabei soll ein großer Teil vom Saft verdampfen.

Basilikum abzupfen, große Blätter in kleine Stücke zupfen.

Penne in ein Sieb leeren, nur ganz kurz abtropfen lassen und sofort mit der Paradeissauce vermischen. Penne in Suppentellern anrichten, mit Basilikum und Parmesan bestreuen. Eventuell ein wenig gutes Olivenöl darüber träufeln.

Paulis Trick:
Auf einem Elektroherd dauert es ziemlich lange, bis das Wasser kocht. Schneller geht das in einem elektrischen Wasserkocher. Wasser darin aufkochen und in den Nudeltopf leeren. Besonders wenn man hungrig ist, freuen einen ein paar Minuten ersparte Kochzeit.

Forellentörtchen für die Pause

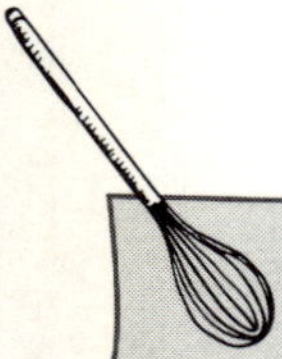

4 Stück
Zubereitung ca. 15 Minuten

8 Scheiben Pumpernickelbrot (rund)
150 Gramm Topfen
(20 % Fett; gut abgetropft)
oder Frischkäse
1 Esslöffel Kren (frisch gerissen;
gibt es auch in Gläsern)
100 Gramm Forellenfilet geräuchert
Salz

Geräte:
Schüssel, Gabel

Topfen oder Frischkäse mit Kren und wenig Salz verrühren. Topfen auf 4 Brotscheiben verteilen. Forellenfilet ein wenig zerzupfen und auf den Broten verteilen. Die unbestrichenen Brote darauflegen.

Kakao – der Echte

Kakao und Zucker mit ein wenig von der Milch in einem Häferl verrühren, bis keine Bröckerln mehr da sind. Restliche Milch aufkochen, den angerührten Kakao langsam hineingießen, dabei ständig rühren. Kakao einmal aufkochen und sofort vom Herd ziehen, damit er nicht übergeht. Kakao eventuell mit dem Mixstab schaumig aufschlagen und in ein Häferl gießen.

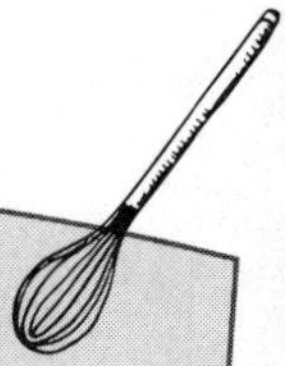

1 Häferl
Zubereitung weniger als 10 Minuten

1–2 Kaffeelöffel echtes Kakaopulver (ist im Unterschied zum Instant-Kakao ganz fein)
2–3 Kaffeelöffel Zucker
ca. ¼ Liter Milch

Geräte:
kleines Reinderl,
evtl. Stabmixer

Palatschinken mit Himbeermarmelade

12 Stück
Zubereitung ca. 30 Minuten

120 Gramm glattes Mehl
250 Milliliter Milch
4 Eier
1 Esslöffel Öl
1 Glas Himbeermarmelade
Salz, Öl zum Backen, Staubzucker

Geräte:
Schüssel, Handmixer mit Quirlen, feinmaschiges Sieb, Palatschinkenpfanne, breite Schmarrenschaufel

Mehl, ein wenig Salz, Milch, Eier und Öl mit den Quirlen des Handmixers zu einem glatten Teig rühren. Leider entstehen dabei fast immer Bröckerln. Macht nichts, den Teig einfach durch ein feines Sieb in eine andere Schüssel gießen. Teig 5 Minuten rasten lassen.

Das Backrohr auf ca. 50 °C vorheizen – darin werden die Palatschinken warm gehalten.

In einer flachen Pfanne ganz wenig Öl erhitzen, ein wenig Teig eingießen, die Pfanne dabei leicht schräg halten und ein wenig drehen, der Teig soll sich auf dem Boden der Pfanne verteilen.

Palatschinke so lange backen, bis die Oberfläche trocken ist (sie glänzt nicht mehr). Palatschinke mit einer breiten Schmarrenschaufel wenden (oder schupfen; siehe Trick) und auch auf der zweiten Seite hell backen. So weitermachen, bis der Teig aufgebraucht ist. Die fertigen Palatschinken auf einen flachen Teller legen und zum Warmhalten ins Backrohr stellen. Teller mit Topfhandschuhen aus dem Backrohr holen. Palatschinken mit Marmelade bestreichen, einrollen und mit Staubzucker bestreuen.

Zu den Palatschinken trinken Rosi und Pauli Milch.

Paulis Trick:

Für das Palatschinken-Schupfen ist natürlich die richtige Pfanne wichtig, sie soll nicht zu groß und schwer sein, der Rand muss niedrig und leicht nach außen gebogen sein, das gibt eine gute Abflugrampe für die Palatschinke. Zum Schupfen muss man mit dem Pfannengriff einen beherzten liegenden 6er beschreiben, das heißt die Pfanne kurz und schnell vom Körper wegschieben und sofort wieder herziehen, es soll eine runde Bewegung sein. Die Palatschinke geht knapp über der Pfanne in die Luft, macht einen Salto und landet umgedreht wieder in der Pfanne. Unbedingt einige Male »trocken« üben, bevor man's mit der Palatschinke probiert!

Fleischbällchen für die Pause

Semmel in ganz kleine Würfel schneiden. Milch darüber gießen und durchmischen. Semmelwürfel ziehen lassen.

Zwiebel schälen, vom Bart zum Zipfel halbieren. Zwiebelhälften mit den Schnittflächen auf das Brett legen

ca. 25 Stück
Zubereitung ca. 40 Minuten

300 Gramm Faschiertes
(am besten Kalbfleisch)
½ Semmel vom Vortag
5–6 Esslöffel Milch
1 kleine Zwiebel
2 Eier
Salz, Pfeffer, griffiges Mehl, Öl

Geräte:
Brett, Messer,
Schüssel, Pfanne,
Zahnstocher

und in dünne Scheiben schneiden. Scheiben quer in Würfel schneiden.

In einem Topf oder einer Pfanne 1 Esslöffel Öl erhitzen, Zwiebel darin bei schwacher Hitze goldgelb rösten. Zwiebel auf einen Teller geben und auskühlen lassen.

Semmelwürfel ausdrücken, mit Faschiertem, Eiern, Zwiebel, Salz und Pfeffer vermischen.

Aus der Masse 3 cm große Bällchen formen und in Mehl wälzen.

In einer Pfanne 3 Esslöffel Öl erhitzen, Bällchen darin braun braten, dabei in der Pfanne herumrollen, damit sie gleichmäßig knusprig werden.

Bällchen auf Zahnstocher spießen.

Spezial-Grippe-Limo

Wasser zum Kochen bringen. Ingwer schälen. Zitrone heiß abwaschen. Ingwer und Zitrone in dünne Scheiben schneiden. Scheiben in ein hitzefestes Glas schichten und mit Kandiszucker bestreuen.

Kochendes Wasser über die Scheiben gießen, Limo 10 Minuten ziehen lassen, dann in ein anderes Glas gießen.

1 Glas
Zubereitung ca. 15 Minuten

frischer Ingwer (ein 1 cm langes Stück)
1 Bio-Zitrone
1–2 Kaffeelöffel Kandiszucker

Geräte:
Brett, Messer,
Wasserkocher

Paulis Trick:
Wer nicht an Ingwer gewöhnt ist, wem er zu scharf ist, der nimmt einfach nur die Hälfte davon. Weniger sauer schmeckt die Limo, wenn man statt Zitrone eine Bio-Orange nimmt.

Saltimbocca – »Spring in den Mund«

Schnitzel auf einem Schneidbrett auflegen und sanft, aber bestimmt flach klopfen. Sehr gut gelingt das mit dem Boden einer Pfanne. Schnitzel auf beiden Seiten wenig salzen. Auf jedes Schnitzel zwei Salbeiblätter und eine Scheibe Schinken legen und mit einem Zahnstocher feststecken – Zahnstocher wie beim Nähen auf und ab stechen.

Einen flachen Teller vorwärmen (heißes Wasser darüberlaufen lassen, dann gut abtrocknen).

In einer Pfanne die Butter bei mittlerer Hitze erwärmen, bis sie brutzelt. Schnitzel mit der Schinkenseite hineinlegen und 2 Minuten braten (Küchenwecker stellen). Schnitzel mit zwei Gabeln oder einer Küchenzange umdrehen und wieder 2 Minuten braten. Schnitzel auf den Teller legen und mit Alufolie zudecken.

Den Wein in die Pfanne gießen und bei starker Hitze kochen, bis fast nichts mehr davon da ist (dabei verdampft auch der Alkohol).

2 Portionen
Zubereitung ca. 35 Minuten

2 Kalbsschnitzel
1 Topf Salbei
1 Packung Parmaschinken (ca. 100 Gramm)
2 Esslöffel Butter
5 Esslöffel Weißwein
5 Esslöffel Kalbsfond (gibt es in Gläsern) oder Rindsuppe
Salz

Geräte:
Brett, Messer, Zahnstocher, Pfanne, Küchenwecker, Alufolie

Den Kalbsfond in die Pfanne gießen und aufkochen.

Die Schnitzel anrichten und mit dem Saft übergießen. Zu Saltimbocca isst man am besten (italienisches) Weißbrot.

Paulis Trick Nr. 1:
Das Salbeistöckerl liefert noch lange aromatische Blätter, wenn man es gut betreut: In ein passendes Schüsserl 2 cm hoch Wasser füllen, Topf hineinstellen. Jeden Tag schauen, ob die Pflanze das Wasser aufgesaugt hat. Wenn keines mehr da ist, wieder nachgießen.

Paulis Trick Nr. 2:
Aus frischen Salbeiblättern kann man einen sehr gesunden Tee machen, der gut gegen Halsweh wirkt. (2 bis 3 Blätter in eine Tasse geben, kochendes Wasser darübergießen, 2 Minuten ziehen lassen. Blätter mit einem Löffel herausnehmen. Tee mit Honig süßen und möglichst heiß trinken.) Frische Salbeiblätter schmecken aber auch köstlich, wenn sie in Butter oder Olivenöl bei sanfter Hitze knusprig gebraten werden. Sie sind fein zum Knabbern oder unter Bandnudeln gemischt.

Tramezzini mit Ei-Aufstrich

4 Brote
Zubereitung ca. 20 Minuten
Aufstrich am Vorabend zubereiten, vor der Schule auf die Brote streichen

8 Scheiben Tramezzini- oder Toastbrot
4 Eier
150 Gramm Ricotta oder Mascarpone
2 Esslöffel Mayonnaise (50 % Fett)
1 Kaffeelöffel scharfer Senf (Dijon-Senf)
Salz

Geräte:
Brett, Messer,
Schüssel, Frischhaltefolie

Eier in einen Topf legen, so viel kaltes Wasser zugießen, dass sie knapp bedeckt sind. Wasser aufkochen, Eier 10 Minuten bei mittlerer Hitze kochen – man rechnet die Zeit vom ersten Aufwallen des Wassers. Wasser abgießen, die Eier unter fließendem kaltem Wasser abschrecken. Eier schälen. (Das Ei unter leichtem Druck über die Arbeitsfläche rollen, dabei bricht die Schale. Schalenstücke mitsamt der darunterliegenden, durchscheinenden Haut entfernen.)

Eier in dünne Scheiben, dann quer in kleine Würfel schneiden. Ricotta, Mayonnaise, Senf, Salz und Eierwürferln vermischen.

Von den Broten die Rinde abschneiden. Aufstrich auf zwei Broten verstreichen, übrige Brotscheiben darauflegen und leicht andrücken. Brote diagonal durchschneiden, es entstehen 4 Dreiecke. Die Dreiecke in Frischhaltefolie einwickeln, damit das Brot nicht austrocknet.

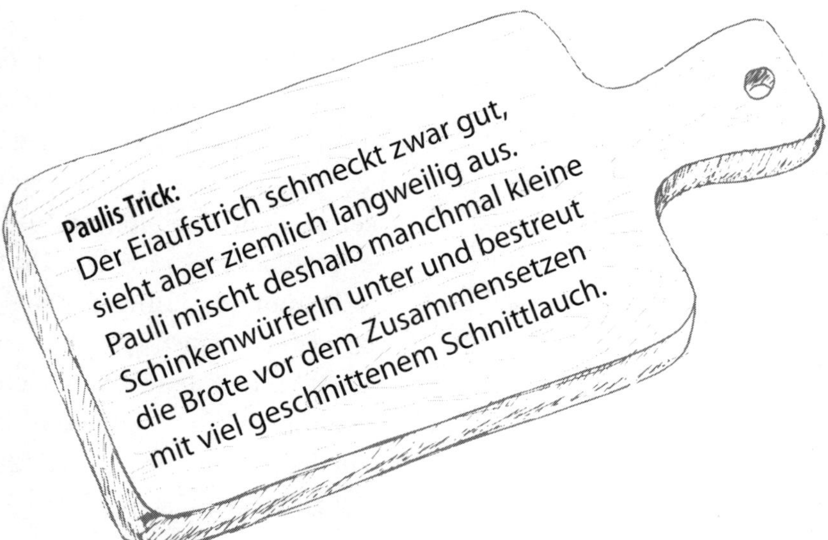

Überbackener Fenchel

Fenchel waschen. Wenn die Knollen braune Stellen haben, die äußere Schicht abheben oder mit dem Sparschäler dünn schälen.

2 Portionen,
Zubereitung ca. 40 Minuten

4 mittlere Fenchelknollen (etwa gleich groß)
1 Kaffeelöffel Zitronensaft
1 Bund Petersilie
1 kleine Zwiebel
2 Knoblauchzehen
2 Esslöffel Olivenöl
3 Esslöffel Brösel
150 Gramm Parmesan (frisch gerieben)
1 Dose Pelati
Salz

Geräte:
Brett, Messer, Topf, Siebschöpfer, Pfanne, Nudelsieb, feuerfeste Form, Backrohr mit Grill

Stängel abschneiden, das Grün aufheben. Fenchel längs halbieren, den harten Strunk herausschneiden.

Fenchel in einen Topf geben und so viel kaltes Wasser zugießen, dass er knapp bedeckt ist. Zitronensaft und Salz zugeben. Topf zudecken, Fenchel aufkochen, dann die Hitze reduzieren und den Fenchel bei schwacher Hitze weich köcheln (dauert ca. 20 Minuten).

Inzwischen Petersilie abzupfen und klein schneiden. Zwiebel und Knoblauch schälen. Zwiebel vom Bart zum Zipfel halbieren. Zwiebelhälften mit den Schnittflächen auf das Brett legen und in dünne Scheiben schneiden. Scheiben quer in Würfel schneiden. Knoblauchzehen auch längs halbieren, in Scheiben, dann in ganz kleine Würfel schneiden.

In einer Pfanne Olivenöl erhitzen, Zwiebel und Knoblauch hineingeben und bei milder Hitze weich dünsten (dauert ca. 5 Minuten), dabei immer wieder umrühren. Brösel einrühren und bei mittlerer Hitze goldgelb rösten. Pfanne vom Herd nehmen, Petersilie und Parmesan einrühren.

Backrohr auf Grillstellung oder auf größte Hitze (nur Oberhitze, wenn möglich) vorheizen.

Paradeiser in ein Sieb leeren und abtropfen lassen. Von den Paradeisern den hellen, harten Strunk wegschneiden. Paradeiser in Stücke schneiden.

Paradeiser in einer feuerfesten Form verteilen. Fenchelhälften mit einem Siebschöpfer aus dem Wasser heben und kurz abtropfen lassen. Fenchel mit der Schnittfläche nach oben in die Form legen. Die Bröselmasse darauf verteilen. Ein wenig vom Fenchelkochwasser darüberträufeln.

Form auf der mittleren Schiene ins Backrohr schieben, Fenchel knusprig braun überbacken – dabei beobachten, denn unter dem Grill bräunt die Kruste sehr schnell.

Fenchelgrün abzupfen und fein schneiden. Form mit Topfhandschuhen aus dem Backrohr nehmen und auf eine hitzefeste Unterlage stellen. Fenchelhälften anrichten und mit dem Grün bestreuen.

Spinatspätzle mit Schinken

2 Portionen
Zubereitung ca. 25 Minuten

200 Gramm glattes Mehl
1 kleine Packung passierter Tiefkühl-Spinat (aufgetaut)
4 Eier
80 Milliliter Milch
1 Esslöffel Öl
50 Gramm Schinken
50 Milliliter Schlag- oder Kaffeeobers
100 Gramm Parmesan (frisch gerieben)
Salz

Geräte:
Schüssel, Handmixer mit Knethaken, Topf, Spätzle-Hobel, Nudelsieb, Reibe

Vom Spinat die Flüssigkeit abgießen. Mehl mit ½ Kaffeelöffel Salz in einer Schüssel vermischen, Milch, Eier, Spinat und Öl zugeben. Mit den Knethaken des Handmixers zu einem glatten Teig verrühren (dauert ca. 3 Minuten).

In einem großen Topf ca. 3 Liter Wasser zustellen, Topf zudecken. Wenn das Wasser kocht, 1 Kaffeelöffel Salz zugeben. Den Teig in den Spätzle-Hobel füllen. Spätzle-Hobel auf den Topf legen. Den beweglichen Teil des Hobels (Schlitten) hin und her bewegen, dabei wird der Teig zu kurzen Spätzle abgeschnitten, die ins Wasser plumpsen. Wenn der Hobel leer ist, Teig nachfüllen. Immer wieder umrühren, damit die Spätzle nicht zusammenkleben.

Spätzle ca. 2 Minuten (vom letzten Spätzle an gerechnet) bei schwacher Hitze kochen.

Spätzle in ein Sieb leeren, mit kaltem Wasser kurz überbrausen. Dann mit dem Obers zurück in den Topf geben und aufwärmen, dabei immer wieder umrühren. Schinken in kleine Würfel schneiden. Parmesan reiben.

Spätzle anrichten, Schinkenwürferln und Parmesan darüber verteilen.

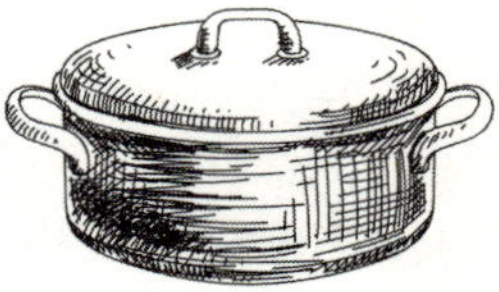

Paulis Trick:
Um den Spinat schonend aufzutauen, legt ihn Pauli in ein Sieb, stellt es in eine Schüssel und deckt es mit Frischhaltefolie zu. Spinat über Nacht im Kühlschrank auftauen lassen. Die Flüssigkeit kann man weggießen, wenn man den Spinat für grüne Nockerln verwendet.

Noch ein paar Hinweise zu den Rezepten:

Eine **Prise** (z.B. vom Salz) ist so viel, wie du zwischen Daumen- und Zeigefingerspitze aus dem Salzfass nehmen kannst.

Köcheln nennt man es, wenn z.B. eine Flüssigkeit bei geringer Hitze ganz leicht blubbert.

Dünsten bedeutet, bei sanfter Hitze mit ein wenig Flüssigkeit kochen.

500 Milliliter sind ein halber Liter. Wenn du keinen Messbecher zum Abmessen von Flüssigkeiten hast, kannst du sie auch auf der Waage abwiegen. 500 Milliliter entsprechen dann einem halben Kilo.

Wenn bei manchen Zutaten keine genaue Menge angegeben ist, kommt es manchmal auch darauf an, wie **dir** das Gericht am besten schmeckt. Isst du gerne salzig, dann kannst du etwas mehr Salz verwenden – also immer kosten!

Wenn dir bei den Rezepten sonst noch etwas nicht klar ist oder du dir nicht sicher bist, ob du alles alleine hinkriegst, dann frag am besten einen Erwachsenen um Hilfe.

Erklärungen für einige Ausdrücke, die vielleicht nicht alle kennen:

Abwasch: Spüle
al dente: bissfest
ang'rührt: beleidigt
aufpudeln: sich wichtig machen
Baba!: Tschüss!
Bartwisch: Handfeger
Beserlpark: kleiner Park
Billigsdorfer: Ramschladen, Ein-Euro-Laden
Bim: Straßenbahn
Binkerl: Päckchen
Biskotten: Löffelbiskuit
Blunze: Blutwurst
blunzen: egal
Brause: Dusche, Duschkopf
Brösel: Krümel, Paniermehl
Budel: Theke
Busserln: Makronen (eigentlich Küsse)
Das geht dich einen Schmarrn an!: Das geht dich gar nichts an! (Schmarrn ist eigentlich eine Süßspeise.)
Das kannst der Wetti-Tant' einreden!: Das kannst du deiner Großmutter erzählen!
deppert: doof
Drahtwaschel: Abwaschschwamm aus Draht
Eigelb: Eidotter
Eiklar: Eiweiß
Eissalon: Eisdiele
en détail: im Einzelnen (französisch)
Erdapfel, Erdäpfelpüree: Kartoffel, Kartoffelbrei
Erdäpfelschmarren: Kartoffelgericht
Faschiertes: Gehacktes

Filzschlapfen: Filzpantoffel
fladern: stehlen
Flankerl: Fussel
Fleckerln: kleine, fast quadratische Teigwaren
Frankfurter: Wiener Würstchen
futsch: weg
Fuzerl: Fussel, Kleinigkeit
Gänsehäufel: ein Freibad in Wien, an der Alten Donau gelegen
Gatsch: Matsch
Gemeindebau: von der Gemeinde errichtetes Wohnhaus
Gfries: Schimpfwort (eigentlich Gesicht)
Glumpert: wertloses Zeug
gnä' Frau: gnädige Frau (höfliche Anrede)
Grätzl: Nachbarschaft, Umgebung
grauslich: eklig, hässlich
Gschaftlhuber: Wichtigtuer, Hansdampf in allen Gassen
Haderlump: Lump, Verbrecher
Häferl: Tasse
Haube: Mütze
Häuptl Salat: Salatkopf
Hendl: Huhn
hinterfotzig: hinterlistig
Ist mir wurscht/blunzen: Ist mir egal. (Die Blunze ist eine Blutwurst.)
Janker: Jacke
Jause: Zwischenmahlzeit, Schulbrot
jemanden pflanzen: jemanden auf die Schaufel nehmen
kletzeln: kratzen, pulen
Knoblauchhäuptl: Knoblauchknolle
Krautfleisch: ein Gericht aus klein geschnittenem Schweinefleisch und Sauerkraut
Kren: Meerrettich
Kretin: Idiot
Kübel: Eimer

Lass mich in Kraut!: Lass mich in Ruhe!
Lausmensch: abfällige Bezeichnung für ein Mädchen
Malheur: Missgeschick
Marille: Aprikose
Matura: österreichisches Abitur
meschugge: blöd
Nackerbatzl: Nackedei
Nudelwalker: Nudelholz
Obers: Sahne
Palatschinke: dünner Pfannkuchen
Pappen halten: Maul halten
Paradeiser: Tomaten
Parterre: Erdgeschoß
Patschachter: ungeschickter, hilfloser Mensch
Penne: kurze hohle Nudeln
Pelati: geschälte, eigentlich enthäutete Tomaten
picken: ankleben
Plafond: Zimmerdecke
Prater: großer Vergnügungspark in Wien
Pratzen: (große) Hände, Pfoten
Rahm: Sahne
Raunzen: jemand, der raunzt (= jammert)
Rehrattler: Rehpinscher (Hunderasse)
Reinderl: kleine Kasserolle
Reindl: niederer Kochtopf
Rotzpipn: Schimpfwort für ein Kind
Salbeistöckerl: Salbeipflanze in einem Blumentopf
Schani-Garten: Gastgarten auf dem Bürgersteig
Schank: Tresen
Schasquastl: Schimpfwort
Schlagobers, Kaffeeobers: Schlagsahne, Kaffeesahne
sich schleichen: sich davonmachen

Schmarren: eine Süßspeise oder ein Kartoffelgericht; auch eine Bezeichnung für wertloses Zeug, Unsinn
Schnecken!: Nichts da!
schupfen: werfen, in der Luft wenden
Seicherl: Feigling (eigentlich ein kleines Sieb)
Semmel: helles Brötchen
Semmelbrösel: Paniermehl aus geriebenen Semmeln
Stanitzl: Tüte
Steige: Obst-/Gemüsekiste
Steirisches Wurzelfleisch: ein Gericht aus Schweinefleisch und Gemüse
Stockerl: Hocker
Thymianstöckerl: Thymianpflanze in einem Blumentopf
Topfen: Quark
Topfenknödel: süße Quarkklöße
Topfenkolatschen: süßes Gebäck mit Quarkfüllung
Trafik: Tabakwaren- und Zeitungsladen
Tratschen: Klatschtante
Umurke: unsympathischer Mensch
ungustig: unappetitlich
Ungustl: unangenehmer Mensch
Wachauer Laberl: ein würziges Brötchen mit Kümmel
wacheln: wedeln
Wadschinken: Rinderwade
Watschen: Ohrfeige
zizerlweise: häppchenweise
Zwetschkenröster: Pflaumenkompott
Zwiebelhäuptl: Zwiebelknolle

Andrea Schütze
Graf Koriander lernt fliegen

208 Seiten · Hardcover
ISBN 978-3-7641-5029-7

Andrea Schütze
Graf Koriander bleibt kleben

208 Seiten · Hardcover
ISBN 978-3-7641-5005-1

Vermuffprömmelt noch mal!

Rappdrösselige Murkswölle, wer stört da seine Ruhe? Graf Koriander, der letzte Gnomold seiner Art, ist gar nicht erfreut, als Familie Kramer mit viel Krach und Gepäck in das alte Pförtnerhäuschen einzieht. Direkt über seiner Höhle! Dabei will der kleine Gnomold doch nur eins: ungestört nach dem Rezept für das Unsichtbarkeitssüppchen suchen. Ganz klar, die Störenfriede müssen weg! Allerdings hat der Graf nicht mit Jette und Justus gerechnet ...

www.ueberreuter.de
www.facebook.de/ueberreuter